（え……）
びっくりして思わず息を呑んだ。
アルノルトは、リーシェに凭《もた》れ掛かるような体勢で、
少し気だるげにパンフレットを眺め始めたのだ。

それは、堪《こら》えきれずに零《こぼ》されたかのような、
アルノルトには珍しい微笑みだった。
「それはもう、お前にもらった」

「許せ。……少しだけ、
お前の意に添わない触れ方をする」
指同士が絡むように握り込まれる。
アルノルトは、とても大事なものに触れるかのように、
きゅっとやさしくリーシェと片手を繋ぐのだ。

VOLUME. 5

TOUKO AMEKAWA

ループ7回目の悪役令嬢は、元敵国で自由気ままな花嫁生活を満喫する

雨川透子

ILLUST. 八美☆わん

THE VILLAINESS OF 7TH TIME LOOP ENJOYS FREE-SPIRITED BRIDE LIFE IN THE FORMER HOSTILE COUNTRY

CHARACTERS PROFILE

THE VILLAINESS OF 7TH TIME LOOP ENJOYS FREE-SPIRITED BRIDE LIFE IN THE FORMER HOSTILE COUNTRY

アルノルト・ハイン

軍事国家ガルクハインの皇太子で冷酷非道の残虐な男として知られている。前世までのリーシェの死に直接・間接を問わず関わるが、今世ではなぜかリーシェを気に入り、求婚する。

リーシェ・イルムガルド・ヴェルツナー

20歳で死んでは15歳の婚約破棄の時点に戻ってしまうようになった公爵令嬢。7回目のループを迎えた今生は皇太子アルノルトと婚約することに!?

オリヴァー・ラウレンツ・フリートハイム

アルノルトの従者。怪我により騎士の夢を絶たれたところをアルノルトに拾われる。あちこちで浮き名を流す色男。

テオドール・オーギュストハイン

アルノルトの弟で、自由奔放。兄と和解し、影から手助けすることを誓う。

ケイン・タリー

アリア商会の会長を務める名うての商人。リーシェの商人人生では、上司であり師匠だった。

エルゼ

貧民街育ちでリーシェのもとで働く新人侍女。リーシェの衣服にこだわりを見せる。

ミシェル・エヴァン

リーシェの錬金術師人生での師匠。やや倫理観に甘いところはあるものの、懐中時計や火薬を発明するなど、聡明な頭脳をもつ。

カイル・モーガン・クレヴァリー

雪国コヨルの第一王子。持病を抱えていたがリーシェにより快方に向かう。ガルクハイン国と技術提携を果たす。

レオ・フィリップス

ジョーナル公爵に仕える従者。暗殺者として育てられるが、教会での一件が落着し、心からミリアに仕えるように。

ミリア・クラリッサ・ジョーナル

ジョーナル公爵の一人娘。教団の本当の巫女姫であり、侍女人生のリーシェが仕えた。

ラウル

リーシェの狩人人生での頭首。飄々とした性格だが、謎が多く、非常に人を欺く能力が高い。それは自身の名前ですらも。

ハリエット・ソフィア・オファロン

シグウェル国第一王女。自信がなく内気だったが、事件を経て自己を確立。国政に貢献したいと前向きに。

CONTENTS

THE VILLAINESS OF 7TH TIME LOOP ENJOYS FREE-SPIRITED BRIDE LIFE
IN THE FORMER HOSTILE COUNTRY

第一章

その夜のこと。皇都一番の劇場前には、多くの観客たちが集まっていた。

今夜の舞台を楽しみにして、誰もが期待を膨らませている。一般客とは入り口から区別されたロビーでは、着飾った貴族たちが顔を合わせ、開演前の社交にいそしんでいた。

穏やかではあるものの、どこか浮足立った話し声は、まるで柔らかなさざなみのようだ。

けれどもやがて、その場にいる多くの人のまなざしが、とある一点へと注がれた。

「リーシェ。手を」

「はい。アルノルト殿下」

隣を歩くアルノルトに促され、リーシェは彼の手を取った。

その瞬間、ロビー内に聞こえていた話し声の質が変わる。リーシェの耳で聞き取れる限り、驚きに満ちた声音が大半のようだ。

（それはもう、皆さまびっくりなさるわよね……）

貴族たちはみんな、観劇のために着飾ったリーシェを一瞥《いちべつ》したあとで、その手を引くアルノルトを窺《うかが》っている。正装を身に纏《まと》い、黒い手袋に赤のマントを着けたアルノルトは、一切に興味がなさそうな表情をしていた。

王侯貴族にとっての劇場とは、一種の社交場となっている。

しかしリーシェがこの国に来る前のアルノルトは、皇城の夜会にすら顔を出さなかったのだそうだ。そんな皇太子が、こうして劇場で女性をエスコートしているなど、貴族たちにとっては驚愕《きょうがく》の事実に違いない。

（まさか、私が何気なく口にしただけなのに、数日で席を手配してくださるなんて）

赤い絨毯《じゅうたん》の上を歩きながら、リーシェは数日前を振り返る。

婚姻の儀までは残り一ヶ月を切り、準備も慌ただしくなってきた。アルノルトの執務室を借り、オリヴァーと世間話をしながら当日の確認をしていたリーシェは、無意識にぽつりと呟《つぶや》いたのだ。

『皇都の劇場で、歌劇が公演中なのですか？　わあ、行ってみたい……』

『…………』

ほとんど独白に近い、そんな願望のつもりだった。

けれども執務机で書類を整理していたアルノルトが、顔を上げてこちらを見た気配がする。リーシェも手を止めて顔を上げると、彼はこんな風に言ったのである。

『……分かった。少し待て』

『え』

『オリヴァー』

『はい。仰せのままに、我が君』

まさかと思いながら瞬《まばた》きをしていたら、本当にそれから数日経《た》った今日、歌劇の席を用意された。

（殿下のお仕事が、迅速な理由がよく分かったわ……。やると決めたら先延ばしにせず、すぐに実

行なさるのね）

　注がれる視線がうるさいのか、アルノルトの横顔はどことなく不機嫌そうだ。けれどリーシェが見上げているのに気が付くと、その険しさがふっと和らいだ。

「……」

　相変わらずの無表情なのに、穏やかにも感じられるまなざしだ。アルノルトは空いている方の手を伸ばし、リーシェの右耳、しゃらしゃらと揺れる耳飾りへと触れる。

「ひゃ」

「細い鎖に、髪が絡まる」

　そう言って、耳飾りの鎖をそうっと撫《な》でたあと、リーシェの横髪を耳に掛けてくれた。

　手袋ごしとはいえ、その感覚がくすぐったい。周りの貴族たちもなにか見てはいけないものを見たかのような反応をして、ロビー内のざわめきがますます大きくなる。

　そのことが、なんだか妙に気恥ずかしかった。

「ありがとうございます……」

「うん」

　リーシェの頬が熱くなるのに対して、アルノルトはやっぱり平然としている。そのまま上階に続く階段に手を引かれかけたところで、こちらを呼び止める声があった。

「アルノルト殿下。リーシェさま」

　ふたりで揃《そろ》って視線を向けた先には、長身の男性が立っている。

茶色の髪を短く切り揃え、生真面目に背筋を正したその男性は、ガルクハイン騎士団の所属を示す制服を身に纏っていた。

「ルドルフ・ゲルト・グートハイルです」

その瞬間、リーシェが僅かに緊張したのは、アルノルトに悟られなかったと信じたい。

「本日の警備に任命いただき、ありがとうございます。殿下の近衛《このえ》騎士と協力し、上階をお守りいたします」

「貸し切ってある最上階には、誰ひとり立ち入らせないようにしろ。貴族であろうと例外はない」

「は。仰せの通りに」

ふたりのやりとりを聞いたリーシェは、グートハイルと名乗ったその男に頭を下げる。

「グートハイルさま。よろしくお願いいたしますね」

「安心してお楽しみになれますよう、命を賭けてお守りいたします」

少々大袈裟《おおげさ》に感じられる発言を、グートハイルは真面目に言い切った。

意志の強そうな切れ長の目だ。グートハイルが腕の良い剣士であることや、軍を率いる才覚があるということを、リーシェは知っている。

（……この方が、未来でアルノルト殿下の直属となり、侵略戦争に貢献する臣下のひとり……）

けれど、もちろん顔に出したりはしない。

そのままアルノルトにエスコートされて、大劇場の最上階へと向かう。リーシェが、護衛をしてくれるはずの騎士を警戒していることなど、きっと誰にも気づかれなかっただろう。

＊＊＊

皇帝アルノルト・ハインには、戦場で重用する五人の臣下がいた。

彼らはアルノルトが不在の地において、侵略戦争の任を受けて働き、アルノルトが命じるままに勝利を収めたのだ。ガルクハインの世界侵略が瞬く間に進んでいったのには、アルノルト本人だけでなく、従えていた彼らの功績も大きいのである。

そのうちのひとりが、先ほど警備の挨拶に来た、ルドルフ・ゲルト・グートハイルである。

（まさか、ここであの人に会うなんて……）

劇場四階に設けられた特別席《ロイヤル・ボックス》で、リーシェはそっと目を伏せた。

赤いベロア張りの椅子はふかふかしていて、いくつもクッションが置いてある。ひとり用の席ではなく、ゆったりと座れる長椅子型の座席で、アルノルトと並んで座る形だ。

席自体は広いのだが、おさまりが良い位置に腰を下ろそうと思うと、自然と肩が触れるほどに近くなる。アルノルトのすぐ傍《そば》で、リーシェは公演のパンフレットをめくりつつ、それを読むふりをして思考を巡らせた。

（未来のアルノルト殿下が重用する臣下は、まだおひとりも殿下の配下にいらっしゃらないご様子だった。だからこそ、この点については、まだ猶予があると思っていたのに）

リーシェは手を止めて、アルノルトに尋ねる。

「アルノルト殿下。先ほどのグートハイルさまは、どのような経緯で今夜の警備に？　ほかにも、この席に来るまでの廊下の警備に、殿下の近衛騎士ではない方々がいらっしゃいましたが」

するとアルノルトは、僅かに驚いたような表情をした。

「殿下？」

「……俺の近衛騎士は五十名ほどいるが、お前とは直接会話をしたことがない者もいるだろう。もしやお前は、全員の顔を覚えているのか」

「？　はい。だって近衛騎士の方々は、アルノルト殿下がお選びになった臣下でしょう？」

それはつまり、アルノルトが明確な意思を持ち、自身の配下にした騎士だということだ。

アルノルトがこう見えて部下に目を掛けていることを、リーシェはちゃんと知っている。彼の妃《きさき》になる身としては、たとえ一度しか会ったことのない騎士だとしても、その顔や名前を忘れるわけにはいかない。

アルノルトは、心なしか柔らかなまなざしをリーシェに向けた。

そのあとで、こんな風に教えてくれる。

「俺の近衛をコヨル国へ貸し出すにあたり、人員の不足が生じつつある。加えて、そろそろ近衛の規模を拡大しようと思っていた」

「……つまり、人数を増やすと……」

なんとなく、嫌な予感を抱いてしまう。

アルノルトの近衛騎士は、せいぜい五十名ほどしかいない。けれど、リーシェの故国のような小さな国でも、王太子の近衛騎士は百人を超えるのが普通である。

（ガルクハインのような大国、それも軍事に特化している国で、皇太子殿下の近衛騎士が五十人では少なすぎるわ。それは分かっているのだけれど……）

本当に、単なる拡大だけが目的なのかは分からない。

（過去人生でのアルノルト殿下は、今から二年後に、実のお父君を殺《あや》めて皇帝になった。……その際の兵力は当然、殿下の近衛騎士たちだったはず）

アルノルトの言う『近衛の拡大』は、未来で起こす戦争の準備と取れることでもある。

（婚姻の儀の準備と並行して、その辺りも情報を集めないと）

とはいえ、あまり考え込んでは怪しまれそうだ。気を取り直し、膝の上のパンフレットに書かれた名前を指でなぞった。

「それにしても、今夜の主演が歌姫シルヴィアさんだなんて。彼女の歌声を聞くのは久し振りなので、すごく楽しみです」

「……以前にも、その役者が出る歌劇を見たことがあるのか」

「はい。あれは確か、ええと……」

他の人生の記憶と混ざってしまわないよう、一瞬だけ言葉を止めて情報を整理する。

「――私の以前の婚約者だった、ディートリヒ殿下と！」

「…………………」

その瞬間、アルノルトがぴたりと口を噤《つぐ》む。

「演目は違うはずなのですが、そのときの主演も彼女だったんです。透き通っていて、それでいて力強い歌声で、すごくどきどきしました」

「……………」

「一緒に見ていたディートリヒ殿下も、楽しかったみたいなんです。普段は歌劇を一緒に見に行っても、途中で飽きてらしたのですが」

「…………………」

アルノルトはリーシェの言葉を聞きながら、僅かに目を伏せた。

（アルノルト殿下は、歌劇を楽しんで下さるかしら？）

そんなことを思いつつ、パンフレットのページを捲《めく》り、ひとつ前に戻る。

（あんまり興味はなさそうだけれど……歌劇自体は初めてだって仰《おっしゃ》っていたわよね。一度も経験したことがないより、経験した上でお気に召さなかったと感じていただける方が、ずっといいもの）

きっとそうだと信じながら、リーシェはひらめいた。

「殿下、何か歌劇に関してご質問などはありますか？　私でお答えできることなら……、っ!?」

その瞬間、のしっと肩に重みが掛かる。

（え……）

びっくりして思わず息を呑《の》んだ。

椅子からずり下がるように浅く掛けたアルノルトが、ぱちぱちと瞬きをするリーシェの肩に、その頭を乗せている。

アルノルトは、リーシェに凭《もた》れ掛かる体勢で、少し気だるげにパンフレットを眺め始めたのだ。

「────!?」

彼は、リーシェとの間に挟まれたクッションに肘を掛けている。体重は殆《ほとん》どそこに乗せているらしく、リーシェにとって重すぎるということはない。

けれども左肩には、確かな重みが感じられるのだ。

体同士の距離だけではなく、感情や心のようなものまでもが近しい気がして、リーシェは頬が火照るのを感じた。

「っ、あの、殿下……?」

ここは劇場内だ。大きな声を出しすぎないよう、なるべく抑えながら、ひそやかに尋ねる。

「なんだ」

アルノルトの声音は、いつもとそれほど変わらない。

この状況が当然であるかのような、なんの変哲もない事態であるような、そんな雰囲気を帯びている。それでいて、やはり何処《どこ》か倦怠《けんたい》的でもあるのだった。

リーシェはどきどきしつつ、アルノルトの方を見ながら尋ねてみる。

「も……もしかして、おねむですか?」

「……」

尋ねると、アルノルトは視線だけでこちらを見上げた。

いつもはリーシェが見上げる側だから、こうしてアルノルトに上目遣いをされるのは初めてだ。

海色の綺麗《きれい》な瞳に見つめられて、どうしてか心臓が跳ねてしまう。

「……眠くはない」

(眠く『は』……?.)

リーシェの動揺を知りもせず、アルノルトははっきりと言った。

「俺の問いに、お前が答えてくれるのだろう?」

(そうですが、何故《なぜ》この体勢で!!)

そう思ったが、とても直接突っ込む勇気はなかった。

リーシェが驚いていることも、頬が赤くなっていることも、きっとアルノルトは分かっている。

それなのに、リーシェのそんな様子を観察して、彼は少しだけ満足そうにしたようだ。そのくせ、ここから離れてくれるようなことはせず、再びパンフレットの方に視線を落として言う。

「そもそも、歌劇とはどういうものなんだ」

「っ、それは」

アルノルトがすぐ傍で紡ぐ声は、リーシェの耳をくすぐった。

音響の良い劇場だからなのか、いつもよりも低音に聞こえるその声音に、左胸の鼓動がますます速くなったような気がする。けれども質問をされた以上は、誠心誠意答えたい。

「普通の演劇は、お芝居のみで表現されるものですが……。歌劇となると、その表現方法に、歌が合わさるのです」

「ふうん」

相槌《あいづち》を打ったアルノルトが身じろぐと、くしゃりと髪の擦れる音がする。肩越しに体温が伝わってくるお陰で、改めてこの距離の近さを感じた。

アルノルトが、右手の黒手袋をするりと外す。

どこか怠惰なその仕草が、妙に絵になるので息を呑んだ。そうして露《あら》わになった大きな手が、リーシェの膝へと伸ばされる。

アルノルトは、そこに乗せたパンフレットのページを、ゆっくりと捲ってみせるのだ。

「これから始まる演目は、お前の好きなものなのか？」

「そ、それが……この劇団は、事前に演目を公表しないのです。始まってみるまで、どんな物語を演じて下さるのか分からないのが、楽しみのひとつで」

以前の婚約者だったディートリヒは当初、それに対する不満を口にしていたことを思い出す。その記憶が過《よ》ぎったのと、アルノルトが再びこちらを見上げたのは、何故かほとんど同時だった。

「お前が以前観《み》たのは、どのような内容だった」

そんなことを尋ねる理由は、今夜の演目を予想するための参考にしたいからだろうか。

リーシェは、動揺を落ち着かせるための深呼吸をしながら、アルノルトを見下ろして答えた。

「魔法が存在する設定の世界で、婚姻を主題にしたものです。お姫さまが政略結婚をするのですが、その婚儀の際に行われる、誓いのキスを巡る物語と――……」

そこまで説明したところで、リーシェは口をつぐむ。

見つめるのは、アルノルトの青い瞳だ。

双眸《そうぼう》を縁取る睫毛《まつげ》は長く、特別席《ロイヤル・ボックス》に揺れる蠟燭《ろうそく》の灯《あか》りを受けて、白い頬に影が落ちている。この薄明かりの中でも、青い瞳は宝石のようだった。

リーシェはその瞳から目を逸《そ》らせないまま、とある事柄に思い至る。

(婚姻の、儀式……?)

リーシェはあと一ヶ月もしないうち、アルノルトと結婚することになっている。

そのことはもちろん分かっているし、準備のために日々動き回っているのだ。当日の大まかな流れについては、リーシェの故国とそれほど変わらない。だからこそ、現時点では軽く目を通すだけに留《とど》め、アルノルトの戦争阻止に繫《つな》がる動きの方を優先してきた。

けれどもこの瞬間、リーシェは改めて思い至る。

(…………婚姻の儀で、キスをするのは……)

それは、リーシェとアルノルトも同様ではなかっただろうか。

「――――……」

「……リーシェ?」

ぴしりと固まったリーシェのことを、アルノルトが怪訝《けげん》そうに見上げた。

(……婚姻の儀は、女神さまの前で婚姻を誓い、夫婦となる儀式。……城内の神殿で誓約を交わして、そのあとに…………)

そこで、口付けを交わすのだ。

改めてその事実を認識し、ぱちぱちと瞬きをする。

（誓いのキスを？　アルノルト殿下と？　参列者の方々の前で？）

「……おい、どうした」

アルノルトが身を起こし、リーシェの顔を覗《のぞ》き込んできた。

肩の重みからは解放されたが、結局至近距離であることに変わりはない。その上にお互いの顔が近付いてしまったせいで、二ヶ月ほど前のことを思い出す。

テオドールに呼び出された礼拝堂で、リーシェはアルノルトと言葉を交わした。

その末に、アルノルトの指におとがいを捕らえられ、そのままキスをされたのである。

「～～～……っ」

ただでさえ火照っていた顔が、一気に熱くなったのを感じた。

あのときのことについて、リーシェはなるべく考えないようにしている。アルノルトに何か思惑があったのは明白で、それなのに翻弄されてしまうから、考えては駄目だと自分を諫《いさ》めてきたのだ。

「なんだ？　まさか熱でも……」

「で、殿下……！」

アルノルトが、リーシェの頬に触れようと手を伸ばしてきた。

リーシェは慌ててその手首を掴《つか》むと、ドレスの膝上に彼の手を置き、閉じ込めるように両手でぎゅうっとくるむ。結局触れ合ってしまうことには変わりないが、アルノルトに触られるよりも、自分からこうしていた方がずっと心臓にやさしい。

「大丈夫です。……問題、ありませんから……」

だが、アルノルトの方はといえば、なんだか複雑そうな顔で眉根を寄せるのだ。

アルノルトは剣士だから、手が不自由なのを厭《いと》うのだろう。落ち着かない状況にさせてしまうのを申し訳ないと思いつつも、いまアルノルトに触れられるのは避けたい。

こんなに近くにいる状況で、またあの時のキスを思い出したら、泣きそうになる自信があった。

開幕のベルが鳴り響く。リーシェは必死に平常心を取り繕い、何事もないかのように振る舞った。

「は、始まりますね……！」

「……」

劇場係員によって、客席内のあちこちに灯《とも》されていた蠟燭が消されていく。

辺りが暗くなるのに反比例して、客席がにわかに騒がしくなった。それはきっと、幕が上がる直前の高揚感によるものだ。

そうして一拍置いたのち、今度は示し合わせたかのように、劇場内はそうっと静まり返った。

だが、いつもならわくわくする静寂も、いまのリーシェにとっては不都合だ。

（……心臓の音が、殿下に聴こえちゃう……！！）

観劇前だというのに、舞台に集中できないなんて由々《ゆゆ》しき事態だった。

アルノルトの表情を窺いたいが、彼と目を合わせる勇気がない。思考がぐるぐると回っている間に、赤い緞帳《どんちょう》が上がり始める。

シャンデリアに照らされた舞台の上に、ひとりの女性が立っていた。

ここは四階席のため、オペラグラスを使わずにはその顔を見ることは出来ない。それでも美しさが伝わってくるのは、彼女の立ち姿が咲き誇る花のようだからだ。

さらさらとした長い髪は深紅に近く、そのドレスも鮮やかな赤色をしている。舞台の前方に歩み出た彼女は、妖艶な仕草でその手を伸ばした。

けれどもその瞬間、リーシェは何か、違和感を覚える。

隣にいたアルノルトも、同じものを感じ取ったのだろう。リーシェは先ほどまでの動揺を一旦振り払い、彼女を注視する。

（なにか、様子がおかしいような……）

リーシェがオペラグラスを手に取り、異変の状況を確認しようとしたそのときだ。

「！」

歌姫シルヴィアが、舞台の上に倒れ込んだ。

リーシェはすぐさま立ち上がると、アルノルトを振り返った。望みを口にしなくても、彼は分かってくれているようだ。

「――お前のやりたいようにやれ」

「ありがとうございます、殿下……！」

心の底から感謝をしつつ、特別席《ロイヤル・ボックス》を飛び出した。

二重扉の一枚目を押し開けると、その奥の扉も開いて廊下へと出る。警備をしていた見知らぬ騎士が、驚いて短い声を上げた。リーシェは彼らに詫《わ》びつつも、辺りの気配を探る。

（階下にも、騎士の方々の気配しかないわ。……いまは、階段を普通に下りる時間も惜しい……！）

螺旋《らせん》階段に向かい、手早く靴を脱ぐ。ドレスの裾をふわりと翻し、手すりに飛び乗った。

「うわあぁっ、リーシェさま!?」

騎士の声には振り向かない。手摺《てす》りを伝い降りるように、手早く階下まで下りていく。数十秒ほどで一階まで辿《たど》り着くと、そこには普段リーシェの護衛をしてくれている騎士たちがいた。

彼らは動揺しつつも、慣れてきた様子で声を上げる。

「リーシェさま、緊急事態ですか!? 手に持っていらっしゃる靴をお預かりします、こちらへ!」

「ありがとうございます、カミルさん、デニスさん！」

走りながら、手にしていた靴をぱっと放った。身軽になったリーシェは、彼らに声を投げる。

「それとお医者さまを呼んで下さい、係員の方と劇団員さんと連携をお願いします！　アルノルト殿下も動かれると思うので、どなたか四階の殿下のところへ！」

「はっ！」

瞬時に動き始めた近衛騎士たちと別れ、リーシェは止まらずに控え室の方へ向かった。

劇場内の見取り図は、廊下に貼り出されていたのを確認している。初めての場所に来たときは、非常時の脱出口などを確認しておく癖がついているからだ。これはアルノルトも同様らしく、先ほどふたり同時にじっと廊下で立ち止まったため、臨時の警備に来ている騎士たちにぎょっとされた。

扉の前に辿り着くと、普段なら劇場の警備がいるであろうそこは、無人の状態になっている。

「シルヴィア！　シルヴィア、しっかりしろ！」

「失礼します！」

リーシェが人だかりに声を掛けると、青褪《あおざ》めた劇団員たちがこちらを見た。

「薬学の心得が少々ある者です。お医者さまがいらっしゃるまで、応急処置を！」

「あ、ああ、お願いします……！」

狼狽《ろうばい》しきった男性が、リーシェに場所を替わってくれた。控え室の床に寝かされた歌姫シルヴィアは、美しい顔に華やかな化粧を施されているにもかかわらず、なお分かるほどに青白い。

「シルヴィアさん、私の声に何か反応を返せますか？」

「……っ」

顔を歪《ゆが》めたシルヴィアが、ほんの僅かにだが頷《うなず》いた。

（意識はあるわ。出血はなし。脈拍が速い……）

何よりも呼吸が浅かった。リーシェはなるべく穏やかに、シルヴィアを安心させるように尋ねる。

「頭痛はありませんか？　いま、シルヴィアさんの右肩と左肩に触れていますが、どちらかに感覚がないと言うことは？」

「だい、じょうぶ……でも、息、苦し……」

「分かりました。少し待って下さいね」

リーシェは手近にあった小道具らしきストールを借り、それをシルヴィアの体に被《かぶ》せる。

ドレスの背中に手を回してリボンを解《ほど》き、巻かれていたコルセットを緩め、ストールで目隠しをしたまま彼女を抱き起こした。それを見て、劇団員が慌てる。

「ね、寝かせていなくていいんですか？」

「座った姿勢の方が、寝た姿勢よりも呼吸はしやすいのです。外傷などの状況にもよりますが……それより、シルヴィアさんに持病は？」

「無いはずです、ただ、ここ数日はどことなく調子も悪そうだった気が」

リーシェが抱き支えると、シルヴィアは少し呼吸が楽になったようだ。

「大丈夫。……大丈夫ですよ。ゆっくり息をして、ご自分が楽に過ごすことだけ考えて」

とんとんと肩を撫でながら囁《ささや》くと、それでほっと出来たらしい。浅くて忙《せわ》しなかった胸の動きが、徐々に緩やかになってゆく。

（命の危険があったり、体に後遺症の残るような発作ではなさそうだわ。……とはいえここではなく、もっと安心できる場所で休ませながら治療をしないと）

控室は、客席からそう離れてはいない。そのお陰で、観客たちのざわめきが聞こえてくるのだ。ひとつひとつを聞き取れるほどではないものの、声色には驚きや戸惑いのほか、急に幕が降りてしまったことへの不満も混じっている。シルヴィアにとって、その声は毒だろう。

（お医者さまが到着するのを待って、シルヴィアさんを落ち着ける場所まで連れ出して……それだと時間が掛かりすぎる。かといって、ここには薬も治療道具もないし……）

そのとき控室の扉が開いた。入室してきた人物を見上げて、リーシェは彼の名前を呼ぶ。

「アルノルト殿下」

「で、『殿下』……!?」

周囲の面々がざわめいた。アルノルトは控室の状況を一瞥したあと、リーシェに向けて口を開く。

「病人を騎士に渡せ。俺たちの馬車まで運ばせる」

「でもお医者さまのご到着は……？」

「お前が診《み》たのだろう？　必要な処置が済んでいるのなら、待つよりも連れて行く方が早い」

言葉から伝わってくる信頼感を受け取りつつ、リーシェは頷いた。

「ひとまず観客の皆さんに、席から動かないようにお願いしませんと。あの人数の一割でも廊下に出れば、シルヴィアさんを運ぶことが出来ません」

「既に騎士を通し、客席から立たないように通達済みだ。診療所までの馬車道が空くよう、騎士たちに通りの通行も制限させている」

さすがはアルノルトだ。状況判断が的確で、なおかつ早い。リーシェが出来ればやっておきたかったことを、完璧に済ませてくれている。

「馬車までの運搬用に、簡易的な担架でも作らせるか？」

「いいえ。用意に時間が掛かるくらいなら、どなたかに抱えていただいた方が」

「分かった」

アルノルトは廊下の方に視線を向け、そこにいた騎士に声を掛けた。

「病人を馬車まで運べ」

「はっ。仰せのままに」

返事をした騎士の姿に、リーシェは内心でぎくりとする。

入室してきたのは、未来でアルノルトの臣下となるグートハイルだった。

（どうして……）

いまの時点では、彼はあくまで別隊所属であり、アルノルトの近衛騎士ではない。それなのに、彼がアルノルトのすぐ傍についていたのは、誰のどのような意図によるものなのだろう。

（アルノルト殿下が、グートハイルさまを伴って来たの？　……そうだとしたら、アルノルト殿下はもう既に、グートハイルさまを近衛隊へ移籍なさる予定なのかも……）

それはつまり、アルノルトが未来で父帝を殺し、侵略戦争を始める準備に近付くことになる。

リーシェが沈黙しているあいだにグートハイルが身を屈《かが》め、シルヴィアの前に膝をついた。

「失礼いたします、歌姫殿。……無骨な男がお体に触れますが、ご容赦を」

グートハイルはそう断ると、まるで壊れ物を抱えるかのようにそうっとシルヴィアを横抱きにする。その運び方は安定していて、シルヴィアが殊更に辛《つら》そうな様子はない。

ひとまずは彼に託し、リーシェは床から立ち上がった。

「馬車まで連れて行け。詳細は俺の騎士たちに伝えてある」

「お任せください。それでは」

息をつき、グートハイルの背中を見送った。

リーシェも馬車に同乗するかは悩んだものの、人が乗れば乗るほどに重さが増し、馬車の速度が鈍ってしまう。付きっきりで応急処置が必要な病状ではなさそうだし、アルノルトが手配してくれた医者であれば腕も確かなはずだ。

（あとは、お任せした方がいいわね）

一方、シルヴィアのいなくなった控室では、そこに残ったリーシェとアルノルトに視線が向けられている。身なりの良い中年男性が歩み出ると、引き攣《つ》った顔でアルノルトに一礼した。

「こ……皇太子殿下。本日は、当劇場へお越しいただきありがとうございました。支配人として、お礼とお詫びを……。終演後にご挨拶に伺う予定だったのですが、せっかくご足労いただいたにもかかわらず、このようなことになり……！」

「……」

「そ、それであの……失礼ながらお尋ね申し上げますが。シルヴィアの介抱をしてくださった、こちらの麗しき女性はもしや……」

面倒臭そうな表情をしていたアルノルトが、リーシェの方を見ることもなく言う。

「――妃だ」

（まだ妃ではないのですが!?）

口には出せないままでいると、支配人と名乗った男性が一気に青ざめた。

「これはっ、たたたたたたっ、大変なご無礼を!!」

ぱっと音がしそうな勢いで、皆がこちらに頭を下げる。だが、リーシェは慌てて首を横に振った。

「滅相もございません。それどころか、突然入ってきた私に応急処置を任せていただき、ありがとうございました」

人気歌姫の一大事に、見知らぬ人間が介入してきたのだ。警戒し、つまみ出されてもおかしくなかった。このやりとりに興味がないらしきアルノルトは、つまらなそうな表情で支配人に告げる。

「今後は常日頃から、劇場内で急病人が出たときのための備えをしておくことだな。――帰るぞリーシェ。今夜の公演は中止だろう」

「はい、アルノルト殿下」

返事をしつつも、やはり、グートハイルのことが気になってしまう。

（……でも、私が特に理由もなくグートハイルさまのことを尋ねるのは、不自然だわ）

悩みながらもアルノルトの傍に並ぼうとして、靴を履いていないことを思い出す。すると、アルノルトも同じく気が付いたらしい。

「カミル」

「はい。リーシェさまのお履き物はこちらに」

「ごめんなさい。ありがとうございます、カミルさ……」

リーシェが手を伸ばしたその靴を、先にアルノルトが受け取った。

自然な振る舞いで、傍にあった椅子にリーシェを座らせる。リーシェが驚いている間に、アルノルトはなんと、リーシェの前に跪《ひざまず》いたではないか。

「っ、殿下……！」

そして、リーシェに靴を履かせてくれた。

当たり前のようなスマートさだが、これはとんでもない状況だ。あのアルノルトが膝をつき、女性に靴を履かせている。

「あの！　大丈夫です、じ、自分で履けますので！」

「いい。じっとしていろ」

「う……」

支配人をはじめとする劇場の人たちや、廊下にいた騎士たちが愕然《がくぜん》としている。だが、アルノルトはまったく気にも留めていない。

「できたぞ」

そう言って立ち上がると、今度はリーシェに手を差し伸べる。

「……ありがとうございました……」

恥ずかしさと気まずさでぐらぐらしたが、お礼を言い、その手を取ってから椅子を立った。

(……前々から、私のすることに甘くはいらっしゃったけれど。ここ最近、ますます甘いというか、やたらと甘やかされているような……？)

そう思いつつも一礼すると、呆然《ぼうぜん》と見ていた面々が、急いで礼を返してくれた。

廊下に出ると、四名ほどの近衛騎士たちが後に続く。アルノルトにエスコートされつつ、リーシェは彼の横顔をちらりと見上げた。

一体アルノルトは、どうしてこんなにリーシェにやさしいのだろうか。

「あのう、アルノルト殿下……」

尋ねてみようとしたそのとき、騒がしい声が聞こえてきた。

「ええい、だから通せと言っているだろう！」

どうやら廊下の向こうの方で、騎士と誰かが話をしているようだ。

「ですから、緊急事態が発生しておりまして……！　皆さまにもご理解いただきたく」

「緊急事態だからこそ、この僕が動かなければならないんだ！　それが分からないとは……!!」

（観客の方が、お外に出たがっていらっしゃるのかしら？　……それにしても……）

リーシェはふと、妙な感覚を抱く。

「どうした？」

「いえ……。なんだか、向こうから聞こえてくるお声に、やたらと既知感があるような気がして」

リーシェが進行方向に視線を向けると、アルノルトもそれを追う。

この廊下は、円形の劇場を囲うような曲線の造りになっていた。そのため、先の方をすぐに見通すことが出来ないのだが、近付くほどに声は鮮明になってゆく。

そうして正体に思い至り、リーシェはさっと青褪めた。

「まさか……」

「？」

訝《いぶか》しそうにするアルノルトの隣で、反射的に足を止める。

すぐには現実を飲み込めない。視界の端に捉えたのは、きらきらと光る金髪だ。

「くそっ、何故に貴様らは邪魔をするんだ……!!　この手だけは使いたくなかったが、正義のためなら仕方ない。ここはひとつ、僕の華麗なる剣技を……ん？」

（あああああ、目が合った……!!）

エメラルド色をしたその瞳が、はっきりとリーシェを見付けたのが分かる。それと同時、アルノルトの纏う空気が一瞬で冷えた。

近衛騎士たちがそれに怯《おび》え、体を強張《こわば》らせる。だが、向こうにいる人物は気が付いていない。

（間違いないわ。いいえ、見間違いだと思いたかったけれど……）

「うわっ、何故ここにお前がいる!?　……ははあ、分かったぞ。やはり女神は僕の味方をしているんだな!?　ええい離せ騎士よ、この僕を一体誰だと思っているんだ！」

（この、常に過剰な自信で満ち溢《あふ》れた言葉。相変わらずね）

「リーシェ、見ていないでこいつらをどうにかしろ!!　なあってば！」

「……何故ここに、はこちらの台詞《せりふ》です。あなたが何故、この国にいらっしゃるのですか？」

リーシェは額を押さえながら、大きな溜《た》め息《いき》をつく。

「――ディートリヒ殿下……」

「ふふん」

そこには、騎士に押さえつけられても胸を張り、自信たっぷりな元婚約者の姿があるのだった。

「それはな。この僕が、僕だからに決まっているだろう！」

第二章

リーシェの婚約者が決まったのは、生まれてからおおよそ一ヶ月が経《た》った頃だと聞いている。

つまり、エルミティ国第一王子ディートリヒが生まれた直後のことだ。リーシェはずっと、公爵家のひとり娘という身分に加え、『未来の王太子妃』という立場を抱えながら生きて来た。

そして、王太子のディートリヒとは、婚約者であり幼馴染《おさななじみ》として育ったのである。

『リーシェ！　おまえ、このあいだの試験で、ぼくをさしおいて百点をとったらしいな!?』

幼いころのディートリヒは、リーシェと会うなり怒ることがしょっちゅうだった。

『だってディートリヒさま。あの試験は、すごく分かりやすい教本をいただいたでしょう？　せんせいは、「よんで分からないところがあれば、いつでもおしえます」って言ってくれました』

『む、むむ……！』

『あした、全部おんなじ問題で、もういちど試験がありますよね？』

王太子妃教育には、夫を励まして応援することや、夫の支えになることも組み込まれている。とはいえそれだけでなく、リーシェは本心からディートリヒに告げた。

『きちんと教本をよめば、ディートリヒさまならぜったいに、ぴかぴかの百点が取れます！』

『っ、ぼくは……』

『ディートリヒさま。だから今日は、わたしと一緒におべんきょうを……』

『ええい、うるさいうるさい！』

リーシェが伸ばした手を振り払い、ディートリヒはこちらを睨《にら》みつける。その顔は耳まで真っ赤になっていて、心底悔しそうな表情だ。

『ぼくは天才だぞ!? まったくべんきょうをせず、三十五点もとれたんだ!! だから、必死にべんきょうして百点のおまえよりも、ぼくのほうがずーっとすごい!! そ、そうだとも……。自信を持てディートリヒ！』

自分に何事かを言い聞かせたあとで、ディートリヒはリーシェを指さした。

『ぼくを甘くみるなよリーシェ！ おまえはそのうち！ ぼくのほんとうのすごさに！ ひれふすことになるんだからなあ!!』

『……い、行っちゃった……』

王城を駆け出していくディートリヒの背中を、いまでもはっきりと思い出せる。彼は結局、すぐさま騎士に見つかって、連れ戻されていた。

とはいえそんなやりとりは、勉学に関することだけではない。お互いが成長していく中でも、ディートリヒは幾度となくリーシェに対し、色々な抗議を向けて来たのだ。

『駄目だ駄目だ、女性が自ら馬に乗るだなんて！ 僕の乗馬が下手な所為《せい》だと思われるだろう？』

『街にお忍びで出掛けたい？ 万が一見つかってみろ！ 婚約者の僕まで品位が疑われる！』

『色々な学問に挑戦してみるよりも、お前には「王太子妃としての本分」があるじゃないか。そんな調子だと、どれもこれも中途半端になるんだぞ？』

恐らく、ディートリヒからも両親からも禁じられなかったことといえば、「護身用に、剣術を習得したい」と提案したときくらいだろう。

『お前が剣を習う……？　そういえば、王妃の護身術によって、王が暗殺者から守られたという事例があったな。よし、いいだろう！　せっかくだし僕も付き合ってやるぞ！　剣を自由自在に扱ってみるというのは、なかなか楽しそうだからな！』

けれどもこれも、束《つか》の間《ま》のことである。

一年ほど経ち、初めて行った手合わせでリーシェが勝った。その直後、ディートリヒは烈火のごとく怒り、リーシェが剣術を習うのを止《や》めさせたのだ。

『やはり、王妃が剣術だなんて言語道断だ！　野蛮な女性は、この国の国母にふさわしくない!!』

そして、その日にリーシェが帰宅すると、家にあった稽古の道具はすべて処分されていた。

『ディートリヒ殿下がお嫌なのであれば、当然あなたにそれを行う権利はありませんよ』

『っ、お母さま……』

『確かに私もお父さまも、あなたに優秀であれと命じました。それはすべて、より優れた王妃となるためです。身に付けた技能によって、殿下のお心を傷つけるくらいなら……』

リーシェの母は、聞き分けのない子供に言い聞かせるように、淡々と冷たく言い放った。

『そんな技能に、一切の価値はありません』

そんな出来事があったのが、リーシェが十三歳のときだ。

あのころのリーシェは、自分の生きている意味なんて、『未来の王太子妃になることだけ』なのだと思い込んでいた。だから我慢し、努力をして、ディートリヒを傍《そば》で支え続けたのだ。

ディートリヒの勉学の補助をしたし、素行を正す役割はリーシェのものだった。けれどもそれは当然で、彼の妃《きさき》になる運命だから仕方がない。そして王立学院を卒業し、本格的な花嫁修業が始まる、五の月一日の夜会でのこと。

『リーシェ・イルムガルド・ヴェルツナー！　王太子の婚約者にあるまじき、陰湿な女め』

ディートリヒはリーシェを指差し、幼いころから変わらない調子で言い放ったのだ。

『今日この時をもって、僕は貴様との婚約を破棄する!!』

『――――……』

この瞬間、リーシェは晴れて、自由の身になったのである。

＊＊＊

（もちろん、『一回目』の婚約破棄の瞬間は、混乱しすぎてそんな風に思えなかったけれど……）

劇場で、用意してもらった特別室の椅子に腰を下ろし、リーシェは深く溜《た》め息《いき》をついた。

この部屋は、皇族や貴族が観劇前後の歓談に使うための一室だ。テーブルは無く、数脚の椅子が向かい合う形になっていて、リーシェはそのうちの長椅子に座っている。

そして、向かいの椅子に座るディートリヒを、どんよりとした心境で見据えるのだった。

「ふ。顔を見るのは数ヶ月ぶりだが、思ったよりも元気そうじゃないか！　この僕と再会できて、お前も嬉《うれ》しいだろう？」

（これまで繰り返して来た人生の中で、婚約破棄後にディートリヒ殿下とお会いしたのは、この人生が初めてだわ）

「聞いているのかリーシェ。……なあ、なあってば！」

（色々と整理したいことはあるのだけど。…………だけど、まず、何よりも先に……）

額を押さえていた手をどけて、リーシェはちらりとアルノルトを見上げる。

アルノルトは僅かに眉根を寄せて、同じ長椅子、リーシェの隣に掛けていた。ここまではなにも問題ない。だが、気になるのはアルノルトの右手についてだ。

（……どうしてアルノルト殿下のお手々は、私の腰をがっちりと抱き寄せているの……!?）

「…………」

その上、ものすごく距離が近い。

肘掛に頬杖《ほおづえ》をつき、ぞんざいに脚を組んだアルノルトは、黙ってディートリヒを眺めていた。

（ディートリヒ殿下を無視できないから、仕方なく場所を設けてもらったけれど……）

リーシェは先ほどまでの大騒動を思い出す。

ディートリヒの姿を認めた瞬間、先に動いたのはアルノルトだった。アルノルトは迷わずリーシェの手を引き、劇場の外に向かおうとしたのだ。

しかし、ディートリヒが全力で存在を主張してきたため、リーシェが諦めてアルノルトを止めた。

そのまま劇場の廊下で騒がれては、他の人や騎士たちの迷惑になるからだ。そして、今に至る。

（アルノルト殿下はどう考えても、ディートリヒ殿下のようなタイプがお嫌いなのよね……）

そもそも夜会などで観察する限り、アルノルトは声の大きい人間が好きではない。

（で、でも、だからといって！　何故《なぜ》こんなに、ぎゅっとされているのかしら……）

お互いの距離は、先ほど特別席《ロイヤル・ボックス》にいたときよりも近いかもしれない。ダンスをするわけでもないのに、人前でこんなに触れ合っていると思うと、なんだか落ち着かない気持ちになる。

「あ、アルノルト殿下……。ディートリヒ殿下に事情を聞くのは、私ひとりで十分ですので」

リーシェはそわそわとアルノルトを見上げ、小さな声で尋ねてみた。

「ご気分が優れないようでしたら、アルノルト殿下は別の場所に行って、お待ちいただいても……」

「おいリーシェ！　なんとなく分かるぞ、いま僕の話をしているだろう！」

「…………」

ディートリヒから視線を外したアルノルトは、リーシェの方を見下ろして、静かに目を伏せる。

「――行かない」

「……え」

そして、はっきりと口にするのだ。

「お前のそばにいる」

（っ、うぐう……!!）

どことなく誠実な物言いに、どきりと心臓が跳ねてしまった。

気恥ずかしくなり、リーシェは慌てて俯《うつむ》く。そのとき、向かいのディートリヒが、ようやくこちらの状況に気付いたらしき声を上げた。

「というかその体勢はなんだ!?　まだ夫婦ではないのに、腰を抱くだとう……!?」

ディートリヒは、耳まで真っ赤にしながらアルノルトを見る。

「そういうのはっ、はれっ、破廉恥なんだぞ!!」

「は？」

「わおうあ……っ!!」

アルノルトが放った短い言葉に、ディートリヒは長椅子で跳ね上がる。

あまりにも冷たい殺気だった。隣で聞いているだけのリーシェでも、背筋が凍り付きそうなほどだ。ディートリヒを黙らせたあとも、アルノルトは殺気を和らげない。

「アルノルト殿下……。その、なんだか申し訳ありません……」

重い視線を向けられて縮こまるディートリヒを見つつ、リーシェはアルノルトに謝罪する。

「お前が謝ることは、なにひとつないだろう」

リーシェに向けられる言葉だけは、穏やかでやさしい。けれどもアルノルトは、再び冷たい目でディートリヒを見遣《みや》ったあと、どことなく怠惰な雰囲気を纏《まと》いながら口を開いた。

「……それで？」

「ぐ……っ」

言葉数の少ない問い掛けに、ディートリヒが身構える。

「ぼ、僕はいま、貴殿ではなくリーシェと話しているんだ！」

「リーシェが対話を望むからこそ、貴様がこの場にいることを許している。本来であれば、貴様は『この国の妃と直接会話できる立場ではない』ということを理解しろ」

「だからといって、リーシェはまだ貴殿の妃ではないはずだ。自分のもの扱いするには早いぞ！」

すると、アルノルトは静かな軽蔑のまなざしをディートリヒに向ける。

「『夫』の持つ権利について、根本的な思い違いをしているらしい」

「なんだって!?」

「リーシェは俺の妻とはなるが、俺のものになるわけではない。彼女に関する権利を所有するのは、彼女のみだ」

「うぶう……！」

「俺はリーシェに危険が及ばない限り、その行動を制限することはない。俺が自由な行動を許さないのは、貴様に対してなのだと弁《わきま》えるんだな」

（……本当に、アルノルト殿下はいつも、私のしたいことを尊重してくださる。ディートリヒ殿下とお話の場を設けて下さったのも、そのお陰だけど……）

アルノルトは、地を這《は》うように低い声で言う。

「リーシェの最初の問いに答えろ。『なぜ、貴様がこの国にいる』」

（……本格的にご機嫌ななめだわ……）

いくら大国ガルクハインの皇太子といえど、これが普段のアルノルトであれば、もう少し違った言葉の選び方をしているはずだ。

少なくとも他国の王族と話す際は、いきなり命令口調を用いることなどなかった。やはりディートリヒとの会話は、アルノルトにとって精神衛生上よくないものなのだ。

早くこの場を切り上げるためにも、リーシェは口を開く。

「ディートリヒ殿下。実はわたくし、マリーさまとお手紙を交わしておりまして」

「なあっ!? お前がマリーと文通だと!?」

「そのお手紙に書いてありました。マリーさまは、私がエルミティ国を出立してからというもの、ディートリヒ殿下の『教育』に身を捧《ささ》げていらっしゃると」

「!!」

リーシェがガルクハインに着いた直後、マリーからはありったけの謝罪が届いていたのだ。

便箋には何枚にも渡り、マリーがリーシェにしたことのお詫《わ》びと、それを償うために決めたことが連ねられていた。

言葉を尽くして綴《つづ》られた中に、ディートリヒの今後についても書かれていたのである。

「マリーさまは、たとえご自身が王太子妃になることは無くとも、ディートリヒ殿下が立派なお方になれるように傍で支えると仰《おっしゃ》っていました」

「ぐ……うぐぐ……」

「……ですが、不思議に思っていたのです。ディートリヒ殿下が、たとえ愛するマリーさまの指導といえど、そのような『教育』に耐えられるなんて……と」

リーシェはすんと目を細め、ディートリヒを見遣る。

「ディートリヒ殿下。――エルミティ国から、逃げて来られたのでしょう?」

「ちちちちちちちっ、違あ――――う!!」

「寄るな。座れ」

「ひいっ」

叫びながら立ち上がったディートリヒを、アルノルトが淡々と威圧する。その瞬間、更にぎゅうっと腰を抱き寄せられ、リーシェは心臓が爆《は》ぜそうになった。

「この僕が、逃げたりするはずないだろう!」

(そんなことより、アルノルト殿下は何故、どことなく私を庇《かば》うような体勢に……!?)

座り直したディートリヒは、必死に言葉を探しながら言う。

「マリーはものすごく繊細だから、あの婚約破棄を気に病み過ぎてしまっているんだ……!! 『私たちがリーシェさまにしてしまったことは、到底許されない大罪です。寛大なお気持ちに報いるためには、私たちが変わらないと』なんて言い始めて……」

リーシェは、アルノルトに抱き寄せられてどきどきしながらも、ディートリヒには冷静に告げた。

「ど……どうぞ私のことなどお気になさらず。ですが、そんなマリーさまのお気持ちは嬉しく、心より痛み入ります」

「お前はいまのマリーを知らないから!! いいか、あれ以来マリーは左手に教本、右手に強靭《きょうじん》な鞭《むち》を持って微笑《ほほえ》み、『今日も頑張りましょうディーさま』とにこやかに鞭をしならせるんだぞ!?」

(……それはちょっと、どういう状況なのか見てみたい気もするけれど……)

この様子だと、リーシェの見立ては当たっているのだろう。

「国王陛下をはじめ、皆さまマリーさまに協力的だそうですね」

「ぐっ、ぐぬぬぬぬ!!」

「お勉強に、改めての礼儀作法教育、帝王学の再履修。ディートリヒ殿下はそんな諸々《もろもろ》に耐えかね、自国内で行き場を無くし、だからこそガルクハインまで来られたのでは?」

「…………」

しん、と室内が静まり返った。

隣のアルノルトは無言だが、もはや汚いものでも見るようなまなざしをディートリヒに向けている。リーシェは小さく溜め息をつき、口を開いた。

「ディートリヒ殿下。マリーさまも国王陛下も、決してあなたへの意地悪で仰っているのではないのですよ? 私だってそうでした。ディートリヒ殿下をお支えしなければと思うからこそ、さまざまな進言をさせていただいたのです。それを……」

「ぼ、僕を誰だと思っているんだ!?」

リーシェの言葉を遮って、ディートリヒが声を上げた。

「よってたかって教育されるほど、落ちこぼれているわけじゃない! 昔から才能がある、やれば出来ると言われてきたんだ!!」

「でも、やりませんでしたよね。一度も」

「ぐなあっ!?」

何かが心臓に突き刺さったかのように、ディートリヒが左胸を押さえた。

「『やれば出来る』という言葉は、『やっていないから出来ない』と同義です。仕舞われていて出すことの出来ない道具は、存在していないものと変わりません」

「うっ、ううう……！」

「ディートリヒ殿下。『やろうと思えばいつでもやれる』という環境にいられることは、本来とても恵まれたことなのです」

婚約者だった時代には、もう少し言葉を選んでいた。けれども今日は、アルノルトの精神衛生上、なるべく早く帰りたいのだ。

「私のもとにいる侍女は、どれだけ勉強をしたくとも、幼い弟妹の世話をしなくてはならない子たちでした。『何かを学ぶために努力する』ことすら許されない日々を、想像なさったことは？」

「ぐ……っ！」

「マリーさまだってそうでしょう。ご家族を助けるためにと裕福なお相手との結婚を望み、必死に学院への入学を果たされた。そんなマリーさまが、『王太子妃になれなくとも構わないから』と、ディートリヒ殿下に尽くされていることをどうお考えに？」

「そ、それは!!」

マリーの名前を出したことで、ディートリヒの顔色が変わった。けれどもぐっと両手を握り締め、振り絞るように言うのだ。

「お、お前に何が分かる……!! 僕だって生まれて数日くらいは、努力しようとしていたさ!!」

「生まれて数日の赤ちゃんは、まだそういうことを考えられません」

「細かいことはいいんだよ!! そうだ、お前に分かるものか、僕の気持ちが!!」

ディートリヒは顔を真っ赤にし、リーシェに叫ぶ。

「望まないのに王太子に生まれ、常にお前という人間が傍にいた、僕の気持ちがなあ!!」

「……」

思わぬ言葉を向けられて、リーシェはぱちぱちと瞬《まばた》きをした。

「僕の前にはリーシェ、いつもいつもお前が立ちはだかっていた!! 僕より試験の点が高く、物覚えが良くて、常に大人に注目される……!!」

「ディ……ディートリヒ殿下?」

「僕の家庭教師なのに、お前だけが対等に教師と話をして! 馬場に連れて行けば、お前が先に馬と仲良くなる! 走るのも僕より速いし、剣術に至っては無惨に負かされたんだぞ!!」

リーシェは言葉に迷い、口を閉ざす。

「僕が努力したって、絶対お前に敵《かな》いっこないんだ! 僕にだって、優れたところはたくさんある。王太子にさえ生まれて来なければ、僕の実力は相応に評価されたはずなのに……王太子に生まれるのであれば、せめてお前のような能力があればよかったのに! そんな気持ちをずっと、僕は……」

「ぐす……っ」

驚いているリーシェの前で、ディートリヒが再びがくりと項垂《うなだ》れた。

「!!」

どう声を掛けていいか分からないでいるうちに、ディートリヒから涙声が聞こえて来る。

「僕は本当は……お前のような人間になりたかった……!!」

（な、泣いてる……!!）

リーシェは愕然《がくぜん》としてしまう。

十五年も身近で育ってきたものの、ディートリヒが泣くところを見るのは初めてのことだった。

（いくらなんでも、言い過ぎたのかしら）

狼狽《うろた》えたリーシェは、思わず隣のアルノルトを見上げる。

ここ最近のリーシェは、困ったときについついアルノルトを頼ってしまうのだ。彼に甘えている自覚はあって、よくない傾向だとも反省していた。

（殿下だって、こんなときに助けを求められても困るわよね）

そう思ったのだが、アルノルトはリーシェを見下ろして、仕方がなさそうな顔をする。

「……分かった。任せておけ」

「え！」

どうやら、リーシェが困っていることに気が付いてくれたらしい。

（もしかして、アルノルト殿下がディートリヒ殿下を慰めて下さるのかしら？　そうかもしれないわ。アルノルト殿下は、本来とてもやさしいお方だし）

そしてアルノルトは、ディートリヒを見遣って口を開いた。

「――どのような理由や、経緯があろうと」

（……んん？）

どう考えても、慰めの言葉が続く雰囲気ではない。

リーシェがそう思うのと同時に、アルノルトはきっぱりと言い放つ。

「一切の非がないリーシェと婚約破棄し、国外追放しようとした愚行の釈明にはならない」

「ぐうううう!!」

（あ、アルノルト殿下────っ!!）

その瞬間、ディートリヒが泣きながら崩れ落ちた。

「うぐおうっ、僕は……僕は……!!」

アルノルトに一切の容赦はない。それどころか泣いているディートリヒを蔑んで、その冷ややかさは増すばかりだ。

「一介の令嬢からすべての後ろ盾を奪い、繋《つな》がりもない地へ追い出すことが、死刑宣告と同義だと分かっていたのか？」

「し、死刑!?」

「そのつもりが無かったと宣《のたま》うのなら、愚かさにさらに輪を掛ける。あまつさえ自分の無能を棚に上げて、リーシェに責任転嫁をするなど言語道断」

「ちょわ……っ、あの、アルノルト殿下……！」

リーシェは慌ててアルノルトを止め、こしょこしょと彼に耳打ちをする。

「なっ、何故この状況で追い討ちを……!?」

「なんだ。先ほどの視線は、俺がとどめを刺しても構わないという許可じゃなかったのか」

「違います！　というか殿下、絶対に分かってらっしゃるでしょう……!!」

アルノルトも小声で話すのは、リーシェがそうするのを真似《まね》たのだろうか。青い瞳がリーシェを見て、こう告げる。

「俺がこの男に配慮してやる理由はない」

（仰る通りです……！）

しれっとした表情で言い切られ、リーシェは額を押さえた。

「むしろお前は寛容すぎる。ここにいるのは、お前を婚約破棄した相手だぞ」

「だって……ディートリヒ殿下の婚約者という立場は、『私にとって心底いらないもの』ですし。不要なものを剝奪されたからといって、怒る必要が一体どこに……？」

「……俺よりも、お前の方が辛辣じゃないか……？」

ディートリヒを放置したまま、リーシェたちはふたりで内緒話を続けていく。そのうちにディートリヒが、ぶつぶつと小さく呟《つぶや》き始めた。

「僕は……生まれる環境がもっと違えば、もっと僕らしく輝けるはずだったんだ……！　好きで王太子に生まれたわけじゃないのに……」

そんな発言も、アルノルトの言葉で遮られる。

「では、リーシェが好きでお前の婚約者として生まれて来たとでも思うのか」

「そ、それは……！」

アルノルトは脚を組みかえて、心底嫌そうにディートリヒを眺めた。

「仕方ないから尋ねてやるが。……お前が羨んでいるリーシェが、これまでなんの苦心もなく、人生を送って来たとでも？」

ディートリヒが気まずそうに目を逸《そ》らす。アルノルトは、肘掛けに頬杖をつきながら言った。

「リーシェがこの国に来て、僅か二ヶ月だ。しかし彼女を夜会に連れて行くと、その場に居る全員の顔を覚えていて、それぞれの好む会話をすることが出来る」

そんなことをアルノルトが口にしたため、リーシェは目を丸くする。

「そ……それはそうだろう。リーシェは昔から記憶力が良いんだ」

「違う。記憶力だけに頼っているわけではない」

ディートリヒの言葉を否定して、アルノルトは続ける。

「どれほどくだらない会話でも、リーシェは誠実にそれを聞いていた。その上で、次回までに会話の内容を調べているんだ。それで彼女の利になることなど、なにひとつないにもかかわらずな」

「アルノルト殿下……」

「性根の腐った貴族のひとりが、ガルクハインのあまり知られていない歴史について、話題を振ったことがあった。――それに対して淀《よど》みなく答えられたのは、彼女が睡眠時間を削り、この国のことを独学で学んでいるからに他ならない」

そうして青色の双眸《そうぼう》が、リーシェのことを静かに見下ろした。

「体力のつく食品や酒を、定期的に兵舎へ差し入れていることを知っている。自身に必要のないことでも、俺のためになるならばと、ほとんど面識のない俺の近衛《このえ》騎士にまで気を配っているんだ」

（……アルノルト殿下が、そんなところまで見ていて下さったなんて……）

柔らかなまなざしを向けられて、頬が火照ってしまうのを感じる。

「彼女のそういった振る舞いを、俺はいくらでも挙げることが出来る。俺の目が届かないところにさえも、無数に存在しているだろう」

「か……買い被《かぶ》りすぎです殿下。そんな風に言っていただくほどのことでは」

「お前はもっと、自分が積み重ねてきたものを誇っていい」

「！」

大きな手がリーシェの輪郭を包み、親指でするりと頬を撫《な》でる。

「皇太子妃として努力をしてきたことを、この男にもちゃんと教えてやれ」

「う……」

確かに、アルノルトがいま挙げた話については、戦争回避の目的以外にも思惑があったのだ。

婚約者として夜会に出る以上、アルノルトの汚点になる振る舞いはしたくなかったし、せっかくならばきちんと務めたい。近衛騎士を全員覚えたのは、アルノルトがどんな臣下を選び、どんな風に彼らと接するのか知っておきたかったからだ。

（……自分でやりたくてそうしているのだから、褒められて嬉しいのは変なはずなのに……）

心の中に、ほわほわと花が咲いたかのようだ。

アルノルトの手が、頬からゆっくりと離れる。けれども火照りを隠すために、リーシェは自分の手で顔を押さえた。

照れ臭さと共に、アルノルトの言葉を噛《か》み締めてしまう。だが、聞いていたディートリヒは、がくりと俯いて唸《うな》り声《ごえ》を上げた。

「うぐう、うう……！」

(は……っ!!　そうだわ、いまはディートリヒ殿下……！)

ふにゃふにゃしている場合ではない。リーシェは一刻も早く、アルノルトをディートリヒから離さなくてはならないのだ。

「僕が……間違っていたというのか……？」

どうにか切り替えて、思案する。

(これまでの人生通りなら、ディートリヒ殿下はいまから一年も経たないうちに、お父君へのクーデターを目論《もくろ》んで失敗なさるのよね)

その噂《うわさ》を過去人生で耳にした時は、あまりのことに呆《あき》れてしまった。

クーデターとは言ってみるものの、その顛末《てんまつ》はお粗末なものである。ディートリヒは臣下たちに唆され、父王への背信めいた行動を取るものの、すぐさま露呈してしまうのだ。

武器を集めることも出来ず、国家機密を流出させることも出来なかった。父王に傷の一筋も与えたわけでなければ、騎士たちが動く事態にすらなっていない。

あまりにも気付かれるのが早すぎて、ディートリヒが何らかの行動を起こす暇もなかったと聞いている。言うなれば、ディートリヒの犯した罪は、『国王への背信を計画した』一点のみなのだ。

しかし、それは絶対に許されることのない大罪でもある。

ディートリヒは王太子の権限を剝奪され、軟禁状態へと追いやられるのだった。そしてエルミティ王国王太子の座は、年の離れたディートリヒの弟へと渡る。

（本当に、アルノルト殿下とは正反対だわ……）

過去すべての人生において、父帝から皇位を簒奪《さんだつ》してみせたアルノルトは、リーシェの視線を不思議そうに受け止めた。

（『私がディートリヒ殿下に干渉することは出来ない』と、婚約者だった十五年間で身に染みて分かっているもの。止めなかったとしても、あのクーデターで失われるのはディートリヒ殿下の王位継承権くらいだし……）

リーシェはううんと考え込む。

（でも、以前のディートリヒ殿下なら素通りされていたような諫言《かんげん》が、今日はいつもより届いている気がする。マリーさまのご教育の結果……？　アルノルト殿下の迫力のお陰かしら。今なら私にも、何かディートリヒ殿下をお手伝い出来るかも）

ディートリヒが顔を上げたのは、その時だった。

「いや――――僕は、僕は間違っていない！　胸を張るんだディートリヒ！」

「……ディートリヒ殿下？」

「いまこそ話してやろう！　この僕が何故、お前の十六歳の誕生日を前にガルクハインまで来てやったのか、本当の理由を……！！」

涙声のまま突拍子もないことを言われ、リーシェはきょとんとしてしまう。

「私の誕生日、ですか」

確かにリーシェは九日後、七の月三十日に誕生日を迎える。だが、それがどうしたのだろう。

「ガルクハインも我が国と同様、十六歳にならないと婚姻を結べないだろう？　つまりリーシェ、お前が十五歳であるうちは、ガルクハインに正式には嫁いでいないというわけだ！」

力いっぱいの発言に、ますます混乱してしまった。

「分からないか？　お前が婚姻の資格を得ていない今のうちに、僕が助けてやると言っているのさ」

「助ける？　私を？　一体何から？」

「もちろん！」

びしり、と人差し指の先が向けられる。

「お前にとって不本意であろう、その婚約からに決まっている!!」

「――……」

リーシェは思わず絶句した。

「大体、父上も父上だ！　仮にも僕の幼馴染であるリーシェを、『冷酷で残虐』と噂される男のもとに差し出すなど。いくらなんでもリーシェが可哀想《かわいそう》じゃないか!!」

ディートリヒはぐすっと啜《すす》り泣きながらも、自信を取り戻したらしき表情で言う。

「だが、僕は大国相手にも屈しない。こうしてまだ間に合ううちに、リーシェを助けてやろうとしているわけだな！」

「……」

「そしてこの皇都に辿《たど》り着き、歌姫シルヴィアの名前を見て劇場に入っただけだというのに、こうして偶然の再会を果たせたんだ！　うん、考えれば考えるほど、女神は僕の味方をしている！」

「………」

「喜べリーシェ。お前の誕生日祝いの祝宴は、我が国に帰ってから開けるぞ」

そしてディートリヒは、きりっとした涙目でアルノルトを見た。

「アルノルト・ハイン殿！　僕は貴殿を恐れない！　……いや、本当は少し、大分怖いが……これは乗り越えるべき試練!!　僕は王たる資質に満ちた、未来の国王なのだから！」

無礼な言葉を向けられたはずのアルノルトは、心からどうでもよさそうな表情をしている。

アルノルトにとって、もはや相手をする価値もないのだろう。ディートリヒにまったく反応を返すことなく、アルノルトがこちらを見遣った。

「リーシェ。もうそろそろ気が済んだか」

「………」

「なら帰るぞ。騎士に命じて、この男はどこかに引き渡す」

「な……っ!!　ぼ、僕を追い返すつもりか!?」

リーシェは深呼吸をしたあと、俯いてから口を開いた。

「ディートリヒ殿下」

「!?」

ぽつりと名前を呼ぶと、ディートリヒが肩を強張《こわば》らせる。

「……私は。あなたに婚約破棄をされようと、国外追放を命じられようとも、それについて何か申し上げるつもりはありませんでした。……ですが」

リーシェは真《ま》っ直《す》ぐに、ディートリヒのことを見据えた。

「――あなたが、アルノルト殿下のことを悪《あ》し様《ざま》に仰るのは、絶対に看過できません」

「り、リーシェ……？」

これまでの十五年間、リーシェは何度もディートリヒを叱ってきた。

だが、彼にこんなにも強い感情を向けたのは初めてかもしれない。現に目の前のディートリヒは、驚いて何も言えなくなっている。

「アルノルト殿下は、私に対して世界一おやさしいです。街に出ることを許し、乗馬のための馬を貸して下さって、ときには剣術の稽古をつけて下さる。あなたの婚約者だった私には、どれも許されないことでした」

リーシェがお忍びで出掛けたことを、アルノルトは怒らなかった。

離宮を自分で整備することも、畑で薬草を育てることも、侍女の採用や教育も任せてくれた。

リーシェが剣術の手合わせを頼めば、忙しいときでも時間を作ってくれる。

リーシェが選択したことを、彼は認めてくれるのだ。

貴族家の女性にとって、リーシェにとって、それがどれだけ掛け替えのないことだろうか。

「私に気を配り、私の体調を案じて、自由に過ごせているかを慮《おもんぱか》って下さって。アルノルト殿下が私を叱るのは、私が何か危険なことをしたときだけです。……それなのに、ディートリヒ殿下が私を助けるなどと、世迷言《よまいごと》を仰るのなら……」

次の瞬間、リーシェは言葉の勢いのまま、アルノルトにぎゅうっと抱き着いた。

「！」

「なななあ……っ!?」

アルノルトとディートリヒの驚きが、一気にリーシェへと向けられる。

アルノルトの体は、剣士としては細身にも見える体型だ。それなのに、こうして実際に腕を回すと、体格の良さや筋肉の硬い感触にびっくりする。そのことを深く考えないようにして、リーシェはディートリヒをきっと睨んだ。

「証明いたします！　アルノルト殿下が、夫としていかに素晴らしいお方であるかを！」

「のっ、のののの、望むところだ……!!」

「……………」

けれど、そんな体勢でいられたのは、ほんの数秒ほどである。

リーシェはその後、帰りの馬車で、顔を真っ赤にしながらアルノルトに謝ることになるのだった。

＊＊＊

「本当に……。本当に、申し訳ございませんでした……」

「……いや………」

劇場から城へ戻る馬車の中で、リーシェは深々と頭を下げた。

向かいのアルノルトを見ることも出来ない。ぷるぷると震えつつ、必死に謝罪を繰り返す。

(か、顔から火が出そう…!!)

車内は先ほどから、どことなく気まずい雰囲気になっていた。それを意識すると、頬どころか耳まで熱くなり、更に恥ずかしさが増してしまう。

それもこれも、先ほど取ってしまった行動の所為だ。

リーシェはディートリヒに対し、アルノルトがやさしい人であることを証明すると言い切った。

結果として、ディートリヒはしばらくの間、ガルクハインに留《とど》まることになったのである。だが、馬車の中がこんな空気になっているのは、リーシェがアルノルトに触れてしまったことが原因だ。

(ううう、私はなんということを……!! ディートリヒ殿下に反論したいあまり、妙な宣戦布告をしてしまった挙句、アルノルト殿下に抱き着いてしまうなんて……)

あんなものは、人前で腰を抱くどころの騒ぎではない。しがみついた瞬間、アルノルトが驚いていたことを思い出し、両手で顔を覆いたくなる。

アルノルトの言葉数も少ないような気がして、沈黙が居《い》た堪《たま》れなかった。

「そもそもが、ディートリヒ殿下とお話しする場を設けていただいたことも含め、多大なご迷惑とお手数をおかけして……」

リーシェが重ねて謝罪をすると、アルノルトが小さく息をつく。

「お前の行動を制約するつもりはない。お前は会いたい人間に会い、話したい相手と話せばいい」

「殿下……」

本来であれば、リーシェにそんな自由が許されることはない。

ディートリヒの方が普通で、リーシェの母が当たり前なのであり、アルノルトが変わっているのだ。貴族家の娘や、皇族の妻という立場は、本来そういうものである。

「やっぱりディートリヒ殿下には、アルノルト殿下がすごくやさしい方だということを、分かっていただきたいです」

拗《す》ねた気持ちでそう言うと、アルノルトは皮肉っぽい笑みを浮かべて言う。

「あの男が言うことは事実だ。お前の発言の方が甘い」

「……そんなはず、ありません」

「そんなことよりも。この都にあの男を留まらせるのであれば、お前にくだらない罪を着せた償いの方をさせるべきだろう」

アルノルトはそう言うが、ディートリヒに婚約破棄されたことについては、むしろ有り難いと思っているくらいなのだ。

「私に何をされるよりも、アルノルト殿下にひどいことを言われる方が、私はずっと嫌です」

「俺だって、あんな人間に何を言われたところで何も感じない。小物がいくら吠《ほ》えようと、好きに言わせておけばいい。――だが」

涼しい顔をして言ったあと、アルノルトは少しだけ低い声音で紡ぐ。

「お前が軽んじられるのを、許容するつもりはないからな」

リーシェは、再び心臓がどきりと跳ねるのを感じた。

(私のために、ここまで言って下さっているのに……)

アルノルトの、どこが冷酷で残虐だというのだろうか。

だが、口に出せばきっと否定される。ディートリヒやアルノルト自身に分かってもらうためには、言葉以外で伝える必要があるようだ。

「とはいえ先ほどの一件には、驚いたのも確かだが」

話が元に戻った気配に、リーシェはびくりと肩を跳ねさせた。

「お前があんな態度を取るのは、珍しいな」

「で……殿下に思いっきり抱き着いてしまった件は、心からお詫びしたく……」

「………そのことではない」

何故か渋面でそう言われて、首を傾《かし》げる。

「お前はあの男に対して、他の人間と接するときよりも、あけすけに見える」

「むぐ……」

確かにアルノルトの指摘通り、ディートリヒにはついつい言い過ぎてしまう自覚があった。

「それは、私がディートリヒ殿下のお目付け役を兼ねていて、度々お叱りしていたからです。あの方に対してだけは、うっかり辛辣になってしまうというか……私たちは、幼馴染でもあるので」

そのとき、馬車の窓枠に頬杖をついたアルノルトが、リーシェにじっと視線を向けた。

「リーシェ」

「？」

アルノルトが、隣の座席をぽんぽんと叩《たた》く。

彼がこうしてみせるのは、ここに座れという合図なのだ。リーシェは不思議に思いつつも、呼ばれたからには立ち上がり、アルノルトの横にぽすんと座った。

そうして彼を見上げると、アルノルトはこちらを見据えながら言う。

「俺のことは叱らないのか」

「えっ」

思いも寄らない問い掛けに、リーシェは目を丸くした。

（それは、公務などに関して、ということなのかしら……？）

無表情のままであるアルノルトは、こちらが答えるのを待っているかのようだ。リーシェは戸惑いつつ、率直な意見を口にした。

「私がアルノルト殿下をお叱り申し上げるなんて、滅相もございません。たとえばディートリヒ殿下に関しては、『私が言わないとどうしようもない』という焦りもありましたが……」

「……」

そんな言葉を聞きながら、アルノルトが手を伸ばしてくる。

リーシェの横髪を耳に掛けるような、そんな触れ方だ。次いで、先ほど劇場に着いたときのように、しゃらしゃら揺れる耳飾りを指で撫でる。

「アルノルト殿下は、私がいなくても大丈夫ですし……んん」

くすぐったくて首を竦《すく》めたあと、リーシェはおずおずとアルノルトを見上げた。リーシェを見つめるアルノルトは、その青い目を少しだけ伏せてから言う。

「どうだろうな」

「……？」

不思議に思いつつも、リーシェは不意に思い至る。

「もしかして、たまには誰かに叱られてみたいですか？」

「……」

アルノルトは少し物言いたげな表情をした。

肯定された訳ではないが、何も反論されなかったため、何かないかと考えてみる。

「では、『毎晩遅くまでお仕事をなさってはいけません』とか」

「……それはお前にそのまま返そう」

「『もっと休憩や休養を取ってください』とか」

「それも同様にお前に返す」

「ううん……『ご自身のお仕事を、他の方にもっと分配した方が』とか……」

「………………リーシェ」

多大な本音に、ほんの僅かな冗談を混ぜていたリーシェは、そこでアルノルトに告げてみる。

「では。『誰かのことを警戒しているなら、私にも教えてくださいね』というのは？」

「――……」

するとアルノルトが面白がるように、暗い瞳で小さく笑った。

「俺への誘導尋問のつもりなら、もう少し上手《うま》くやった方が良い」

僅かに掠《かす》れた声は、リーシェを挑発するようでもある。カマを掛けようとしたことは、すぐさま見抜かれてしまったらしい。

「なんとなく胸騒ぎがするだけで、根拠があるわけではなかったので」

「グートハイルに対し、やたらと緊張感の籠った視線を向けていたのも、その『胸騒ぎ』とやらの所為か？」

（……表には、出さなかったつもりなのだけれど……）

ほんの些《さ》細《さい》な反応であっても、アルノルトには気付かれてしまう。だが、リーシェがグートハイルを注意深く見ているのは、ひとえに未来を知っている所為だ。

そのことまでは、知られるわけにいかない。

「グートハイルさま個人に対し、思うところがあったのではありません」

小さな嘘《うそ》をついた上で、リーシェは続けた。

「ですが、今日の警備状況については、アルノルト殿下らしくないと感じました」

「へえ？」

「人手が不足しているのは事実だとしても、アルノルト殿下の近衛騎士はずっと少数精鋭でこられたはず。別隊に協力を要請されるきっかけが、『劇場の警備』では弱すぎます」

他国に赴く用件ならいざ知らず、本来なら今日は、何事もなく終わる予定だったのだ。

「ここにきて拡張をお考えなのは、兵力の必要になりそうな懸念を抱えていらっしゃるからでは？」

「……」

リーシェはじっとアルノルトを見上げる。

（もちろん、戦争の準備を進めていらっしゃるのかどうか、その動向も気になるのだけれど……）

青い瞳は海のようで、眺めているだけでは底が知れない。

（それだけではなくて。……アルノルト殿下に、何かご心配や憂いごとがあるのなら、少しでもそれを晴らすお手伝いがしたい）

とはいえ、それは難しいことだとも分かっていた。

ガルクハインに来たばかりのころ、アルノルトに『少しでも打ち明けてほしい』と願ったことがある。あれは、リーシェがテオドールに攫《さら》われた際のことだっただろうか。

そのときは、まったくアルノルトに届かなかった。

（話して下さることなんて、望めないのかもしれないけれど……）

そう思った瞬間に、目を伏せたアルノルトが口を開く。

「……ファブラニアは、愚かな国だ」

「！」

それは、先日出会った王女ハリエットが嫁ぐはずだった国の名前だ。

ファブラニア国は、他国の贋金《にせがね》を製造していた。そして彼らは、他国から嫁いでくる予定だったハリエットに命じ、ガルクハイン金貨の贋金を流通させようとしていたのである。

その目論見《もくろみ》は暴かれ、ハリエットは婚約破棄を決意して、シグウェル国を中心に告発の準備が進んでいる。しかし、そんなファブラニア国の名前が、ここで挙げられるとは思わなかった。

意外に思ったリーシェに対し、アルノルトは淡々とした声音で言う。

「ファブラニアは、ガルクハインと頻繁に交易をしているわけではない。贋金を大量に作ったところで、それを使う機会は限られている。なのに、何故そんな真似をした？」

「かの国は、ガルクハインに一方的な敵対心を抱いているのですよね？　当初はガルクハインに取り入ろうと動き、アルノルト殿下の妹君に求婚して、それが受け入れられなかったからと。不合理であろうともそういった感情から、ガルクハイン金貨を標的にしたのでは……」

そこまで答えたあとで、リーシェは自分の考えを否定した。

（アルノルト殿下が問題になさっているのは、ファブラニア国の動きではないんだわ）

思考がそこに至ったことを、アルノルトの方も察したのだろう。

「ファブラニア国の連中が、愚行を侵してでもガルクハインに攻撃しようとするのは察しがつく。面倒なのは、それを手引きした存在があるのではないかという点だ」

「ガルクハインの贋金を作るため……ガルクハインを攻撃するために、ファブラニア王室とは違う何者かが、王室をそそのかした……？」

もちろん、まったく想像ができないことではない。

世界戦争は二年前に終わっており、平和な日々が続いているが、そんな期間にも大国はさまざまな戦略を動かしている。

敵対しうる国の国力を削り、有事に備えるというのは、国防の手段のひとつでもあるのだ。

（未来で起きる戦争において、ガルクハインと渡り合うことが出来るほどの兵力があったのは、世界に三ヶ国だけだわ）

アルノルトは、座席の背もたれに体を預けて目を瞑《つむ》る。

「とはいえ、兵力拡張に関してあからさまな動きを取れば、他国の諜報《ちょうほう》が潜り込んでいた場合は筒抜けになる」

それについては同感だ。五度目の人生において、リーシェの所属していた『狩人《かりゅうど》』集団は、裏で諜報活動を行う組織でもあった。

ガルクハインへの潜入を命じられたことはないが、それはシグウェル国がそう判断したからだ。他国にも諜報はたくさん存在していて、大国であるほど狙われやすいだろう。

「他国も面倒だが、父帝はそれ以上に面倒だ。あの男がファブラニアの動向を知れば、どう動くか分からない。兵力を増やすにしても、なるべく父帝の目につかないようにする必要がある」

（……お父君を徹底的に避けようとなさるのは、本当にそれだけが理由かしら……）

アルノルトの父である現皇帝は、好戦的な人物だと聞かされている。他国が不穏な動きを見せれば、それを理由にすぐさま侵略を始めてもおかしくはないと教わった。

しかし、アルノルトが秘密裏に動くのは、父殺しの革命を見据えている可能性もある。

（ここはやっぱり、未来のアルノルト殿下に繋がる存在――未来の重臣である、グートハイルさま

のことについても調べておきたいわ。けれど、私がいきなりあの方を探るのは怪しすぎる）

近付く理由が必要だ。それに、先ほどグートハイルに運んでもらった歌姫シルヴィアの容態についても、リーシェの心配のひとつだった。

（それに、ディートリヒ殿下への対処についても……）

「……」

アルノルトの視線を感じ、俯いていた顔を上げる。間近に彼と目が合って、心臓がどきりとした。

「アルノルト殿下？」

「……あの男が、お前の『誕生日祝い』と口にしていた」

アルノルトの言葉に、ぱちぱちと瞬きを繰り返す。

「祝うものなのか。誕生日とやらは」

ほんの一瞬だけ不思議に思う。けれど、そう問い掛けられたのは、アルノルトにとって馴染《なじ》みがないものだからなのだと気が付いた。

「アルノルト殿下のお誕生日には、何もなさらないのですね？」

「毎年その日に夜会が開かれているが。参加したことは一度もないな」

アルノルトは心底どうでも良さそうだ。無表情に近い冷めた表情でも、その顔立ちは美しい。

（ガルクハイン皇族の方々は、皇帝陛下を除いて、国民の前に出る祭典にも参列なさらないというお話だったわよね……）

つまり、国を挙げての祝い事なども、現皇帝のものしか行わないということなのだろう。

「では、オリヴァーさまからは？」

「何故オリヴァーが出てくる？　……あれには、たとえどんな日であろうと、いつもと違う振る舞いはしないように命じてある」

話を聞いている限り、彼は家族との縁も薄い。父帝とは険悪であり、実の母からは憎まれていたと言っていた。

妹姫たちは離れた場所で暮らしており、テオドールと和解したのはつい最近だ。オリヴァーも何もするなと命じられているのであれば、アルノルトにとって、『誕生日の祝い事』は未知のものに近いのだろう。

「必ず祝うものかと言われれば、そうとは限らないのですが……少なくとも私は、周りの方のお誕生日はお祝いしたいです」

「そうか」

「だから、次の殿下のお誕生日……十二の月二十八日には、いっぱいお祝いをしてもいいですか？」

アルノルトを見上げ、リーシェはふわりと微笑んだ。

「そのころにはもう、私たちは夫婦になっているはずですし。夜会はなしで、内々にいたしましょう。オリヴァーさまやテオドール殿下もお誘いして、美味《おい》しいものをたくさん食べて――……」

そんなことを想像して、わくわくする。

せっかくならば、アルノルトにとって良い日になればいい。もちろんそれは誕生日に限らないのだが、祝いごとのための素晴らしい口実は多い方が良いのだ。

「お前のやりたいことをすればいい。だが」

アルノルトは小さく息を吐く。

「俺よりも、先に誕生日を迎えるのはお前だろう」

「……あ。そうでした」

少しだけ呆れたその声は、それでもやさしくリーシェに尋ねた。

「祝うべきものなのであれば、お前が望むだけの祝賀を。……何が欲しい？」

「………………」

そう言われて、リーシェは一瞬だけ固まってしまう。

欲しいものが思いつかないからではない。アルノルトも、そのことに気が付いたのだろう。

「リーシェ？」

「……実は。他の方をお祝いするのは大好きなのですが、自分の誕生日には若干の苦手意識があり」

アルノルトが、不可解そうな表情を見せた。

（もちろん、『二十歳の誕生日を迎えたら、その後いつ死んじゃうか分からない』というのもあるのだけれど）

リーシェはいつも二十歳で死に、十五歳の婚約破棄に戻る。

命を落とす日は、その人生によって違っていた。だが、二十歳という年齢は共通だ。

そんなリーシェにとって、誕生日を迎えるということは、どうしても『その人生の残り時間』を意識する形になるのだった。けれど、誕生日が苦手な理由は他にある。

「私も、家族に誕生日を祝われた経験がなくて」

「……」

本当は、アルノルトに色々と教えられる立場でもないのだ。

「幼いころは、とにかくお勉強が忙しかったのです。予定をぎゅうぎゅうに詰めてしまうと、そんなことをする時間もなく……あ！　もちろん、社交の場としてのパーティが開かれることは何度もあったのですけれど！」

しかし、それも目が回るほどに忙しいものだ。

パーティ中の食事はおろか、飲み物すら口に出来ず、様々な人に挨拶をして回るのである。

『どれだけお前が優秀でも、女に生まれてはすべて無意味なのだ。お前は王太子殿下をお助けするため、それだけのために生きていればいい』

『世間に認められる相手との結婚。女の本当の幸せとは、そんな相手と結ばれて子を産むことだけなのです』

『今日があなたの誕生日？　――知っていますよ。母親ですから』

両親の言葉は、いまでもはっきりと思い出せる。

『そんなことより、今日のお勉強はどこまで進んだのですか？』

おかしな表情になってしまわないよう、自分の頬を両手でぐにぐにと押しながら、リーシェは続けた。

「なのでなんとなく、自分の誕生日というと、どうしたらいいのか分からないというか」

過去の人生において、国を出て色んな人たちと交流を始めてからも、リーシェ自身の誕生日はあまり教えたことがない。

その代わり、他人の誕生日を盛大にお祝いして、その幸せを分けてもらっていた。

（こんな話、アルノルト殿下はどう思うかしら）

自分の頬をぎゅっと押さえたまま、ちらりとアルノルトを窺《うかが》うと、彼はリーシェの答えを待つように尋ねてくれる。

「なら、何もしない方がいいか？」

「――……」

その言葉に、俯いてから考えた。

アルノルトは、やはりリーシェの意思を尊重しようとしてくれているのだ。それが分かるからこそ、数秒ほど十分に考えた上で、ゆっくりと首を横に振る。

「……お祝い、していただきたいです。アルノルト殿下に」

そう答えるのは、幼い子供のようで少しだけ恥ずかしい。

けれどもアルノルトは、それがなんでもないことのように、大きな手で一度だけリーシェの頭を撫でた。

「分かった」

「……」

なんとなく安堵《あんど》して、ほっと息を吐く。

「な……なんだか不思議な心地がします。こういう話を誰かにするのは、初めてなので」

「お前は案外、自分の内面を他人に話さないからな」

「そうですか？」

言われてみれば、そんな気もする。

それもこれも、リーシェには『繰り返し』に伴う秘密が多いからなのだが、アルノルトに指摘されるまで気付かなかった。

「ふふ」

「……どうした？」

「ひょっとすると、私よりも殿下の方が、私のことにお詳しいのかもと思いまして」

それがなんだか面白い。アルノルトは何も言わなかったが、もう一度リーシェの頭を撫でた。

（ディートリヒ殿下に宣言した通り、アルノルト殿下は夫として素晴らしいお方だけど……私もしっかりしなくちゃ。ヴィンリースの浜辺で、私からも殿下に求婚したんだもの）

そんな風に思いながら、改めて気合を入れる。

（アルノルト殿下の未来の妻として、頑張らないと！　ひとまずディートリヒ殿下に『証明』をしつつ、グートハイルさまのことを調べて。シルヴィアさんのことも心配だし、明日また様子を聞いてみたいわ。何より私の大仕事は、婚姻の儀の準備もあって……）

その瞬間、先ほどの歌劇を思い出す。

（婚姻の儀）

そしてリーシェは、隣のアルノルトをじっと見上げた。

「……なんだ?」

(この方と)

アルノルトのくちびるを見つめ、こくり、と喉を鳴らしてしまう。

(婚姻の儀に、改めてキスを――……)

「……?」

顔が赤くなってしまう直前に、リーシェは慌てて窓を見る。

アルノルトには気付かれなかったようだが、これはどうにも一大事だ。

だって、心の準備が出来そうもない。

(ど、どうしよう…………)

内心で途方に暮れつつ、リーシェは皇城に戻るまでの時間、これまでの人生で最大の難関について頭を悩ませるのだった。

第三章

「――以上が昨夜の顛末《てんまつ》です。私の元婚約者に対し、『アルノルト殿下がどれほど夫として素晴らしい方であるか』を証明する、と宣言してしまい」

薬草畑の真ん中で、リーシェはテオドールへの説明を終えた。

摘み取った薬草を籠に入れ、麦わら帽子を押さえながら立ち上がる。少し離れた木陰にいるテオドールは、人差し指でこめかみを押さえていた。

「どうしよ……。相談されてるんだか惚気《のろけ》られてるんだか、判断がつかなくなってきた……」

「テオドール殿下？　ごめんなさい、蟬《せみ》の鳴き声が大きくて！」

「んーん、なんでもなーい」

テオドールはとびきりの笑みを浮かべ、軽やかに言い放つ。

籠を持ち上げたリーシェは、レモン色のドレスの裾をふわふわと泳がせながら、テオドールの座る木陰にとととっと歩いて行った。

「アルノルト殿下の素晴らしいところは、私だってたくさん挙げられます。けれど、言葉で伝えるだけではなく、きちんと実感していただきたいなと思いまして」

「それで義姉上《あねうえ》は、僕に助けてほしいって？」

ここにいる義弟のテオドールは、兄のアルノルトを心から尊敬している。アルノルトの素晴らしいところをよく知っているひとりなのだが、テオドールの反応は芳しくない。

「言いたいことは分かった。でも、僕は不参加」

「え……！　兄君の素晴らしさを、思う存分に語っていただける機会なのに……!?」

「だって、『人間として』とか『兄上の魂が』とかの話じゃなくて、『夫として』ってことなんでしょ？　それを堂々と語る権利があるのって、世界で義姉上だけじゃない」

「うぐう……!!」

テオドールは大真面目に目を閉じて、左胸にそうっと手を当てる。まるで敬虔《けいけん》な信徒のようだが、その声にはどこか面白がるような響きが含まれていた。

「残念だけれど、僕は弟として見守るよ。あ、兄上の反応は逐一記憶しておいてね。あと、そのディートリヒっていう無礼者は完膚なきまでにボコボコにしてね」

「か、可愛《かわい》らしいお顔で仰《おっしゃ》られましても……！」

「なにはともあれ、円満夫婦っぷりを見せつければいいんでしょ？　そいつの傍《そば》で、いつも以上に兄上と仲睦《むつ》まじくしてればいいじゃない」

テオドールは簡単に言い切るが、リーシェにとってはなかなかに難関だ。それに、リーシェが言い出してしまったことが原因で、アルノルトにそんな迷惑を掛けるのは避けたい。

（あんまりお傍にいると、アルノルト殿下におかしな態度を取ってしまいそうだし……）

改めて、『婚姻の儀でキスをしなければいけない問題』についてを思い出す。

リーシェの顔色がいきなり変わった所為《せい》か、テオドールが不思議そうな顔をした。だが、その理由は説明できそうにない。

（キスのことは、さすがにテオドール殿下には相談できないわ。兄君のこんな話、きっと聞きたくないでしょうし）

リーシェに兄弟はいないが、リーシェの結婚後、生家のヴェルツナー家へ養子に来ることになっている従兄妹《いとこ》はいる。だから、テオドールの心情もなんとなく分かるのだ。

（テオドール殿下には、グートハイルさまのこともお聞きしてみたいけど……いまの私があの方を気にする理由がない以上、下手な動きは取れないわね）

そんなことを考えていると、向こうからエルゼがやってきた。

「リーシェさま。テオドールさまも」

「やーエルゼ。頑張ってるみたいだね？　義姉上もカミルも、お前のことをいつも褒めてるよ」

「あっ、ありがとう、ございます。でも、まだまだです！」

恥ずかしそうにそう言ったエルゼは、ふるふると首を横に振ったあとでリーシェを見上げる。

「リーシェさま。城門に、お約束のないお客さまがいらしていると、伝達がありました。他の侍女が、オリヴァーさまにもお知らせしに行っています」

（まさか、皇都の宿屋にお泊まりいただいているディートリヒ殿下が乗り込んで来たんじゃ……）

嫌な予感に蒼褪《あおざ》めるが、エルゼの口から出て来た名前は、リーシェにとって予想外のものだった。

「あの、女の方だそうです。し……しる……」

エルゼは、侍女服から取り出した自筆のメモを、慎重に読み上げる。

「シルヴィア・ホリングワースさま、と」

昨晩応急処置をした歌姫の名前に、リーシェは目を丸くするのだった。

＊＊＊

リーシェを訪ねた来客の件は、侍女たちが伝言しにいったオリヴァーからアルノルトに伝わり、応接室に通す許可が下りた。

テオドールと別れたリーシェは、急いでドレスを着替えたあと、護衛騎士ふたりと一緒に応接室へと向かう。扉を開けると、そこには大輪の花のように美しい赤髪の女性が、リーシェのことを待っていてくれた。

「お待たせして申し訳ございません。リーシェ・イルムガルド・ヴェルツナーと申します」

「とんでもない！　お目に掛かれて光栄です」

立ち上がった彼女は、リーシェに向けて丁寧な一礼をする。

「シルヴィア・ホリングワースです。昨晩は、助けていただきありがとうございました」

「どうかお顔を上げてください、シルヴィアさん。体調はいかがですか？　ここまで来て下さって、お体が辛《つら》いのでは……」

顔色を見る限り、顔色は良くなっているようだ。とはいえ、化粧の効果だという可能性もあるので、見た目だけで判断は出来なかった。

心配したものの、シルヴィアは優雅に首を横に振る。

「手配いただいたお医者さまのところで、お薬をいただいてゆっくり休みました。寝る前には随分楽になっていたのですけれど、朝にはもうすっかり」

「よかった。それを聞いて安心いたしました」

そんなことを言いつつも、無理をしているのではないだろうかと不安になる。

昨日のシルヴィアは一度気を失ったあと、朧《おぼろ》げに覚醒した状態に見えた。病の発作である場合、それほど強い症状が出た翌日に、すっかり回復することは少ない。

とはいえ、注意深く観察してみても、確かに元気そうに見えるのだった。

「何よりもリーシェさまのお陰です。本当なら、すぐにでも昨日の公演の続きをお見せしたいのですが、一週間も延期になってしまって……」

心底残念そうに言うシルヴィアに、リーシェは苦笑した。

「すぐにでも劇場に行きたい気持ちは、私も同じです。ですが焦らず、ご自身のことも大事にして、ゆっくりとご療養なさってください」

「でも。──人間というものは、明日死んでしまうかもしれませんから」

「！」

微笑《ほほえ》んで言ったシルヴィアは、まっすぐにリーシェのことを見ていた。

「私も、観《み》に来て下さるお客さまも。どの日が最期になるかなんて、分からないでしょう？」

そう言って、たおやかな指でそうっと胸を押さえる。

上品だけれど妖艶な仕草だ。長い睫毛《まつげ》に縁取られた瞳からは、不思議な力が感じられる。

「私は歌うために生まれて来たのです。だから、一度でも多く舞台に立ちたくて、たまらなくて」

けれどもシルヴィアは、そう言ったあとで照れ臭そうに笑う。

「……なんて。体調不良でご迷惑をお掛けした方に、こんなことを言ってはいけませんね」

「ふふ。もっとシルヴィアさんの歌を聞きたい気持ちと、無理をしないでいただきたい気持ちで、複雑な気分です」

そう言うと、シルヴィアはとても嬉《うれ》しそうにはにかんだ。

「リーシェさま、私のことは『シルヴィア』と。話し方も、もっと楽にしていただければ……」

「では、私のこともどうかリーシェとお呼びください。同じように、畏《かしこ》まらず」

「そんな訳には！　本来であれば私のような身分の者が、次期皇太子妃さまにこうしてお会いするだけでも恐れ多いことです」

「あら。そういう意味でしたら、一介の歌劇好きが歌姫さまと直接お話ししていることこそ、本来なら許されない『身分違い』ですよ？」

何しろ観客というものは、本来演者と話すことは出来ないのだ。そう言うと、シルヴィアは驚いたように目を丸くしたあと、吹き出すように笑った。

「……うふふっ、分かったわ。じゃあ、リーシェ」

「よろしくね、シルヴィア」

護衛騎士たちが、そんなやりとりを何故《なぜ》かにこにこと笑いながら見守ってくれる。リーシェはシルヴィアと握手をしつつ、改めて彼女のことを考えた。

歌姫シルヴィア・ホリングワースは、旅をする歌劇団に所属し、さまざまな国で人気を博している。歌声や美貌はもちろん、舞台上で目を惹《ひ》く振る舞いやその表情で、観客たちを魅了してきた。

未来でも活発に活動し、戦争が始まって苦しい状況の中、シルヴィアの歌に勇気づけられた人は多かったはずだ。

「私、一年前にシルヴィアの歌を聴きに行ったことがあるの。故国のエルミティ国で公演があったときなのだけれど」

「ほんと？　うれしい！　一年前のエルミティ国なら、『妖精婚姻譚《たん》』のときかしら」

「すごく素敵だったわ！　特に終盤、姫が二回目の婚儀で誓いのキスを交わす場面が……」

そこまで言って、リーシェははっとする。

「リーシェ？」

「……ごめんねシルヴィア。お友達になったばかりで、変なことを聞いてしまうのだけれど」

リーシェは、手袋をはめたシルヴィアの手を再びきゅっと握り、切実な気持ちでこう尋ねた。

「誓いのキスについて、詳しいことを知りたくて――……」

＊＊＊

それからリーシェは、シルヴィアの健康状態を診察したあと、来客用の庭園へと場所を移した。

侍女たちを呼んで、淡い水色のテーブルにティーセットを用意してもらう。お茶と一緒に並ぶのは、色とりどりの小さなケーキだ。

シルヴィアは金色のフォークを手にしつつ、リーシェの話を聞いてくれた。

「それじゃあリーシェは、婚姻の儀のキスに困っているのかしら？」

「むぐ……困っているというか、恥ずかしいの……」

こうして口にするだけでも、落ち着かなくて満身創痍《まんしんそうい》だった。テオドールには相談できないと思っていたが、相手が同性でもそわそわする。

「シルヴィアも、歌劇でのキスシーンに挑むことがあるでしょう？　心構えとか、人目を気にせず済む方法とか……」

尋ねると、シルヴィアはけろりと答えた。

「残念ながら、私では参考にならないと思うわ。歌っているときは、心までその人物になりきっているもの。『愛する人と、ここでキスをして当然』って気分だし、なんの抵抗もないのよ」

「愛する人って、役のお相手のこと？」

「そ。演目の間は、恋人役のことを本当に好きになっちゃう。劇場限定の恋人ね」

シルヴィアはテーブルに両手で肘をつくと、その上に顎を乗せてにこりと笑った。

「……ただし。素敵な演目のときは、幕が下りてからもその気持ちを引きずって、本当にお付き合いすることもあるけれど」

「……わあ……」

リーシェにとっては未知の世界で、思わず声が漏れてしまう。シルヴィアはくすりと笑うと、ラズベリーのムースケーキを切り崩しながら言った。

「私ね、浴びるほど恋をしてきたの」

「じゃあ、あなたに関する恋の噂《うわさ》は……」

「聞いたことある？　どれもとーっても素敵だったわ」

それこそ歌うような軽やかさで、彼女は言った。

天才と名高いシルヴィアには、もうひとつの評判がある。それは、『恋多き歌姫』というものだ。

リーシェはあまり意識したことがなかったが、どうやら真実だったらしい。

「恋をすると、私の歌が豊かになる気がするの」

どこか誇らしそうな表情で、シルヴィアは教えてくれた。

「胸が疼《うず》いて、ときめいて、歌声にたくさんの栄養をもらえるわ！　だから私、恋をするのが大好きよ。そして歌声がその栄養でいっぱいに満たされたら、お互い笑ってお別れするの」

「歌声に、栄養……」

「そう。恋をしてくれる相手によって、受け取れるものは違うから」

そう言ったあとで、彼女はそっと俯《うつむ》く。

「なあんて、ね。人から見たら、ただ移り気な女でしかないんでしょうけど」

「いいえ。すごいわ！　シルヴィア」

リーシェの漏らした感嘆に、シルヴィアは虚を衝《つ》かれたような表情をした。

「あなたの歌声が素晴らしい理由の、一端が分かった気がする。シルヴィアは人生で得たことのすべてを、一心に歌へと注いでいるのね」

「……！」

「経験を、すべて自分の糧に出来るなんて素敵。願わくは、私もそうありたいと思うもの」

リーシェがそう告げると、シルヴィアは何度か瞬《まばた》きを繰り返したあと、花が綻ぶように笑った。

「っ、ふふ！　リーシェったら！　誰かに私の恋の話をして、それを丸ごと分かってもらえるなんて、生まれて初めてだわ！」

シルヴィアは大人びた顔立ちだが、笑うととても可愛らしい。

あまりにも嬉しそうにしてくれるので、その笑顔を見てリーシェも微笑んだ。しかし、次に落とされた発言に、リーシェは固まることになる。

「リーシェは恋、してないの？」

「へあっ!?」

思わぬことを問い掛けられて、ティーカップを取り落としそうになってしまった。

「な、なんで、どうして!?」

「だって、結婚式のキスに悩んでいるくらいだもん」

「それがどうして恋の話に!?」

シルヴィアが「それは……」と言いながら、ずいっと顔を近付けてくる。

ふわりと漂うのは、上品な甘い香りの香水だ。人形のような睫毛に縁取られた蠱惑的《こわくてき》な瞳が、リーシェのことをじっと見つめた。

「キスなんて、目を瞑《つむ》っていれば終わるじゃない？」

「え!?　そういうものなの!?」

「なのにそんなに重要視するから。そうなると、政略結婚のはずのお相手にうっかり恋しちゃったとか、そういうことなのかなあって」

シルヴィアにそう言い切られて、リーシェの心臓が痛いくらいに跳ねた。

「わ……私はまだ修行中の身だし。まったくそんなことは一切、全然!!」

「修行ってなに!?　――じゃあ聞くけど、リーシェ」

シルヴィアは、口紅を塗ったそのくちびるでにこりと微笑む。

「その人の一挙一動が気になって、どんなことを考えているのか知りたくなったり」

（……それはもう……）

問い掛けに対し、無意識に『彼』のことを考えてしまう。

（どの行動がお父君への反乱のための策なのかとか、どんな目的で私に求婚したのかとか……）

「会えないとき、いま誰と一緒なのかなあって悩んだり？」

（いまごろもしかして、グートハイルさまとご一緒なのかもしれないわ。近衛《このえ》隊の拡張だけが目的ではなく、未来の侵略に繋《つな》げる手段だとしたら？）

「その人との将来のことを、思わず考えてしまったり！」

（とにかく平穏無事に、戦争回避して過ごしたい…………!!）

「だとしたら、それは恋なのよ」

そう言われて、リーシェはぶんぶんと首を横に振った。

「いえ！　なんだか違う気がするわ、絶対に！」

「そう？　その人のことを考えるだけでドキドキしない？」

（本当にアルノルト殿下を止められるのか、そういう意味ではドキドキするけれど!!）

口には出さず、焦りを誤魔化すためにお茶を飲む。一方のシルヴィアは残念そうだ。

「もー。女の子の友達と、お茶をしながら恋の話がしたかったのに。……でも、恋してるわけじゃないのにキスだけで恥ずかしいって、皇太子さまはそんなに難があるお相手なの？」

「まさか！　アルノルト殿下は本当に、私には勿体《もったい》ないくらいのお方だわ！」

アルノルトに一切の非はなくて、リーシェ側だけの問題だ。それを分かってもらうため、リーシェはケーキに手も付けず熱弁した。

「やさしくて博識だし、お強いし、政治にも強くていらっしゃるし！　常に気を配って下さるし、それは臣下の皆さまにも同じで。言葉だけでは言い尽くせないけれど、とても尊敬しているの」

なんだか昨日から、色んなところでアルノルトの素晴らしさを熱弁しているような気がする。

真剣に聞いてくれていたシルヴィアは、やがて聖母のような微笑みを浮かべ、リーシェの手をそっと握ってくれた。

「リーシェ。私、片想《かたおも》いだとしても応援してるからね」

「ぎゃあ!!　違っ、今のは違うってば……!!」

シルヴィアはくすくす笑ったあと、目を細めて言う。

「いいなあ。私もそろそろ、新しい恋がしたいわ」

「私『も』……」

どこか含みのある言い方が気になりつつも、リーシェは尋ねた。

「シルヴィアはいま、誰とも恋をしていないの？」

「夢で見た人に恋したの」

リーシェが首を傾《かし》げると、シルヴィアは肩を竦《すく》めて言う。

「昨日、倒れて苦しかったときに、リーシェが介抱してくれたでしょ？　……そのあと、また意識が遠くなったときに、男の人に抱き上げられた気がしたの」

「……え……」

リーシェの驚きに、シルヴィアは急いで言った。

「もちろん分かっているのよ？　昨日看病してくれたのはリーシェで、私は朦朧《もうろう》としてたって！　でも夢の男の人は、無骨そうな口調なのに紳士的で、頼もしくて。目が覚めたらまた会いたいって、そう思ったわ。ふふ、夢の中の人にはもう会えないのにね」

ぱちり、と瞬きをした。

「シルヴィア」

「でも、今日は良い日だわ。こうして会えたリーシェは、すごく素敵な人だったし」

「昨日あなたを馬車まで運んだのは、とある騎士の方なの」

「え」

彼は、シルヴィアの傍に跪《ひざまず》き、恭しく抱き上げて運んだのだ。

「その方は、グートハイルさまという、背の高い殿方なのだけれど……」

そう告げると、シルヴィアが目を丸く見開く。

「り……リーシェ!!」

両手を再び掴《つか》まれて、リーシェは思いっ切り頷《うなず》いた。

こうして、リーシェが騎士グートハイルに接触する、大きな理由が生まれたのである。

＊＊＊

ルドルフ・ゲルト・グートハイルは、未来の戦争において、西大陸侵略の補佐を行なっていた。

戦場での指揮もさることながら、『皇帝アルノルト・ハイン』が特に重用した理由は、グートハイルが諜報《ちようほう》の利用に長《た》けていたからではないかと聞いている。

しかし、これは戦争中のことであり、ガルクハインについての情報すべてを鵜呑《うの》みに出来るわけではない。その情報自体が、戦略のために意図して漏らされた話だという可能性もある。

（事実、アルノルト殿下は現時点でも、ご自身に関する噂話を操作なさっているわ。素晴らしい政治の功績を残しても、それがご自身によるものだとは表沙汰になさらず、『冷酷で残虐な皇太子』だという印象を残している）

噂話がそのまま信頼できないということは、アルノルトや王女ハリエットの件でも思い知った。

だからこそ、リーシェ自身の目で確かめなくてはならないのだ。

「ううーん。歌姫シルヴィアの気になるお相手が、うちの騎士であるグートハイルかぁ……」

庭園のテーブルで頬杖《ほおづえ》をつくのは、先ほどこの庭園にやってきたテオドールだった。

テオドールの視線の先には、咲き乱れる花々のあいだを歩く男女がいる。テオドールは、リーシェが取り分けたケーキを突《つつ》きながら口を開いた。

「まあ、グートハイルも見た目は整ってるからなあ。兄上ほどじゃないにしろ精悍《せいかん》な顔立ちで、きりっとした眉で背も高くて、体格も良い」

「外見については、シルヴィアはほとんど覚えていないようで。ですが、朦朧とする中でグートハイルさまに抱き運ばれて、とても安心したんだとか」

「それで義姉上は、歌姫どのに協力することにした……と」

テオドールの言葉に、リーシェも庭の向こうにいる人物を見遣《みや》る。

「ちょうどテオドール殿下が通り掛かって下さって、助かりました！」

「──うん。いきなり『騎士のグートハイルさまをご存知ですか』って言われたときは、何に巻き込まれるのかすっごく警戒したよね……」

庭園の先には、歌姫シルヴィアと、彼女に微笑まれて慌てている騎士グートハイルがいた。

「ごめんなさい。シルヴィアがお礼を言いたがっていても、私の力ではどうしようもないもので」

当然ながら、アルノルトの婚約者でしかないリーシェからは、騎士に対する頼みごとは出来ない。

そのためアルノルトを通す必要があったのだが、午前中は執務室での公務が忙しいと聞いていた。

「グートハイルさまも、快く面会を承諾して下さってよかった……」

「んー。あの様子を見ていると、あいつも満更じゃなさそうな気がするな」

「分かるのですか？」

リーシェとテオドールは、ふたりの会話を聞けている訳でもない。

シルヴィアは先ほどから、柔らかな微笑を浮かべたまま、庭園の中で色々な話をしているようだ。

グートハイルはずっと緊張した面持ちだが、どうして判断出来たのだろう。首を傾げると、テオドールがにこりと完璧な笑みを浮かべた。

「義姉上は恋愛絡みになると本当に弱いもんね！　カミルがエルゼのこと好きだって気付いてなかったの、エルゼ本人を除いたら、多分義姉上くらいだと思うよ」

「そ、それは！」

カミルとは、リーシェの護衛をしてくれている騎士のひとりだ。

貧民街出身で騎士となったカミルは、同じ貧民街の育ちであるエルゼと幼馴染《おさななじみ》である。だが、そのカミルがエルゼに片想いをしていることは、リーシェはまったく知らなかったのだ。

「恋愛に関しては、修行が足りず……」

「え、修行って何？」

リーシェはそっと俯いて、それに、と考える。

（そういうのはまだ駄目だって思うもの。誓いを果たすまでは、考えないようにしなきゃ……）

ほとんど無意識下でそう考えたあと、リーシェは一度そのことを忘れ、顔を上げた。

「テオドール殿下。グートハイルさまは、どのような殿方なのですか？」

本題に進むべく、聞いておきたかったことに切り込んだ。単純な情報収集という目的もあるが、友人となったシルヴィアのためにも、差し支えのない範囲で知っておきたい。

「真面目な奴《やつ》だと思うよ？　年齢は二十三歳、騎士団の中でも目立つ長身。剣の腕も結構立つし、勉学にも打ち込んでたって。ちょっと苦労性というか、要領があんまり良くないところはあるっぽいけど、それは実直だとも言える。ただ――……」

物言いたげな表情になったテオドールが、頬杖のままリーシェを一瞥《いちべつ》した。

「ねえ。僕にグートハイルのことを聞いてきたってことは、僕が詳しい理由を知ってるってことだ。義姉上はつまり、あいつが兄上の近衛騎士になる可能性があるって聞いてるんだよね？」

「……グートハイルさま個人のお話として、教えていただいたわけではありませんが。アルノルト殿下は現在、ご自身の近衛隊の拡張を考えていらっしゃると」

「ではここで問題です。兄上が選んだ臣下たちには、どんな共通点があるでしょう」

「皆さまとても優秀でいらっしゃる、という点以外にですか？」

テオドールは戯れに挑んでくるが、リーシェはあっさり降参した。

「アルノルト殿下に関する知識で、テオドール殿下には敵《かな》いっこありません」

「ふふん。じゃあ、仕方ないから教えてあげよう」

アルノルトよりも少しだけ濃い青色の瞳が、誇らしげに細められる。けれどもそのあとで、テオドールは表情を消して呟《つぶや》いた。

「皆ね。実力はあるのに、何かの理由でそれを認められず、虐げられた奴らなんだ」

そう教えられて、はっとする。

「従者のオリヴァーは、元々かなり将来が期待された騎士だった。父上が重用する侯爵家の長男で、剣がすごく強くて、人を動かす力もあるって。僕は認めたくないけどね」

「……少年期の訓練によって故障して、二度と騎士は目指せなくなったとお聞きしました」

「そう。あいつは父親のフリートハイム侯爵によって、暴力的な厳しさをもって指導された。その結果、まともに剣を握れなくなったんだ。侯爵はオリヴァーを不要なものだと判断した。勘当同然で切り捨てられたところを、兄上が従者にしたたって経緯」

聞かされていたよりもずっと痛ましい話だ。消沈したリーシェに、テオドールは続ける。

「貧民街出身で、正当な評価を与えられなかったカミルもそう。ガルクハインは実力主義を謳《うた》っているけど、だからこそみんなが足の引っ張り合いをするんだよ。兄上がご自身のそばに置くのは、出自や育った環境、他にもいろんな理由で不当な評価を受けてきた人間ばかりだ」

「アルノルト殿下が……」

「そこに関して、実は兄上って徹底してるんだよ。兄上の軍馬ヒルデブラントも、良い馬なのに前の持ち主の扱いが酷《ひど》くて、死に掛けたところを引き取って来たんだ」

その馬に関しては、リーシェも先日乗せてもらったことがある。彼は本当に素晴らしい馬で、アルノルトの言うことをよく聞いていた。

馬は賢くて、人の気持ちがよく分かる生き物だ。アルノルトが自分を助けてくれたのだということも、ちゃんと理解しているのだろう。

「もちろん、『優秀な能力を持っている』っていうのは絶対条件だけどね。そうじゃなきゃ、どんなに恵まれない環境にいようと、兄上は目を向けたりしないさ」

テオドールはそこまで言ったあと、少女のように可愛らしい瞳をこちらに向けてきた。

「義姉上。僕が言いたいこと、分かる？」

「……グートハイルさまも、アルノルト殿下の近衛騎士候補に挙がるだけの理由がある、と」

「ご名答。グートハイルはね……」

テオドールはことさら声を潜め、リーシェにそっと教えてくれた。

「――……それは、本当に？」

「さあ。僕が調べてるのは、大体この辺りまでだよ」

伝えられた情報を頭の中で整理していると、テオドールがことんと首を傾げた。

「ねえ。でもいまの話、恋愛支援に役に立つ？」

「ええ、それはもう」

リーシェは笑みを浮かべて答えた。すべてが真実ではないが、まったくもって嘘《うそ》ではないのだ。

「それにしてもテオドール殿下、改めてすごい情報網ですよね。さすがアルノルト殿下の弟君」

「ふふふ、もっと僕が兄上の弟であることを褒めたまえ。それにいま、オリヴァーと勝負してるんだよね。『どっちが兄上のことに詳しいか勝負』。だから、近衛騎士候補のことも知っていて当然」

（オリヴァーさまは、その勝負の勝敗に一切興味をお示しにならない気がするけれど……）

思ったことは口にしないでおく。そこにちょうど、庭園をゆっくりと一周しながら話していたシルヴィアとグートハイルが戻ってきた。

「では、グートハイルさま。後日また、私と会って下さる？」

「ああ、その……自分でよければ」

（デートの約束まで進んでる!!）

あまりにも速い展開だ。目を丸くしている間にも、グートハイルが躊躇《ためら》いながら言う。

「しかしシルヴィア殿。体調は本当に、万全でいらっしゃいますか？　昨日抱き上げたあなたは軽すぎて、それだけで心配になるほどだった」

嬉しそうに笑ったシルヴィアは、リーシェから見てもとても可愛らしかった。

「あなたが気遣って下さったというだけで、天にも昇るようです。体の調子はすっかり大丈夫」

「無理などをなさってはいませんか？　考えてみれば、庭園をこうして散歩などするべきではなかった。大変失礼しました」

「それも平気。グートハイルさまが、私を気遣ってゆっくり歩いて下さっていたのを感じました」

「……病み上がりの気分転換になったのであれば、何よりだ」

ほっと息を吐《は》いたグートハイルを見て、シルヴィアへの特別な気遣いが感じられた。

シルヴィアが、リーシェに向かって小さく手を振る。くちびるの動きだけで『ありがとう』と告げられて、リーシェも微笑んだ。

（本当は、もう少しふたりが一緒に居られればいいのだけれど……）

するると、テオドールが口を開く。

「なになに、歌姫さまがお帰りだって？　人気の歌劇歌手をひとりで帰したりしたら、この城の無作法が知れ渡っちゃう」

「テオドール殿下」

「グートハイル、命令だ。彼女を無事送り届けて来るように」

グートハイルは驚いたようだが、一度シルヴィアを見下ろした後、深々と頭を下げて答えた。

「承知いたしました。命に替えてもお守りします」

目を輝かせたシルヴィアを見て、テオドールの配慮に感動した。

シルヴィアと挨拶をし、近日中にまた話す約束をして彼女を見送る。グートハイルに連れられて行くシルヴィアの横顔は、花が綻ぶかのような笑顔だった。

「さすがはテオドール殿下……。でも、グートハイルさまのご予定は問題ないのですか？」

「騎士団には僕が上手《うま》く言っておくよ。それに、あいつは基本的に、他の人間じゃ替えが効きにくい仕事は任されていない」

「……優秀なお方にもかかわらず、ということですね」

そしてそれには、先ほどテオドールが内緒話で教えてくれた事情が関係するのだろう。

「テオドール殿下。ここまで来たらもう少し、お願いがあるのですが」

「……やっぱり変なことに巻き込む気じゃん……!!」

けれども結局テオドールは、リーシェの話を聞いた上で、「それくらいならいつものことか……慣れつつある自分が怖いけど」と承諾してくれたのだった。

＊＊＊

さて、その日の午後、リーシェにとっては別件で非常に気がかりな出来事があった。

リーシェ自身に起きたことではない。婚約者であるアルノルトと、元婚約者であるディートリヒに関することだ。

「アルノルト殿下。本日は、本当にありがとうございました」

夜会用の装いをしたリーシェは、ホールに向かう途中の回廊で、アルノルトにお礼を言った。

「……まさかアルノルト殿下が、午後のご公務に、ディートリヒ殿下を同行させて下さるとは……」

「…………」

従者オリヴァーからその伝言があったのは、シルヴィアたちを見送ったあと、リーシェが婚姻の儀の打ち合わせをしている最中だった。

心底びっくりしたのだが、どうやらそれはオリヴァーの提案だったらしい。城下を回るため、道中でディートリヒを回収し、アルノルトの仕事を見せてはどうかと進言してくれたようだ。

『……それは、アルノルト殿下のお邪魔にならないのでしょうか？』

『邪魔にはなるでしょうね。ディートリヒ殿下について、お噂はかねがね』

『オリヴァーさま……！』

『ですが問題ないですよ。多少の邪魔が入ろうと、我が君に大した影響はありませんし。年頃の近い皇族の公務を見学いただくのは、ディートリヒ殿下にとって有意義なお時間になるでしょう』

爽やかな笑顔で言い切るオリヴァーに、リーシェはちょっぴり気付いてしまった。

『あの。ひょっとして、楽しんでらっしゃいます？』

『ははは、滅相もない！　立場の近い同世代と接するのは、我が君にとっても刺激になりますので』

それは果たして、良い刺激と言えるのだろうか。気になったものの、なんとアルノルトが承諾したと聞き、任せることにしたのだった。

「だ、大丈夫でしたか？　ディートリヒ殿下が何か、ご迷惑をお掛けしたのでは」

「別に。誰が公務に同行していようと、やることに変わりはない」

「ですが」と言いかけたそのとき、回廊の傍にある植え込みから、がさっと小さな物音がした。

リーシェは少しだけ驚いてしまう。だがそれは、物音そのものにではない。

音が聞こえた瞬間、隣にいるアルノルトが、リーシェを庇《かば》う仕草を見せたからだ。

「アルノルト殿下」

「……」

アルノルトの背に隠されたリーシェは、ひょこっと横から顔を覗《のぞ》かせる。

そのあとに、ふたりで生垣の横に視線をやった。

「猫、みたいですね」

「――そうだな」

陰からするりと現れたのは、ほとんど仔猫《こねこ》とも呼べるような、まだ小柄な黒猫だ。

リーシェはアルノルトの前に出ると、しゃがみこんで黒猫に手を伸ばす。身を低くする様子がないところを見ると、人に慣れている猫のようだ。

「おいで、おいで」

「……」

「あ。……行っちゃいました」

きっと、あの猫にもこの後の予定があるのだろう。少々残念に感じながらも、立ち上がって再びアルノルトの腕に掴まった。

「庇って下さってありがとうございます。……ですが、あれが動物の気配であることは、アルノルト殿下にもお分かりだったのでは？」

「動物だからといって、それがお前にとって安全なものである保証は無い。そもそも獣に入り込まれる時点で、警備を見直す余地があるということだ」

「けもの……。仔猫が……」

とはいえアルノルトの言う通り、侵入経路があるのは良くない。

誰かが連れ込んだのであれば、持ち物の確認に漏れがあるということだ。そして、猫が自力で入ってきたのであれば、木などを伝えば侵入できる城壁があるという証明になってしまう。

（アルノルト殿下は、些細《ささい》な情報でも判断の材料になさるんだわ）

アルノルトの思考の仕方について、学ぶべき点は多い。そう思いながら、少し考えてみる。

（テオドール殿下に教えていただいた、グートハイルさまのこと。アルノルト殿下は当然、ご存知でいらっしゃるはず……）

それから他愛もない会話を交わしつつ、夜会のホールに辿《たど》り着く。

ホールへの扉が開いたその瞬間、わあ、と柔らかな歓声が沸いた。

広大なホールには要人たちが集い、ワインの入ったグラスを手にしている。男女それぞれから注がれる視線の中を歩きながら、リーシェは来客の顔ぶれをそれとなく確認した。

（――何人か、初めてお会いする方がいらっしゃるわ。薔薇《ばら》をイメージした衣装をお召しの方、あちらがディークマイアー閣下かしら？　ハンナヴァルト卿《きょう》がお連れの方は、以前話していらっしゃったご夫人ね。夜会の主催は現皇帝陛下だけれど、今夜もいつも通りご欠席。アルノルト殿下は、父君の名代を務める形に……）

そこまで考えたところで、視線を感じて顔を上げる。

間近に目が合ったアルノルトが、リーシェを眺めてふっと表情を和らげた。その表情に息を呑《の》むのと同時、周りからもざわめきの声がする。

「お、おい。アルノルト殿下が、あれほど穏やかな表情を……」

（……もしかして。アルノルト殿下はいつも、私が夜会でしていることを、こんな風に見守って下さっていたのかしら）

昨日、アルノルトがディートリヒに話してくれたことを思い出す。

気恥ずかしいが、心から嬉しくもあった。そこに近付いて来たのは、初めて会う男性だ。

「こ……今宵《こよい》もご機嫌麗しゅう、アルノルト殿下。お顔を拝見するのは久方振りですが、お元気そうで何よりです」

「……エーゲル卿」

アルノルトの声が、不機嫌そうな響きを帯びる。

（エーゲル侯爵閣下。確かテオドール殿下いわく、現皇帝陛下に高く評価されているお方のはず）

リーシェも挨拶をしておきたいが、アルノルトから紹介される前に口を開く訳にはいかない。それまで礼の姿勢を取り、会話を聞くのに徹する。

「まずは、この度のご婚約に対するお祝いを。……しかし驚きましたな。これまでいかなる女性にも見向きもされなかった殿下が、ついに花嫁殿を選ばれたとは」

「……」

「私の娘も、贔屓目《ひいきめ》ながらなかなかの器量良しのはずなのですが。殿下のお目にかなわなかったこと、非常に残念に思っております。……しかし、驚くべき噂を耳にしましてな。なんでも『アルノルト殿下が、婚約者さまを溺愛なさっている』とか……」

（……!?）

リーシェは頭を下げたまま、びくりと肩を跳ねさせた。

（エーゲル閣下は、西の地方を治めていらっしゃるはず……!!　一体何がどうなってそんな噂が!?）

挨拶のタイミングはここだろう。それは分かっているけれど、気まずくて顔が上げられない。

けれども次の瞬間、アルノルトがリーシェの顎《おとがい》に手を添えた。

「生憎《あいにく》だが」

「！」

それによって、顔を上げるように促される。

反射的に従ってしまった所為で、間近にアルノルトと目が合った。輪郭に手を添えられたまま、微笑むように穏やかなまなざしを向けられる。

アルノルトは、挑発するかのごとく不敵な笑みを浮かべ、リーシェの腰を抱き寄せて言うのだ。

「――妻を溺愛することに、何の問題が？」

（ひえ……っ）

少し悪い顔での発言に、不思議な色香が滲《にじ》んでいて困る。

侯爵もたじろいでしまったようで、二の句が継げない様子だった。アルノルトはふんと鼻を鳴らし、リーシェの手を取る。

「行くぞ、リーシェ。挨拶は後ほど改めてすればいい」

「っ、は、はい。失礼します……」

略式の礼を申し訳なく思うのだが、侯爵も慌てて立ち去ってしまった。リーシェは心臓を跳ねさせつつも、アルノルトを見上げる。

「あの、よろしいのですか？」

「何が」

（何がと仰られましても……！）

色々と問題があったような気がするのだが、大丈夫なのだろうか。しかし、自分からこれ以上掘り下げる勇気はなく、口を噤《つぐ》んでしまう。

「挨拶のことなら、別にいまでなくとも構わないだろう。――それよりも」

アルノルトの視線を追いかけて、リーシェは思い出す。

「……そうでした……」

ホールの隅の柱を見ると、午後はずっとアルノルトと一緒だったはずのディートリヒが、柱の陰から顔を覗かせてぷるぷると震えていた。

（な、何故ディートリヒ殿下は、子犬のような涙目で顔を覗かせていらっしゃるのかしら……？）

潤んだ瞳で震えているディートリヒは、彼の父である国王にそっくりだった。

（いけませんディートリヒ殿下、夜会の場ではもっと堂々となさっていないと……!! 夜会の中盤以降はともかく、序盤におひとりでいらっしゃるのもマナー違反に……）

「…………」

隣のアルノルトに、じ……と視線を注がれる。アルノルトの腕に掴まっているリーシェは、それを受けてはっとした。

（いけない！ いまの私は、ディートリヒ殿下に色々と進言する立場には無いはず）

アルノルトのまなざしの意味を受け取って、見上げたリーシェはこくこくと頷く。

（分かります。大丈夫です、アルノルト殿下！）

アルノルトは少しだけ物言いたげな表情を作ったが、そこで口を開くことはなかった。リーシェは気を取り直し、柱の陰に声を掛ける。

「こんばんは、ディートリヒ殿下。本日はアルノルト殿下のご公務に同行されたとのこと、お疲れ様でした。いかがでしたか？　アルノルト殿下のお仕事ぶりは」

「い、い、い………『いかがでしたか？』じゃな――――い!!」

ディートリヒは柱の陰から出てくると、泣きそうな顔で詰め寄ってきた。

「ぼっ、僕は、僕は……!!」

「お、お待ちください！　ひとまずバルコニーに移動しましょう、ね!?」

ディートリヒの様子を見た客人たちが、驚いてざわざわと顔を見合わせる。

大慌てで彼を連れ出し、アルノルトと三人でバルコニーに出る。ここならば、ひとまず周りの目も気にならないはずだ。

「あ、アルノルト殿!!　貴殿はいつもあのように仕事を詰め込んでいるのか!?」

「そうだが」

「馬鹿なあっ!!　そんなはずはない!!　あれは僕を怖がらせるために、無理に組み上げた過密日程に違いないんだ!!」

リーシェは驚き、もう一度隣のアルノルトを見上げた。

「アルノルト殿下。今日のお仕事は、そんなに激務だったのですか？」

「いいや？　普段よりゆとりがある方だ。オリヴァーが勝手に調整したからな」

アルノルトの表情は、この状況でもまったく変わらない。頭を抱えて身悶《みもだ》えるディートリヒに対し、アルノルトは平然としている。

「第一、あの男があまりにも『休ませろ』と喧《やかま》しく、聞くに耐えかねて一度休憩を取らせた」

「いや、だからそこがおかしいと申し上げている!!　夜まで働く時間の中で、休憩がたったの一回ってなんなんだ!?　公務、移動、公務、移動公務公務公務！　移動の間にも馬車の中で書類!!　貴殿は『馬車酔い』という概念をご存知ないのか!!」

「もう。アルノルト殿下……」

リーシェはふうっと溜《た》め息《いき》をつき、アルノルトに言った。

「駄目ですよ。定期的に休息は取っていただかないと」

「だから、その言葉はそのままお前に返す」

「なにを『これが普通の日常です』という顔で話しているんだ――――っ!!」

ディートリヒはよほど疲れたらしく、ぜえはあと呼吸が辛そうだ。そのお陰か、声を張り上げているように見えても、あまり大声にはなっていない。

「人間か？　人間の体力なのか……!?」

（ディートリヒ殿下が怯《おび》えるのも、確かに無理はないかもしれないわ……。私から見ても、アルノルト殿下のお仕事量は尋常じゃないもの）

公務の様子を間近で見せられて、ディートリヒは怖かったのだろう。大体、アルノルトとディートリヒでふたりきりの馬車内というのが、あまりにも想像が付かない。

ディートリヒは肩で呼吸をしていたが、やがて大きく息をついたあと、アルノルトを見て尋ねた。

「……貴殿は、疑問に思ったことはないのか？」

渋面を作ったディートリヒの声音に、どこか真剣な空気が滲む。

「王族というものは、朝から晩まで民のことを考えて、国の為《ため》に時間を犠牲にして。どれだけ身を粉にして働いたところで、誰が褒めてくれるわけでもない。自己犠牲が当たり前、滅私奉公が当然、それが出来なければ不要な存在として蔑《ないがし》ろにされる……」

ディートリヒは、その眉根をぐっと寄せて言葉を続けた。

「生き方は選べない。民からは裕福な暮らしをしているように見えても、その実態は不自由だらけだ！　ならわしに縛られ、人目に捕らわれ、挙句の果てに……」

「――それがどうした？」

「！」

淡々としたアルノルトの声に、ディートリヒが身を強張《こわば》らせる。

「王族にも皇族にも、人として生きる権利があるはずもない」

「なにを……」

「分からないのか。王の命というものは、何百万もの民よりもはるかに重い意味を持つものだ」

その言葉に、リーシェもこくりと息を呑んだ。

「小国が大国に攻め込まれた際、たとえ民を千人差し出そうともその侵略が止まることはないだろう。――だが、その国の王たったひとりの命を差し出せば、戦争は終わる」

アルノルトの中指が、彼自身の喉仏の辺りをとんっと叩《たた》く。

「王たる人間ひとりの存在が、その国に生きるすべての責務を負っている。その自覚があろうとなかろうと、王族の命というものは駆け引きに使われる駒だ」

「こ、駒……？」

「俺にも貴様にも、人として生きる権利などない」

アルノルトの言い切ったことに、リーシェの背筋が凍り付く。

「だっ……だが、貴殿のそれは！　……まるで、いつか国の為に死ぬ覚悟をするべきだという、あまりにも極端な論調ではないか!!」

するとアルノルトは、青色の双眸《そうぼう》に暗い光を宿し、ふっと蔑むように笑うのだ。

「――皇太子として生を受けた以上、それは当然の義務だ」

「……」

ディートリヒはぐっと歯を食いしばり、こちらに背を向けると、夜会の会場へ駆け込むように戻ってしまった。リーシェはそれを追おうとし、数歩のところで立ち止まる。

夜のバルコニーには、アルノルトとリーシェのふたりだけが残されてしまった。

夏の夜風が、その場の沈黙を掻《か》き混ぜるようにして吹き抜ける。名前を呼ばれて、リーシェはおずおずと顔を上げた。

「リーシェ」

数メートルほどの距離を隔てて、アルノルトの青い双眸と視線が重なる。リーシェが何も言えずにいると、アルノルトは小さく息をついた。

「先ほどのお前は、あの猫に対して、どのように呼びかけていたのだったか」

「アルノルト殿下？」

何かを思い出そうとするように、彼が目を伏せる。

「……ああ。そうだったな」

そのあとに、アルノルトはもう一度リーシェの方を見る。

そうしてこちらに手を伸ばし、柔らかな表情と、同じくらい柔らかい声でこう言った。

「――……『おいで』」

「ひゃ……っ!?」

アルノルトらしからぬ言葉で呼ばれて、頬が一気に熱くなる。

（アルノルト殿下が、『おいで』って……!!）

その呼び方はずるいと思うのだが、何がずるいのかは説明できそうもない。リーシェがはくはくと口を動かしていると、アルノルトが少し首をかしげ、微笑みに近い表情を浮かべる。

「ん？」

「……っ」

観念し、そうっと一歩踏み出した。

伸ばされていた手を取ると、アルノルトの傍に引き寄せられる。

（お聞きして、みなくては）

お互いの指同士を絡めたまま、リーシェはアルノルトのことを見上げた。

「……いつか、この先に、新しい戦争が起きたとして」

その『もしも』を、アルノルトの前で口にするのは、リーシェにとって勇気のいることだ。

けれど、青色の瞳から目は逸《そ》らさない。アルノルト以外、他の誰にも聞こえないように、静かな声で口にする。

「アルノルト殿下は、ご自身のお命を、どのように使われるおつもりですか?」

リーシェの問いに、アルノルトは笑った。

「仮定の話に、興味はないな」

「ですが、覚悟はしていらっしゃるのでしょう」

「王も皇帝も、国のすべての責任を取る存在だ」

なんでもないことを話すかのように、彼は言い切るのだ。

「太子というものは、それを継ぐために生かされる。……俺の場合は、特にそう言えるだろう」

「……っ」

アルノルトの父は、生まれてきた大勢の赤子に対し、髪と瞳の色による選別を行なった。

恐らく最初に生まれた子供は、アルノルトではなかったはずだ。にもかかわらず、アルノルトが皇位継承権第一位を持つ皇太子であるのは、現皇帝が他の赤子を殺《あや》めたからだと聞かされた。

(アルノルト殿下に、罪は無くとも)

彼と繋いだ指へ、僅かに力を込めてしまう。

（殿下は、ご自身の存在そのものが、罪悪だと考えていらっしゃる……）

リーシェには、それがかなしくて、とてもさびしい。

先ほどのアルノルトは、王族や皇族に人として生きる権利があるはずもないと言った。しかし、弟のテオドールや妹姫たちには、そんなものは求めていないように見えるのだ。

それから、妃《きさき》となるリーシェに対してだって。

（この方が、『人』であることを許さないのは。――お父君と、ご自身のみだわ）

アルノルトは、自分でその矛盾に気が付いているのだろうか。そう思っていると、アルノルトがリーシェの頬に触れた。

「……拗《す》ねたような顔をしている」

すでに見抜かれているようなので、遠慮なく表情に出すことにする。

「拗ねていますし、怒っています。……ただし、自分にですが」

「お前に？」

「我ながら、あまりにも不甲斐《ふがい》ないので」

くちびるを尖《とが》らせつつ、リーシェは項垂《うなだ》れる。

「アルノルト殿下に、幸せになっていただきたいのです」

「――――……」

アルノルトが、驚いたような顔をした。

「この先に訪れる殿下の未来に、幸福ばかりがあれば良いと願います。……たとえ、あなたがそれを不要だと仰っても……」

でも、願うばかりでは駄目なのだ。

「今後はもっと、創意工夫を凝らしますね」

「……創意工夫」

「世界中で一番美味《おい》しいご飯を食べたり、溶けそうなほどふわふわの寝台で眠ったり、目が眩《くら》みそうなほど綺麗《きれい》な景色を眺めたり――」

思い付く限りのことを並べ、リーシェは吟味する。

「そういった経験をお届けすることで、殿下に、幸せの良さを知っていただくように努めます」

「……」

真剣な気持ちで告げた言葉だ。

けれどもアルノルトは、一瞬だけ虚を衝かれたような表情のあとで、小さく笑う。

「ふ」

それは、堪《こら》えきれずに零《こぼ》されたかのような、アルノルトには珍しい微笑みだった。

「それはもう、お前にもらった」

「……?」

頭をぽんっと撫《な》でられて、首をかしげる。するとアルノルトは、こちらはなんだか見慣れつつある、意地悪な笑みを作るのだ。

「お前の方こそどうなんだ。『誕生日』に祝われたい内容は、決まったか」

痛いところを指摘され、ぎくりとする。

「何か、欲しいものは」

「うぐ……。アルノルト殿下の欲しいものが欲しいです、というのは……」

「それは却下だな」

「うぐぐぐ」

リーシェの誕生日までは残り八日だ。早く言わなくては、準備をするのにも大変だと分かっているのだが、やっぱりなかなか思いつかない。

「お前は欲が無さすぎる」

「それは！　アルノルト殿下にだけは、言われたくないですから……！」

「へえ？」

揶揄《からか》うように覗き込まれ、どきりとした。アルノルトに他意はないのだろうが、いまのリーシェはどうしても、今後のことを意識してしまう。

（婚姻の儀での、キス問題も解決していないし……！　こちらも残り日数が少ないのだから、急がないと。それに……）

リーシェは夜会のホールに目をやった。ホールの警備は騎士が務める。そのうちのひとりであるグートハイルについても、もっと調べなくてはならない。

（ひとつずつ、着実に。まずは明日、テオドール殿下にお願いした方法で調査開始だわ）

第四章

翌日のこと。皇城にある騎士の訓練場には、後片付けに動き回る新人騎士たちの姿があった。

「スヴェン、その巻き布をこっちにくれる？」

「ああ。そこにある木剣、ささくれだってるかもしれないから気を付けろよ」

「ありがとう！　ついでにヤスリをかけておくね」

訓練の日々にも慣れてきた頃である彼らは、拾い集めた木剣を手入れした上で仕舞ってゆく。そのうちのひとり、新人騎士スヴェンが、こちらを見ながら息をついた。

「まったく。まさか、フリッツが居なくて人手が足りないところに寄越《よこ》されたのが、お前とはな」

「僕？」

自分の話をされていると気が付いて、リーシェは顔を上げる。

「特別訓練以来なのに、相変わらずよく働くじゃないか。――ルーシャス」

「ふふ」

少年姿に男装し、『ルーシャス』と名乗ったリーシェは、以前の特別訓練で朝稽古をした仲間であるスヴェンに対して微笑《ほほえ》んだ。

「スヴェンも変わらずに元気そうで良かった。少し会わない間に、ちょっと逞《たくま》しくなった？」

「当たり前だろ。あれ以来、お前やフリッツがいなくても、朝練は欠かさずに続けてるし……」

ぼそぼそと小さな声で言われるが、彼が真面目に取り組んでいることはよく分かる。

「フリッツにも、すごく会いたかったなあ」

特別訓練期間を終えて以来、一度も会えていない友人のことを思い浮かべ、寂しく微笑んだ。

候補生の訓練に紛れ込んだものの、体力の問題でまったくついていけなかったリーシェを、明るく気遣ってくれたのがフリッツだ。

男装姿で親しくなり、嘘《うそ》をついたまま離れた友人である。騙《だま》しているという罪悪感を抱いてはいるものの、元気な顔は見たかった。

「確かフリッツは、ローヴァイン閣下が領地のシウテナへ戻るのに同行してるんだよね？」

「あいつはシウテナ出身の人間だからな。騎士に採用された報告をするときに、領主と一緒に里帰りすれば、故郷でも鼻が高いだろうって閣下が」

（やっぱり、後進の育成に熱心でいらっしゃるわ）

騎士候補生のときの指導役ローヴァインは、ガルクハイン北部の辺境伯だ。

ローヴァインは、かつての戦争で実子を亡くしているのだと聞いている。それもあってか、彼はリーシェたち騎士候補生に対し、とても細やかな配慮と共に指導をしてくれた。

（ローヴァイン伯は、未来のアルノルト殿下をお止めしようとして怒りを買い、処刑されるお方。

――その悲劇が起こる理由も、まだ分からない……）

ローヴァインにも会いたかった。とはいえ彼は、リーシェたちの婚儀に合わせて再び皇都に来るのだと聞いている。いまはとにかく、目の前のことだ。

訓練の後片付けを進めながら、リーシェはちらりと視線を投げた。

朝の訓練場には、大勢の騎士たちが集まっている。騎士団は隊ごとに分かれていて、各隊長の指示のもとに動いているのだそうだ。そのため通常の勤務時間においては、他の隊との接点が少ない。

別隊の騎士と交流できるのは、兵舎の中と朝の訓練場くらいなのだった。

アルノルトやその近衛《このえ》騎士は訓練からすべて別のため、ここに彼らの姿はない。しかしリーシェの目的は、訓練を終えた騎士たちの中に混じるグートハイルだ。

汗を拭ったグートハイルは、訓練場の隅に落ちている木剣へ目をやった。彼は迷わずそれを拾い上げ、土埃《つちぼこり》を手で払う。

（訓練場の片付けは、入ったばかりの新人が行うもの。けれどもグートハイルさまは、当然のようにそこに加わって、新人たちを手伝っている）

散らかった訓練場に目を向けない騎士も多い中、グートハイルの振る舞いは、それだけでとても目立つものだった。

（本当に真面目なお方なのだわ。訓練中の様子を拝見しても、真摯に打ち込んでいらっしゃった）

それゆえに、気になることもある。

「ねえスヴェン。あそこで僕たちの片付けを手伝ってくれてる、茶髪でおっきな騎士の人……」

「グートハイルさまか？」

「あんなに良い人そうなのに、周りの人が冷たいのはどうしてなんだろう？」

そう尋ねるも、スヴェンは妙な顔をするだけだ。

「仕方ないだろ、先輩たちだってやり難《にく》いと思うぜ。お前は知らないのかもしれないけど……」

彼は周囲の様子を確かめたあと、そっとリーシェに耳打ちをした。

「――……あの人の父親は、この国を裏切ったんだ」

昨日の庭園で、テオドールが教えてくれた通りだ。

それでもリーシェは、まったく知らなかった顔でスヴェンに問う。

「裏切ったって、どういうこと？」

「先代当主、つまりグートハイルさまの父親も貴族で、この国の騎士だった。一隊の隊長まで任されてそれなりの地位にいたらしいけど、それで得たこの国の情報を敵国に流していたんだって」

それについても、テオドールの話していた通りだ。

「つまり、他国の諜報員《ちようほういん》？」

「実際、それでどんな被害があったのかは知らないけどな。十年くらい前だったっけ？　俺たちが子供の頃、『騎士隊長グートハイルが売国奴だった！』って国中で騒がれてたの、お前は小さすぎて知らなかったのか」

笑って誤魔化すも、他国の人間であるリーシェは聞いたことがない。だが、スヴェンには怪しまれなかったようだ。

「諜報は死罪だ。グートハイルさまの父親は処刑されて、爵位は剝奪された。それから何年経《た》ったって、息子であるグートハイルさまは白い目で見られ続けているんだよ」

ここまでに聞いた話はすべて、テオドールからの情報と一致する。

「グートハイルさま、すごく剣が強かったよね。手合わせで、他の人たちに悉《ことごと》く勝ってて」

「ローヴァイン閣下も褒めてたぜ。グートハイルさまが新人の頃は、閣下が指導したらしい」

「でも、みんなに冷たくされてる？」

「見た限り、任されてるのは街の見回り任務ばかりだ。それも、貧民街や治安の悪い区画じゃなく、道案内くらいしか仕事のない民家通りのな」

つまりグートハイルは、『アルノルトが臣下に選ぶ条件』に当てはまっているのだろう。

優秀な能力を持ちながらも、環境や、本人にはどうにも出来ない事情によって冷遇されている。

「……機密漏洩《ろうえい》は重罪だけど、お父君のしたことだ。グートハイルさまに罪は無いのに」

「だから、グートハイルさまは処刑されていない。家から爵位が剝奪された以外は、なんの罪にも問われていない。だけど、家族に裏切り者がいた時点で、周りからの見る目が変わるのはどうしようもないだろ」

諜報という行いの性質上、周囲の人間まで信頼を損なってしまうのは、無理もないことなのかもしれない。けれどもリーシェには、やっぱりやりきれない思いがある。

「罪は伝染するわけじゃない。いくら家族だって、別の人間なのにな」

自然と思い浮かべていたのは、アルノルトの姿だった。

（アルノルト殿下も同じだわ。お父君のなさったことで、ご自身にも罪があるとお考えになっている。――ご自身を、お父君に似ていると称されて）

リーシェは小さく息をつく。

実際のグートハイルを知るには、もう少し探る必要があるだろう。リーシェは木剣をまとめて抱え、スヴェンに言った。

「木剣を手入れする時間、今日はもう無いかな。やすり掛けが必要そうなやつはまとめて倉庫に仕舞っちゃうね。なにか取ってくるものある？」

「ああ、じゃあ箒《ほうき》を頼む」

「ん、分かった！」

訓練場の裏手に向かいつつ、再びグートハイルを見遣《みや》る。木剣の片付けを手伝おうとした彼は、他の騎士たちに遠巻きにされ、ひとり黙々と手を動かしていた。

（どうしようかしら？　グートハイルさまには、アルノルト殿下の婚約者である私の顔を知られているもの。男装姿といえど、近付くわけにはいかない）

テオドールからの情報を聞き、スヴェンの話を知っても、やはり噂《うわさ》は噂に過ぎない。

本質を知るためには、別の視点も必要だ。倉庫に着き、手入れをしないと使えそうにない木剣を仕舞いながら、リーシェは考える。

（いっそのこと、もっと別の姿に変装するとか。――でも、『別の顔』になる技術は自信がないもの。そういうことが出来るのは、彼くらいで……）

「なーにしてんの？」

「！」

すぐ耳元で声がして、リーシェは目を見開いた。

まったく気配を感じなかったのに、何者かが後ろに立っている。

それも、リーシェの背中がほとんど触れそうなほどの至近距離だ。その人物は、そのまま壁に手をつくと、リーシェを後ろから閉じ込めるような格好で囁《ささや》く。

「それと何、そのカッコ。割と似合うな、『ルーシャスくん』」

リーシェは目を瞑《つむ》り、振り返らないまま俯《うつむ》いて、そっと溜《た》め息《いき》をつく。

「あなたに変装を褒められると、少しだけ自信が持てるわ。——ラウル」

すると、くすりと可笑《おか》しそうな吐息が零《こぼ》された。

リーシェは残る木剣を仕舞っていきながらも、背後のラウルに尋ねる。

「どうしてあなたがここに？　ハリエットさまの護衛はいいのかしら」

「もうじき本物のカーティスも、ヴィンリースの街に到着するだろうからな。護衛には俺の配下たちがついてるから、皇都見学に」

「このお城、確かに見所はたくさんあるけれど……」

片付けを終え、ようやくそこで振り返る。

至近距離に立っているラウルは、意外なことに、ほとんど彼の素顔に近い顔をしていた。

「なるほどね。化粧でなんとなく、顔立ちの雰囲気を美少年って感じにしてるのか」

ラウルは顎に手を当てて、リーシェの男装をしげしげと眺める。

「だけど、男のふりをするには華奢《きゃしゃ》すぎるな。胸は工夫して上手《うま》く押さえてるみたいだけど、訓練着はゆるゆる」

「う……。だって体を動かす以上、詰め物での誤魔化しようが無いんだもの……」

「ま、立ち振る舞いはなかなか良いんじゃないか？　それに、長い髪を綺麗《きれい》にまとめて短髪の鬘《かつら》の中に隠せてる。あんたの正体を知らずに見ている限りは十分、女顔で華奢な男に見えるよ」

「本当？　ありがとう！」

思わず嬉《うれ》しくなってしまうが、流された訳では無い。

「…………それで？」

「ははっ、そう睨《にら》むなって！　ちょーっと偵察に来ただけだよ。大丈夫、あんたの旦那さまの許可はもらってる。印刷技術を守るための兵力増強に、ガルクハインの騎士団を参考にしたいな～っておねだりしたら、すーっごいどうでもよさそうな顔で『好きにしろ』って」

そう言って両手でピースサインを作ったラウルを見て、リーシェはちょっとだけ訝《いぶか》しく思う。

「アルノルト殿下が、騎士団の偵察許可を？」

「まあ、『殿下』の近衛騎士の訓練場には出禁なんだけど」

（……それなら、多少は納得できるかしら……？）

未来のアルノルトが率いるガルクハイン騎士団は、世界随一とも呼べる力を持つ。それには、アルノルトによる訓練の功績が大きい。

いまの時点で、アルノルトの指導を受けているのは彼の近衛騎士だけだ。アルノルトにとっては、自身が編み出した訓練方法以外は、他国に流れてもそれほど興味が無いのかもしれない。

けれどもリーシェは目を細め、ラウルに言った。

「ラウル、私ね。生憎《あいにく》、あなたやアルノルト殿下の嘘をすべて見抜けるような自信は無いわ」

「ふうん？」

「その代わり、すごく信用しているの。――あなたも殿下も、得られるものが少ない状況下で、わざわざ危険を冒したりしないということを」

「…………」

すると、ラウルは先ほどまでの胡散臭《うさんくさ》い笑みを止《や》め、違った種類の微笑みを浮かべた。

「敵《かな》わないな、あんたには」

「……ラウル」

「分かったよ、でも一個だけ約束。俺が喋《しゃべ》ったこと、『アルノルト殿下』には内緒に出来るか？」

くちびるに人差し指を翳《かざ》したラウルは、いつも以上に真剣な目をしている。

「約束するわ」

「ん、おりこうさん。――あんたの殿下が警戒しているのは、他国の諜報だ」

その言葉に、リーシェは目を丸くした。

「この皇城に、諜報員が入り込んでいるかもしれないということ？」

「どうだかなあ。ま、それを含めて目下調査中」

「アルノルト殿下が、あなたにその指示をしたのね」

「あんたら夫婦には借りがあるから、これくらいお安い御用ですよ？」

わざと軽薄な物言いをしているけれど、ラウルにとっては本心なのだろう。確かに、諜報員の存在を探りたいのであれば、優秀な諜報員であるラウル以上の適任はいない。

「それに。ファブラニア国に贋金《にせがね》造りを提案して、ハリエットを苦しめた存在がいるっていうんなら、俺にとってもこの調査は必要なものだ」

（利害の一致、ということね）

納得しつつも、リーシェはあることを思い出す。それは、昨晩の出来事だ。

（夕べ、夜会のホールへ向かう途中に、アルノルト殿下が仔猫《こねこ》を警戒なさっていた理由も……）

生垣から気配を感じた時点で、何かの動物であることは分かっていたはずだ。それなのに、アルノルトはリーシェを背中へ庇《かば》おうとした。

『獣に入り込まれる時点で、警備を見直す余地があるということだ』

あれはきっと、単純な可能性の話をしていたのではない。アルノルトは城内の安全を疑っており、だからこそ警戒していたのだ。

（些細《ささい》な物音にも反応なさったのは、単純な条件反射じゃない。この城内に、諜報員がいる可能性を踏まえていらしたから……）

見抜けなかったことが悔しくて、リーシェはぐぬぬと顔を顰《しか》めた。

アルノルトの真意を読み取れず、彼に協力できなかったばかりか、のんびりと守られてしまう有様だ。こんなことでは、アルノルトの戦争を止めるなんて出来るはずもない。

（それに。アルノルト殿下が、城内に諜報員がいる可能性を疑っていらっしゃるなら、違った推測も立てなくてはならないわ）

脳裏に過《よぎ》るのは、グートハイルの存在だ。

（お父君が、諜報罪で処刑されたグートハイルさま。……アルノルト殿下が近衛隊の拡張をお考えだとしても、グートハイルさまが候補に挙がっていて、それがこのタイミングなのは本当に偶然？）

さまざまな仮説を立ててみるものの、あくまで想像の範疇《はんちゅう》を出ない。

「悩んでるなあ、『ルーシャスくん』」

「ねえラウル」

リーシェはそっと顔を上げ、至近距離から彼を見上げる。

「ラウルなら、私を全然違う顔に変えられる？」

「えーやだ。あんたの顔すげー可愛《かわい》いから、変えてやりたくない」

「本気で思っているわけじゃないのが、全部表情に出ているわよ」

へらっと笑ったラウルに抗議する。

なにせリーシェは、彼が付き合ってきた女性たちが、大人っぽくて妖艶な顔立ちの美女ばかりだと知っているのだ。リーシェは全く当て嵌《は》まらない。

「はは、冗談冗談。真面目に答えると、顔を変えるには『道具』が必要なんだよ。元々の顔立ちに合わせて作る必要があって、あんたの分をすぐに用意するのはムリー」

（叶《かな》えてもらえない空気だわ。狩人《かりゅうど》人生でも、私たちには教えてくれなかった技術だものね……）

恐らくは、他の人間に技法を教えられないのだろう。ラウルは『狩人』の頭首であり、先代から彼にだけ教えられたことも多いと聞いている。

「……なら、お願い。諜報員に関する情報が得られたら、私にも教えてほしいの」

「あんたの殿下に、内緒にしててくれるならな」

「もちろん。どちらかというと私の方も、アルノルト殿下には内緒にしておきたいわ」

そう言うと、ラウルはやっぱり軽やかに笑うのだ。そして、小指をそっと差し出してくる。

「じゃあ約束」

「東方の国の文化ね。約束」

リーシェ自身の小指を、ラウルの小指にちょんと触れさせた。ラウルはふっと息を吐いたあと、後ろに一歩下がる。

「そうだ、気を付けなよ。あんたの殿下と俺が情報交換するの、このあとの訓練場だから」

「え!! じゃあつまり、アルノルト殿下がもうすぐいらっしゃるの!?」

「ははは、逃げるなら急げ急げー」

リーシェはさっと青褪《あおざ》める。今日の騎士団潜入はテオドールに協力を仰いでいるものの、アルノルトには秘密のままなのだ。

「い、行かなくちゃ……! ごめんねラウル、また今度!!」

「はいはい。またな」

ひらっと手を振るラウルと別れ、慌てて倉庫を飛び出した。グートハイルには近付けなかったものの、それなりに有益な情報は得られたはずだ。

(急いで次に、移動しないと……!)

＊＊＊

（……さて。こんなものかな）

ぱたぱたと、急ぎ足で倉庫を後にするリーシェを見送り、ラウルは大きく伸びをした。

（嘘をつくコツは、真実を混ぜること。――それから、嘘を二重に仕掛けておくことだ。勘のいい奴《やつ》に見抜かれたら、すべて正直に話しますって顔をして、最初の嘘だけを暴露すればいい）

それはつまり、変装で作った顔の下に、もうひとつ別の顔を隠しておくことにも似ている。

変装を解いたふりをして、二枚目の顔を見せるのだ。だが、ラウルが『二重の嘘』を使わなくてはいけない相手も、それほど存在していない。

（とはいえまさか、彼女には嘘が暴かれる前提で、『最初から二重に仕込んでおけ』なーんて指示されるとはなあ）

口元だけに笑みを浮かべ、ラウルは目を瞑る。

（彼女に話したことは嘘ではないけど、すべてを話したわけじゃない。――まったく、『アルノルト殿下』もひどい旦那だ）

とはいえ、こちらは命令に従うだけだ。

嘘をつくことに罪悪感もない。そういう風に生きるのが、『狩人頭首』である人間の役目だ。

（でもさ。役に立ちたいのは本当だよ、『リーシェ殿下』）

とはいえ彼女はまだ、正式な皇太子妃ではないのだったか。

それを思い出し、再び大きな伸びをして、ラウルは報告へと向かうのだった。

＊＊＊

男装姿で訓練場に潜り込んだその日の夜、ひとりである挑戦をしていたリーシェは、離宮の厨房《ちゅうぼう》で小さな悲鳴を上げた。

「わっ、わわわあ……!!」

ここは普段、お湯を沸かしたり温め直しをする程度の厨房で、基本的には無人の場所だ。

夜更けの時間は侍女もおらず、誰にも見つからないはずだった。だというのに、しばらくして足音が聞こえてくるので、リーシェは一層慌ててしまう。

「──どうした?」

「あっ、アルノルト殿下……!!」

リーシェが振り返ると、厨房の惨状を目の前にして、アルノルトは珍しく目をみはっている。

「これは…………」

「ご、ごめんなさい……」

厨房は、大鍋から溢《あふ》れ出した大量の白い『ふわふわ』によって、床まで埋め尽くされていた。

床だけではない。鍋を乗せたテーブルや、その傍《そば》の椅子、果てはリーシェのドレスや頭の上に至るまでそのふわふわが乗っている。

アルノルトは、空を漂うその一欠片《ひとかけら》を指で摘《つま》むと、青い目を眇《すが》めてそれを観察した。

「白い花びら……いや、雪か？」

「その。……どちらにも見えるといいなと思いながら、作ってみたものでして……」

腕を交差させるようにして、大鍋の口を塞ごうとしてみる。けれども、隙間からまだ溢れ出るのだった。アルノルトは、ふわふわまみれのリーシェをじっと眺めたあと、おもむろに口を開く。

「……食えるものなら協力するが」

「ちが……っ！　りょ、料理に失敗したわけでは無いのです……!!」

大真面目に提案された空気を察して、リーシェは顔を赤くした。

リーシェは料理が下手であり、アルノルトはそんなリーシェの料理を完食してくれる唯一の人だが、ここは弁解しておきたいところだ。あるいはアルノルトの発言には、以前リーシェが彼に言った、『唐辛子入りワインでも残したくない』という言葉が影響しているのかもしれない。

「食べられるものではありません。これは、歌劇の舞台に使うための小道具を、錬金術で作れないかと目論《もくろ》んだものでして……」

「小道具？」

リーシェはこくんと頷《うなず》いて、少し恥ずかしい気持ちを抱えながら説明した。

先日、歌姫シルヴィアがこの城を訪れた際、リーシェは彼女と色んな話をしたのである。

庭園に場所を移してから、誓いのキスについてを切り出すのには時間が掛かった。そのあいだに選んだ話題の中で、シルヴィアが言っていたのだ。

『リーシェが見てくれた舞台は、最後にたくさんの花びらが降る演目よね。そう、紙吹雪！　あれはとっても綺麗だけど、使うとなると結構大変なのよ』

『あれだけの数の紙片を作るのは、確かにすごい労力だと思うわ。どうやっているの？』

『ふふっ、根性でひたすら手を動かすだけ！　私たち演者も鋏《はさみ》を持って、台詞《せりふ》の読み合わせをしながら紙を切らされたこともあるわ。──それに後片付けも大変なの。時間が経っても溶けて消えないし。あとは舞台の天井に引っ掛かって、翌日の公演中に意図しない場面で降ってきたり』

シルヴィアの話を聞いたリーシェは、彼女に言ったのだ。

『作れると思うわ。見た目が綺麗で、大量に用意できて、時間が経つと消える雪』

『……え!?』

実はとある理由から、リーシェはアリア商会に依頼して、必要な材料を取り寄せてあったのだ。

「というわけで。いくつかの薬草から抽出した成分を混ぜ合わせ、乾燥させた粉に水を加えると、それらが結合しながら膨らんで大粒の雪のようになるのです」

アルノルトとテーブル越しに向かい合って、リーシェは説明した。

彼に見せたのは、小皿の上に乗せた半透明の粉末だ。アルノルトはしげしげとそれを眺めている。

「そして、この雪のようなものに、ぎゅっと圧力をかけると……」

両手にふわふわを掬《すく》ったリーシェは、雪玉を作るように丸めてみせた。

手を緩めれば、一センチほどの紙片のようなものが、数十枚ほど重なった代物が出来ている。

「このように、力を加えることで層のようにばらけます。ね？　綺麗な花びらみたいでしょう」

「なるほどな」

リーシェが差し出した花びらを、アルノルトは指で摘んで受け取った。それを壁際のランプに翳し、光に透かして観察している。

「これも錬金術の技術か」

「はい！　不思議ですよね。自然のものから抽出した物同士を混ぜ合わせると、自然界では作られないような物が生まれてくるなんて」

「そしてこの厨房は、大鍋による大量生産を試そうとした結果なんだな」

「……それについては申し訳なく……」

本当は、ここまでの量が発生するとは思っていなかったのだ。

（思わぬ検証結果だわ……。過去人生でこの実験をしていたのは、コヨル国のお城。薬剤も水の量もあのときと同じなのに、どうしてこんなに膨らんでしまったのかしら？　水の量、水の質、気温や湿度……？　うう、錬金術も奥が深い……!!）

錬金術人生では、ミシェル・エヴァンという天才を必死で追い掛け、最前線で寝る間も惜しんで研究に明け暮れた。それでもまだまだ足りないのを実感し、焦りと共に楽しさも覚える。

（ミシェル先生に、またお手紙を書かなくちゃ。そうだわ、サンプルも導入して……）

「……」

「はっ」

アルノルトの視線を感じ、リーシェは急いで我に返る。

「で、でもご安心ください。このふわふわ、時間が経つと溶けて消えるのです……！」

「溶ける？　では、後に残るのは水か」

「はい。ですがほんの少しの水分量なので、多くは自然と蒸発します。元となった薬剤も無色透明ですし、口に入れても害はないものなので、お片付けの手間はほとんど無いかと」

高級な衣類についてしまった場合など、心配なときだけ人工雪を払い落とせばいい。これならばシルヴィアたちの劇団でも、取り入れやすいと考えたのだ。

（元々は、『水分を含ませた上で砂漠に埋めて、砂漠地帯でも植物が育てられる一助にする』という趣旨の開発だったのよね。この薬剤はむしろ、時間が経つと溶けてしまう失敗作の扱いだったのだけれど……こういう機会で活用できるなら、あの実験の日々が少しでも報われる気がするわ）

そんなことを思い出し、懐かしい気持ちになって微笑んだ。

アルノルトはリーシェの方に手を伸ばし、珊瑚《さんご》色の髪に触れる。リーシェは当然どきりとしたが、どうやら造った雪のひとかけらが、髪に絡まっているようなのだった。

アルノルトがそれを取ってくれるのを察して、緊張しながらも大人しくする。

「この技術に使う薬草を、前々から用意していたのか？」

指摘されたことに、どきりとした。

「その。……個人的に、ちょっと試してみたかったことがありまして」

「へえ？」

リーシェの髪から指を離したアルノルトが、目を細めるようにしてリーシェを眺める。

これはきっと、説明しなくてはいけない流れなのだろう。

リーシェとしても、ただでさえ秘密の多い身の上だ。隠す必要のないことくらいは、包み隠さず伝えておきたい。けれど、どうしても気恥ずかしくなってしまうのは、仕方がないことだった。

「ガルクハインの皇都は、あちこちに花が咲き乱れていますよね？　私が皇都に入った日も、家々の窓辺に飾られている花びらが舞い落ちて、とても綺麗でした」

「……………」

「ですので、オリヴァーさまや皆さまにご相談していたのです。……花びらを降らせられたら、とても素敵だなあ、と」

「降らせる？　どこに」

「わ……っ」

自分の頬が火照るのを感じつつ、リーシェは思い切ってこう言った。

「…………私たちの、結婚式で……！」

「――――……」

アルノルトが、ほんの僅かに息を呑《の》んだような気配がする。

「……そうか」

「……っ、はい……」

ドレスの裾を握り締めた。厨房は沈黙が支配して、白いふわふわだけが能天気に揺れている。

(う……浮かれ過ぎだと、思われたのでは……!?)

何しろこの婚姻は、アルノルトにとって思惑のある、政略結婚に近いものなのだ。リーシェには想像もつかないような、深刻な事情があるのかもしれない。ガルクハインの重鎮たちにとって、リーシェは人質同様の花嫁であるとも聞いている。

居《い》た堪《たま》れなくなってしまい、おずおずと上目遣いにアルノルトを見遣った。

目が合ったアルノルトは、無表情だけれど穏やかなまなざしでリーシェを見ている。そして、こう問い掛けてくるのだ。

「――婚姻の儀は、苦痛ではないのか?」

「!」

思わぬ問いに、驚いてしまう。

「どうしてですか?」

「拘束時間が長い上に、堅苦しい儀式だ。準備も膨大で、招待客の相手もある。お前に掛かる負荷は大きいだろう」

「確かに、準備はたくさんありますが」

とはいっても、それはリーシェの都合でもある。なにしろ婚儀の準備とは別に、『招待客』への対策も講じているのだ。

婚姻の儀には、未来でアルノルトと対立する砂漠の国の国王ザハドや、他にも大きな影響力を持った面々がやってくる。彼らを迎える支度についても、迅速に進めていかなければならない。

（だけど、それを除けば……）

　アルノルトに対し、自信を持ってこう告げる。

「婚姻の儀は、とっても楽しみです」

「……楽しみ？」

「はい！　私はこれまでの人生でただの一度も、自分の婚儀を経験したことがないので」

　アルノルトは、リーシェの瞳を静かに眺めた。

『これまでの人生』には、過去六回の人生という意味も含まれる。しかし当然アルノルトには、十五年間で一度もという言葉に受け取れるだろう。

「初めてのことはわくわくしますし、婚礼衣装も早く着てみたいです。儀式自体も、参列する立場と花嫁とでは、感じ方がきっと異なりますよね！」

「……」

「アルノルト殿下のお衣装も気になります！　宝飾品も髪型も。それと、ガルクハインでの婚儀におけるクルシェード語の誓詩はどのようなものなのでしょう？」

　楽しみなことを連ねていくだけでも、自然と心が弾んでゆく。一本ずつ指を折りながら話していると、すぐに両手がいっぱいになった。

「人工雪と、それを使った花びら作成の実験も上手く行きました。厨房を埋め尽くしたのは予定外ですが、少しの材料でたくさん作成できるという結果はむしろ喜ばしいことです！」

　リーシェがきらきらと目を輝かせているあいだも、アルノルトは机に片肘をつき、どこかやさしい視線を注いでくれている。

「あ！　それから、それから」

その瞬間、リーシェは再びあのことを思い出した。

（……婚姻の儀のキス……!!）

「………？」

アルノルトが、ほんの僅かに目を眇める。

「どうした」

「いっ、いえ、なんでも!!」

ばつが悪くなり、思わず口元を両手で押さえた。

リーシェが顔を赤くしたことを、アルノルトは奇妙に感じただろうか。ちらりと窺《うかが》えば、アルノルトはふっと笑うように息を吐《は》いた。

「まあ、楽しむことでお前の苦痛が軽減出来ているのであれば、それでいい」

「むむ」

そんな言葉に、くちびるを尖《とが》らせた。

「軽減は違いますよ、殿下」

「なぜ」

「？　だって私には、婚姻の儀で嫌だと感じていることなどひとつも無いのですから」

アルノルトが眉根を寄せたので、リーシェは首を傾《かし》げる。

だが、その理由を深く追及する前に、アルノルトが先に口を開いた。

「……なんにせよ、無理はしないことだ。お前は平然としているが、準備の工程は多い。幼少期から王太子妃教育を受けてきた結果、大した労力ではないと錯覚しているだけの可能性もある」

「そ、それは確かにそうかもしれませんが……」

ぎくりとした。アルノルトの言わんとすることに、心当たりもあったからだ。

「で、ですが、ご多忙の中でさらに無理をなさっているのはアルノルト殿下では？　オリヴァーさまが仰《おつしや》っていました。迅速にお仕事を片付けて、予定より早く終わっても、その空いた時間に別のお仕事を入れてしまうのが常なのだと」

「……あいつ、余計なことを……」

「その上に、ディートリヒ殿下の面倒まで見ていただいていますし」

それについて、本当に申し訳ない気持ちになる。

「言っただろう。あの男のことで、お前が責任を感じる必要は無いと」

「は、はい、分かっています！　……分かっては、いるのですが」

リーシェは俯いて、そっと呟《つぶや》く。

「アルノルト殿下が皇太子として、ディートリヒ殿下が王太子としてお育ちになられたように。……私自身も、『王太子妃になるため生きる』と育てられたのです」

「……そうだろうな」

「ディートリヒ殿下と婚約破棄したことで、王太子妃からは解放されました。いまはアルノルト殿下の婚約者として、のびのび暮らしているつもりです。だからこそ、ディートリヒ殿下を前にしたとき、なんとかしなければと感じてしまうというか……」

そうして、心の内側にある感情の形が見えてきた。

「罪悪感があるのかもしれません。それこそ、故国を捨てたという感情に、近いような」

「……」

それはなにも、今回の人生に限ったことではない。

過去の人生で、リーシェは一度も故国に帰ることはなかった。ディートリヒがクーデターに失敗し、リーシェの国外追放が取り消されてからも、ずっとだ。

（……無意識に、避けていたんだわ。私自身の問題ね）

それは、責務から逃げたことへの感情だろうか。

あるいは、自身の誕生日を苦手に感じてしまうのと同じで、毎日泣きたかった子供のころの記憶がそうさせるのだろうか。そんな風に思っていたところへ、アルノルトが告げる。

「お前は何も捨てていない」

「……アルノルト殿下？」

淡々としているけれど、はっきりとした声音だ。

「生まれてから国を出る前のあいだ、お前に出来るすべての努力をしてきたのだろう？　それくらい、いまのお前を見ていれば分かる」

「……っ」

「その挙句追放された国に、いまでも情を寄せているんだ。それがどんな感情であれ、国を捨てたと呼ばれるべきはずもない」

アルノルトの言葉が、左胸にじわりと広がるような心地がした。

その温度はとても温かい。

言い方はいつも通りにそっけないのに、だからこそ尚《なお》のこと、温かく思うのだ。続いてアルノルトは、あからさまに気に入らないという顔をしてこう続けた。

「……第一、お前が実際にあの国を捨てていたとしても、俺は当然だとしか思わないが」

「っ、ふふ！」

それがあんまりにも嫌そうな表情だったので、なんだかおかしくなってしまった。

「たとえ二度と戻ることが無かろうと、国を出たくらいで『捨てた』とは言えないはずだ。生まれた国の諜報をするくらいの裏切りでもなければ、そうそう気に病む必要はない」

「……はい。ありがとうございます」

気遣いを嬉しく感じつつ、リーシェはふと思いつく。

「アルノルト殿下。お礼というわけではないのですが、お力になれるかもしれないことがありまして。すぐにここを片付けますので、もう少しだけお時間をいただいても？」

「構わないが。どこかに行くのか」

アルノルトによって元気を取り戻したリーシェは、青い瞳を見て悪戯《いたずら》っぽく笑う。

「よろしければ、私とごっこ遊びをしていただきたく」

「……ごっこ遊び？」

「はい」

リーシェは人差し指をくちびるに当てて、悪い微笑みのまま告げた。

「――『諜報員《スパイ》ごっこ』、という名の遊びを」

＊＊＊

厨房を片付けたあと、アルノルトと離宮を出たリーシェは、皇城内の城壁沿いを歩いていた。

わざと回廊から外れ、木々の間を進んでいるため、足元からは野草を掻《か》き分ける音がする。月は半月で、暗闇のよすがにするには頼りなく、リーシェたちはそれぞれランタンを手にしていた。

「かつて、私はとある人に教わりました。『守りの磐石《ばんじゃく》さを確かめるには、侵入者の目線に立つ必要がある』と」

リーシェにそう説いたのは、狩人人生での頭首ラウルだ。

「当然この皇城も、敵軍という侵入者を迎え撃つべく、万全の造りになっていますよね？」

「城というのは、要塞だからな」

そう返したアルノルトのランタンは、彼自身の足元でなく、リーシェの足元を照らすように翳されていた。さり気なくも紳士的な振る舞いに、ともすれば落ち着かない気持ちになってしまう。

（それに、アルノルト殿下の普段の歩調よりも、殊更ゆっくり歩いて下さっているわ）

リーシェはアルノルトの気遣いを受け取りつつ、なるべく動揺しないように続けた。

「こほん。……ですが優先されるのは、あくまで重装備の敵兵に対する守りです。対して諜報員は、身軽な装備で隙をついて潜り込んでくるもの。アルノルト殿下も、昨日の仔猫が侵入してきた経路を危険視なさっていたので……」

足元の灯《あか》りをアルノルトに任せ、リーシェは自身のランタンを掲げた。

左手には、ガルクハイン皇城の厳重な城壁が延びている。リーシェがランタンを動かすと、木々の影がそれに合わせて同じように動いた。

「諜報員の目線で、城壁周辺を見回ろうと思いまして。今日の昼間、一周してみたのです」

「……お前がか？」

「以前読んだ本に、そういった防衛指南書があったので」

リーシェはにこーっと笑って誤魔化す。当然それは嘘であり、実際は狩人人生の知識なのだが、アルノルトはもはや仔細《しさい》を追及してこない。面白そうに笑い、こんな風に言うだけだ。

「相変わらず、持っている知識の底が知れないな」

（アルノルト殿下も、だいぶ私に慣れてきていらっしゃるのよね……！）

あるいは泳がされているのだろうか。だが、リーシェが知識の出所について絶対に口を割らないのも、恐らく分かりきっているのだろう。

「もちろん、私の素人知識だけでは安心できないでしょうから、後日ラウルにでもご確認いただくのがよろしいかと」

「……ああ。やはりあの男と接触したか」

「はい。後ろから突然現れたので、それはもう、すっごく吃驚《びっくり》しました」

リーシェはちょっとくちびるを尖らせた。アルノルトは目を伏せて、微笑みに近い表情を作る。

「お前でも気配が悟れないのなら、あの男もそれなりに使えはするようだな」

「わ、私をすごく買い被《かぶ》っていらっしゃる……」

そもそも、気配の消し方や読み方をリーシェに教えたのがラウルなのだ。それは口にしないものの、リーシェはアルノルトに説明した。

「ガルクハイン皇城は、諜報員対策もかなりされているようでした。私が以前、城下に抜け出したときに使ったのは、他よりも少しだけ低くなっていた一部の城壁です。ですがそれも、中から出てきて、外から入ってくる経路を残すことが出来たからこそでした」

あのときのリーシェは、城壁に近い枝にロープを掛けて外に出たのだ。そして、中に入るにもそのロープを使った。たとえ狩人人生の隠密《おんみつ》技術があっても、最初が外からの侵入であれば、きっと容易にはいかなかっただろう。

「城壁には、土壁や石の素材を使うもの。頑丈であればあるほど、金具などの道具を用いて登るのが容易になっては来るのですが、この城の外側は鼠返《ねずみがえ》しになっています」

「ああ。それに加え、城壁の素材も二重構造になっているはずだ。打撃などに強い頑強な石壁を覆うように、脆《もろ》く崩れやすい土壁で塗り固めている」

「はい。諜報員としては、とても嫌な造りですね……」

リーシェは思わず真面目な顔で、どうやってこの城に侵入するかを考えてしまった。なにしろ狩人人生ではあのラウルも、ガルクハインに潜入するという手段を選ばなかったのだ。

「ですが、一度城壁から目を離すと、このお城も案外たくさん隙があるのですよ？」

リーシェが悪戯っぽく笑うと、アルノルトはそれに同意した。

「――そうだな。他ならぬお前自身が、日々あちらこちらを自由に動き回っている」

「うぐ。……そ、そうですとも。たとえばあちらの兵舎ですが、雨樋《あまどい》を使って攀《よ》じ登れば、簡単に最上階まで辿《たど》り着けてしまいますし……」

リーシェは歩きながら、ランタンで右手の建物を照らす。

「ほら殿下、ご覧下さい。あちらの第三訓練場、物置小屋の屋根まで登ると、そこから訓練場の塀に降りられますよね？　その塀の上を、落ちないように気を付けて歩いてゆくと……」

「……なるほどな。隣り合っている隊長格の兵舎二階まで、工夫をすれば辿り着けるのか」

「そう、そうなのです！　さすがはアルノルト殿下！」

リーシェはきらきら目を輝かせ、尊敬のまなざしをアルノルトに送った。生まれてこのかた、盗賊めいた侵入経路へ目を向けたことなんか無かっただろうに、少し説明しただけですぐに掌握してみせるのだ。

「お城はいつもお掃除が行き届いていますが、落ち葉は勿体《もったい》無いですね。かさかさ鳴るのは天然の鳴子ですから、それだけで侵入者に気付きやすくなります」

「それでは逆の目線で、そういった場に侵入したい場合はどうする？」

「葉が濡《ぬ》れている雨上がりを選ぶか、そもそも人が少なく、雨音に満ちた雨天時を。あるいは、朝露に濡れている時間にするでしょうか」

そんなことを話しながら、リーシェはアルノルトと歩いてゆく。

虫の音がそこかしこでコロコロと響く、吹く風がとても穏やかな夜だ。昼間の暑さに比べると、空気も涼やかかで心地よい。

「そしてアルノルト殿下。厳重に見えた城壁の守りですが……」

やがて辿り着いたその場所で、アルノルトはわずかに眉根を寄せた。

「……ここは」

「この辺りは他に比べると、庭木の手入れが粗いようなのです」

この皇城の、一番北に位置する場所だ。

皇城の北西に位置する主城からは、高層階から四方延びている空中回廊がある。そのうちの一本はこの北の塔に続いていて、塔の裏手に立っている木を指差した。

「あの木は随分と枝が伸びているでしょう？　そして、城の外側に生えている木も同様です」

「なるほどな」

アルノルトは、それを見て小さな溜め息をついた。

「人間は乗れないほどの細い枝だが、猫の一匹くらいは、容易に飛び移れるということか」

「はい。昨日見掛けた仔猫はきっと、ここから入って来たのでしょうね」

枝の細さと木の種類から見るに、あの枝で支えられるのは一キロ未満というところだろう。人間は子供でも折れてしまうが、あのくらいの仔猫ならば十分だ。

「私が見回ってみた限り、このほかに侵入経路となる場所は無いはずです。ですが他にもこの辺りは、城壁の土壁が剝がれそうになっている部分があり……」

「リーシェ」

僅かに顔を顰めたままのアルノルトが、遮るようにリーシェの名を呼んだ。

「ここは少し、場所がまずい」

「……？」

リーシェは瞬《まばた》きを繰り返す。

アルノルトが、こんなことを言うなんて珍しい。警告めいているのに抽象的で、明言を避けたような言葉選びだ。

（変だわ。だけど）

だからこそ、リーシェは状況を把握した。

「分かりました。では、すぐにここから去るべきですね」

「いいや、ゆっくりと自然に離れるぞ。むしろ、怪しまれるような動きを取るべきではない」

「怪しまれる？　それは、どなたに……」

アルノルトが、少しだけ逡巡《しゅんじゅん》する素振りを見せた。

それでも、誰かのことを口にしようとしたらしき、その瞬間だ。

「――……っ!?」

リーシェの背に、ぞわりと凄《すさ》まじい悪寒が走った。

全身が強張《こわば》るような、それでいて逃げたくてたまらないような、強烈に矛盾した感覚だ。指先が一瞬で冷えたのに、全身の血液が沸騰しそうなほど熱い。

その気配を感じたのは、主城と塔を繋《つな》いでいる空中回廊だ。

（あそこに、誰かがいるの？）

アルノルトが、舌打ちのあとで口にした。

「……くそ。よりにもよって、何故《なぜ》ここで……」

（だめ）

リーシェの心に過《よ》ぎったのは、何よりこんな恐怖心だ。

（――アルノルト殿下が、殺されてしまう……!!）

反射的に、アルノルトの方へと手を伸ばした。

「リーシェ……！」

リーシェが引き寄せて掴《つか》もうとしたのは、アルノルトが提げているその剣だ。

けれどもその手は、他ならぬアルノルトによって掴まれてしまい、背後の木へと押し付けられた。

「……!!」

ぐっと手首を握り込まれ、向かい合ったアルノルトの焦燥を汲《く》み取る。

（駄目だわ、私はやってはいけないことをした……!!　咄嗟《とっさ》にとはいえ、『あの方』に向けて、剣を抜こうとしてしまうなんて……）

くちびるを結ぶ。

狩人人生と、騎士人生での経験を積んだことが、完全に裏目に出てしまった。アルノルトに謝りたかったけれど、いまは勝手に動けない。

（凄まじい殺気。離れた場所から見下ろされているだけなのに、これほどまでの威圧感……）

その人影が立っているのは回廊の中ほど、ちょうど半月を背にした場所だ。

けれども、本能からの警告が、あちらを見てはいけないと告げている。


（——……あれが、アルノルト殿下のお父君……！）


ガルクハインの現皇帝であり、アルノルトが最も憎んでいる男だ。

その人物が放つ気配を、リーシェは確かに知っていた。あれこそが、騎士人生で未来の皇帝、アルノルト・ハインが放っていたのと同じ殺気だ。

「……呼吸をしろ。リーシェ」

「……っ」

そう言われて、無意識に息を詰めていたことを知る。

リーシェを木に押し付けたアルノルトは、彼の父に背を向ける体勢のまま囁いた。取り落としてしまったふたり分のカンテラが、足元でゆらゆらと灯りを揺らしている。

「……妙な体勢にさせて悪かった。だが、あの男から下手に怪しまれるのを避けたい」

（……私が、アルノルト殿下の剣を、抜こうとしてしまった所為《せい》で……）

リーシェがあそこで剣を抜いていれば、皇帝に対する害意を問われてもおかしくない。

そうなれば、皇太子妃といえども死罪だろう。

ましてやいまのリーシェなど、未だ婚約者の立場に過ぎないのだ。それを、アルノルトがこうして守ってくれた。

「これから、俺たちが『単純に人目を避けたくてここに来た』のだと、あの男に思わせるような言動を取る。構わないか？」

「っ、はい……」

リーシェの声が震えた所為で、アルノルトはどこか痛ましそうに顔を顰めた。

そうして彼は、小さな声でこう詫《わ》びる。

「許せ。……少しだけ、お前の意に沿わない触れ方をする」

リーシェの手首が解放された。

その代わりに、指同士が絡むように握り込まれる。アルノルトは、とても大事なものに触れるかのように、きゅっとやさしくリーシェと片手を繋ぐのだ。

そうして、もう片方の手でリーシェの頭を撫《な》でる。かと思いきや身を屈《かが》め、リーシェの前髪に口付けを落とした。

「ん……っ！」

緊張とくすぐったさに、思わず変な声が出てしまう。

アルノルトは、そんなリーシェをあやすように髪を撫でながら、何度も額へのキスを繰り返した。

「あ、アルノルト殿下……」

「…………」

時折、ちゅっと小さな音がする。

アルノルトの触れ方は柔らかくて、まるで甘やかされているかのようだ。

（〜〜〜……っ）

それどころではないはずなのに、恐怖心の中に恥ずかしさが混じってしまい、縋《すが》るような気持ちでアルノルトの手を繋ぎ返した。

繋いでいない方の手は、彼のシャツの胸元をぎゅうっと握り込む。するとアルノルトは、怖がる子供を落ち着かせるかのように、リーシェの頭を抱き込んだ。

そうして今度は、つむじの辺りにキスをされるのだ。

「……怖いか？」

アルノルトの腕の中で、柔らかく尋ねられる。

「怯《おび》えなくていい。……大丈夫だから」

リーシェの髪に口元を埋《うず》めたまま、彼は囁くようにそう言った。

（私を、庇って下さっている……）

リーシェはアルノルトに包まれて、守られるような体勢だ。

けれど、ただそれに甘んじる訳にはいかない。どれほど怖くとも、息が出来ないほどの威圧感に潰されそうでも、リーシェだってアルノルトのために動きたいのだ。

「……っ」

だから、手を伸ばした。

アルノルトが彼の父に向けているその背中へ、懸命に腕を回す。そうして、ぎゅうっとアルノルトを抱き締めた。

愛《いと》おしい恋人へ、甘えるように。

抱き締めた体越しに、アルノルトの驚いた気配が伝わってきて、彼の胸に額を擦り付けた。

(うう一……っ)

心臓がばくばくと跳ね上がり、耳の下まで熱くなる。

こんな風に抱き締めてしまって、アルノルトの邪魔にはならないだろうか。けれど、見た目の印象よりももっと大きく感じるその体に縋っていると、随分安心できるのも確かだった。

「……リーシェ」

「ひゃ……っ」

アルノルトが、リーシェの耳に口付けるふりをする。

実際は触れられていないのに、その気配だけでくすぐったくて体が跳ねた。アルノルトは、そんなリーシェを宥《なだ》めるようにもう一度抱き込んだあと、驚いたことに彼の父を振り返るのだ。

恐らくは、父親を静かに見据えたのだろう。

(——っ!!)

その場の空気が痺《しび》れを帯びて、リーシェは再び息を詰めた。ぶわりと冷や汗が滲《にじ》むようで、くちびるを必死に結ぶ。

その対峙《たいじ》は、わずか一秒にも満たなかったはずだ。

けれども随分と長い時間に感じた。自分の心臓が早鐘を打つのが、妙に大きな音に聞こえる。

先に殺気を解いたのは、意外にもアルノルトの父親の方だ。

(……消えた……?)

呆気《あっけ》なく、唐突な幕切れである。『戯れに飽きた』とでも言うかのように、重圧感がぷつりと遮断された。

現皇帝は、恐らくあの回廊を去ったのだろう。そのことは気配で察せられるものの、リーシェはそれでも動けなかった。

「リーシェ。大丈夫か」

「…………っ」

名前を呼ばれ、短く息を吐く。

アルノルトの胸に、自身の額を押し付けたまま、リーシェはゆっくりと口を開いた。

「申し訳、ございません。アルノルト殿下」

なんとか絞り出した声は、我ながら酷《ひど》く掠《かす》れていた。

「反射的に、剣を抜こうとしてしまいました」

あんなことをしなければ、アルノルトにとって不本意であろう行いをさせずに済んだはずだ。

心臓がまだうるさい。大きく深呼吸をしたあとに、アルノルトに改めて謝罪をした。

「私の浅慮で、殿下にまでご迷惑を」

「迷惑などは掛けられていない。……あの男がここを訪れたのは、あまりにもタイミングが悪かった。詫びるべきは、説明をしていなかった俺の方だ」

アルノルトにしがみついたまま、ふるふると小さく首を横に振る。アルノルトはリーシェをあやすように、ぽんぽんと後ろ頭を撫でてくれた。

本当に、小さな子供にでもなった気分だ。

だが、体の強張りが確実に解けていく。アルノルトはリーシェを見下ろして、こう尋ねてきた。

「お前が剣を抜こうとした際に、何をしようとした？」

「……？」

問い掛けの理由が分からず、ちょっとだけ顔を上げて、視線だけでアルノルトを見上げる。

「ただ剣を抜いて構えるという、そのような動きとは違っただろう。――だから、お前を止めるのが一瞬遅れた」

（『遅れた』……。私の感覚では、一瞬で止められた上に、殿下のお陰で剣を抜かずに済んだのだという認識なのだけれど）

アルノルトの手が、リーシェの前髪を梳《す》くように触れる。

「……それは」

「うん」

彼の声音がいつもより穏やかなのは、きっとリーシェを落ち着かせるためなのだろう。

アルノルトの思惑通りだ。頭を撫でられ、やさしい声で促されたお陰で、呼吸も緩やかになる。

（あのとき、殿下の剣を抜いて、私がしようとしたことは）

けれど、今度は別の緊張が大きくなってきた。

リーシェはぎゅっと眉根を寄せたあと、アルノルトの片腕に抱き寄せられたままで、おずおずと口を開く。

「……アルノルト殿下を、お守りしたかったのです……」

「…………」

アルノルトが、僅かに目をみはった。

「恐れ多い、ですよね。殿下の方が、私よりずうっとお強いのですから」

「……リーシェ」

「頭では分かっているはずなのに。……あのときはどうしても、我を忘れてしまいました」

リーシェは、アルノルトの胸元に再び額を押し付ける。

それから、ぎゅうっと縋り付いて口にした。

「……殿下の御身に何事もなくて、本当によかった――……」

「――……」

そう思うと、体の力が抜けてしまった。

リーシェがしゃがみ込みそうになったのを、アルノルトが支えてくれる。両腕で、先ほどよりも強く抱き締めるように。

「ごめんなさい。私の行動で、却《かえ》ってお手間を」

「構わないと言っている」

リーシェの耳元に、身を屈めたアルノルトの声が触れた。

「あの男から俺を守ろうと動くのは、世界中の何処《どこ》を探しても、お前くらいのものだろうな」

「……殿下」

「だが」

紡がれたアルノルトの声音は、ほとんど吐息に近いものだった。

「……頼むから、俺を守るために危険を冒すような振る舞いは、もう二度としないでくれ」

「……っ」

アルノルトが、懇願のような言葉を紡ぐのは珍しい。

本来なら、彼の願いは出来るだけ叶えてあげたかった。けれど、どうしても約束できそうにない
祈りに、リーシェはきゅうっと口を噤《つぐ》む。

リーシェが頷こうとしないことに、アルノルトだって気が付いているはずだ。その証拠に、彼は
大きな溜め息をついた。

「……歩けないんだろう。抱えるぞ」

「え？　……あわわっ!!」

いくらか慣れてきた様子のアルノルトが、リーシェを横抱きに抱え上げる。ふわりと体が浮く感

覚に、リーシェは慌ててしがみついた。

（ま、またお姫さま抱っこを……‼）

この体勢は恥ずかしい上、体が密着する。困ってしまい、美しい横顔を間近から見上げた。

「アルノルト殿下……！」

「すぐに降ろしてやるから我慢しろ。――この先に、小さな東屋《あずまや》がある」

驚くけれど、アルノルトの言った通りだった。

塔の裏手から回り込んでいくと、そこは小規模な庭園になっている。その中央には屋根が造られ、品の良い造りのテーブルと木製椅子が置かれていた。

アルノルトはそこまで歩いてゆくと、その長椅子にやさしくリーシェを下ろす。

「ここで少し、時間を潰すぞ」

「は、はい……。ですが、すぐに立ち去らなくても良いのですか？」

「あの男に見られている以上、しばらく留《とど》まった方がいい」

アルノルトの青い瞳が、リーシェのことを見下ろした。

「……なにせ、逢瀬《おうせ》のふりをしているからな」

「‼」

その言葉に、先ほどまでのことを思い出す。

アルノルトは、リーシェの髪に何度も口付けたのだ。彼にくちびるを押し当てられて、ちゅっと鳴っていた音を思い出すと、耳まで熱くなってしまう。

（だっ、駄目……！　アルノルト殿下は私を助けるために、ああして髪に口付けをして下さったのだもの。……他意はお有りでないのだから、変に意識しすぎないように……！）

自分に言い聞かせつつ、口を開いた。

「え、ええと、その……。アルノルト殿下」

アルノルトが、リーシェの隣に黙って腰を下ろす。

リーシェは深呼吸をし、彼を見上げながら、想像してみたことを口にした。

「この塔は――皇帝陛下の、お妃《きさき》さまに関わる場所でしょうか？」

「……」

アルノルトが目を細めたのは、頷く代わりの仕草だったようだ。

「あの男の正妃と、すべての側室が、かつてはこの塔に住んでいた」

過去を語るような口振りなのは、それが現状と異なるからだろう。

ガルクハインの現皇帝は、各国に人質としての花嫁を差し出させていた。けれどもテオドール曰《いわ》く、数多く居たその女性たちは現在の正妃を除き、みんな亡くなっているというのだ。

アルノルトは、椅子の背凭《せもた》れに身を預けると、自身の両腕を組んでからこう呟く。

「――……まさかあの男が、いまもこの塔に出入りしていたとはな」

「……！」

それは、ほとんど独白に近い言葉だった。

きっと、アルノルトですら予想していなかったということなのだろう。彼がそんな様子を見せるのは、懇願と同じくらい珍しいことだ。

「現在の、皇后陛下は？」

「主城に居を構えている。現在ここには誰も住んでおらず、忘れ去られたも同然だったはずだ」

「この一画だけ木々の手入れが甘いのも、そんな事情からだったのですね……」

無人のはずの塔ならば、皇帝が訪れる理由もないはずだ。それなのに、どうしてあの回廊に姿を見せたのだろうか。

皇帝の気配を思い出すだけで、体が強張りそうになる。だが、しっかりしなくてはいけない。

（現皇帝陛下に怯えている暇なんてないはずだわ。だってアルノルト殿下は、あの殺気の中でいつも通りに動いていらっしゃった）

口を閉ざしたアルノルトは、目を伏せて何か考えている。

リーシェは最近気が付いた。こうして伏目がちに俯くのは、アルノルトが考えごとをしているときの癖なのだ。

（こうしている間にも、アルノルト殿下は思考を巡らせていらっしゃる。……私だって足掻《あが》かなくては、あの皇帝陛下に対峙することも、アルノルト殿下をお止めすることも出来はしないわ）

深呼吸をする。そしてリーシェは、アルノルトの袖をきゅっと掴んだ。

「……どうした？」

（私に尋ねて下さる声は、こんなに柔らかなのに）

アルノルトの心の中にはきっと、あの父を殺すための算段が眠っている。

リーシェは未来を知ることも、アルノルトの目的を知っていることも隠さなければならない。その上で、アルノルトの考えを探る必要があるのだった。

「明日もお早いのでしょう。……私の所為で、ごめんなさい」

「なにひとつお前の所為ではない。だから、いつも通りに笑っていろ」

その言葉に、ずきりと胸が痛くなる。

アルノルトはやはり、やさしいのだ。本来なら、何かの目的を果たすために、誰かを殺す以外の手段だって見付けられる人であるはずだった。

「明日も、ご公務にディートリヒ殿下をお連れ下さるのですよね」

「……あの男のことで、お前が責任を感じる必要など無い」

「はい。……ですがつい、心配になってしまって」

ひとつずつ言葉を選びながら、それを決して表に出さないように、リーシェは告げる。

「故国を出る前、あの婚約破棄の直前に、妙な動きを感じていたのです。私がディートリヒ殿下のことを未だ気掛かりに感じてしまう理由は、それもあるのかもしれません」

「妙な動き？」

本当は、これをアルノルトに告げるつもりはなかった。

(けれど、踏み込んでいかなくては)

そのためには、未来を知っている優位性を、すべて投じていくべきだと覚悟する。

(私がこの言葉を口にすることは、アルノルト殿下のお心に、どのように届くのかしら……)

そう考えながらも、リーシェはそっと口を開いた。

「――ディートリヒ殿下は、お父君への反逆を目論んでいらっしゃるのかもしれません」

「…………」

ディートリヒによるクーデターは、今よりも未来で起こる出来事だ。本来であれば、いまのリーシェが知るはずもない。

けれど、確かにその前兆はあったのだ。

リーシェは、同じ目的を持つアルノルトの青い瞳を、真《ま》っ直《す》ぐに見詰めてこう続ける。

「そもそも妙なのは、私に対する婚約破棄が行われたあの夜会でした」

いまからおよそ二ヶ月と少し前になる、五の月一日の夜を思い出す。

あの夜会がおかしかったと、リーシェが初めて振り返ったのは、一度目の人生でディートリヒのクーデターについて耳にしたときだった。

（あの日に行われた夜会の名目は、至ってよくある、貴族間の社交を目的とした会だったはず）

リーシェとディートリヒは、三の月末に学院を卒業している。

リーシェはそれ以降、本格的に王太子妃となるための教育期間に入っており、ディートリヒとは卒業以来顔を合わせていなかった。

それでもあの夜、『夜会を開くことになった』と告げられたため、急いで支度をしたのである。

ディートリヒのエスコートがないことは、リーシェにとって慣れたことだった。だが、慌てていた結果、いつもなら知らされているはずの情報がないことには気が付かなかったのだ。

「……私は、あの夜会の招待客を、王城から告げられていませんでした」

するとアルノルトは、僅かに目を眇めて言った。

「あの男が、お前に婚約破棄を告げる気だったからではないのか。……不快な話だが」

「それでも妙なのです。お父君であるエルミティ国王陛下は、常に私への配慮をしてくださっていました。国王陛下が主催する夜会において、ディートリヒ殿下の思惑がどうであれ、私に仔細が伝えられていないことは有り得ないのです」

ディートリヒが反乱を仕掛けたと聞いたそのとき、商人だった人生のリーシェは、ぼんやりと抱いていた違和感に納得したのだ。

「きっとあの夜会は、国王陛下の承認なく、ディートリヒ殿下がおひとりで主催されたもの。それが、私の婚約破棄を目的にしていたからだと考えるなら、そうかもしれないのですが……」

けれど、それならば。

「尚更《なおさら》、お父君がいらっしゃらない場で、私の罪を糾弾するのはおかしいはず」

リーシェが悪女であるからこそ、ディートリヒはそれを婚約破棄の理由とし、断罪しようとしたのだ。それらの決定権を持つ国王が、それを見聞きしていなければどうしようもない。

アルノルトは、依然として不快そうに眉根を寄せたままだ。

「お前の罪というのは、すべて冤罪《えんざい》だったのだろう。あの男は父王にそれを追及される前に、公衆の面前でお前を陥れ、なし崩しにことを運ぼうとしたはずだ」

「国王陛下だけでなく、あの夜会には私の両親も招かれませんでした。ですから、貴族家の子息や令嬢を中心とした、年若い世代の社交会だと思っていたのです。けれど実際は、あの場にはむしろ、重臣の方々が皆さま揃《そろ》っていらっしゃいました」

「……」

「婚約破棄だけを目的にしているならば、私の両親だって必要なはず。それなのにあの会場には、国王陛下や王妃殿下、私の両親だけが不在となり、それ以外の重鎮がいるという状況で」

話しているうちに、商人人生に抱いた違和感がゆらゆらと揺れ始めた。

（アルノルト殿下に踏み込むために、ディートリヒ殿下のクーデターを仄《ほの》めかしてみたけれど）

こうして改めて振り返れば、あまりにも歪《いびつ》ではないだろうか。

（違和感があるのは当然なのかしら？　ディートリヒ殿下の革命は、失敗するんだもの。そのための動きが穴だらけなのは、納得できるといえば、そうなのだけれど……）

それにしても、この嫌な感覚はなんなのだろう。

「ディートリヒ殿下の目的は、実際はあの場に、お父君と私の父を除いた貴族重臣を集めることだったとしたら？」

ここまでは、商人の人生でも想像したことだ。

「あの男に、そこまでの知恵が回るとは思えないが」

「こ、言葉を選ばせていただきますと！　確かにディートリヒ殿下は、権謀術数には不向きなお方です。もしもよからぬことを考えているとしたら、恐らくは周囲の方々が、ディートリヒ殿下を担ぎ上げているはず」

事実ディートリヒのクーデターは、一部の臣下が唆したものなのだ。

（……だけど、やっぱり変なのよね）

リーシェの中の揺らぎが、どんどん大きくなってくる。それを見透かしたように、アルノルトが笑みを浮かべた。

「お前の故国に、そこまでの危険を冒してまで王位を早急に乗っ取る理由が存在するか？」

（アルノルト殿下の、仰る通りだわ）

エルミティ国は、これまでずっと争いと無縁の国だった。数年前までの戦争でも、弱小国であるからこそ大国に見向きもされず、侵略から逃れることが出来たほどなのだ。

（戦後の国政が安定しているときに、わざわざ国家転覆を企《たくら》む必要はあったのかしら？　それも、革命に不向きなディートリヒ殿下を頭に立てた上、実際にクーデターは失敗する……）

『革命失敗』の未来を知っているからこそ、これまで掘り下げてこなかった事象に対し、リーシェは眉をひそめる。

事実、革命は起きるのだ。アルノルトの言う通り、ディートリヒが急いで王位を乗っ取る理由が見つからなくとも、未来ではその出来事が発生する。

その結論ありきで考えたとき、生まれる答えはなんだろうか。

「ディートリヒ殿下を、そそのかしたのは」

ここでリーシェの中に、知っている未来の結論とは違う、新しい考えが生まれて来た。

「エルミティ国を良くしたい、何か得たいものがあるという人ではなく。……エルミティ国を混乱に陥れたい、第三者……？」

そうして真っ先に浮かんだのは、贋金製造を目論んでいたファブラニア国だ。

ガルクハインの贋金を作り、シグウェル国の王女ハリエットを利用して、それを流通させようとした。けれどもアルノルトとリーシェは、その一件がファブラニアの独断ではなく、ガルクハインを陥れようとしていた第三者の目論見《もくろみ》だと仮定している。

（何故、ずっと見落としていたのかしら）

リーシェはこくりと喉を鳴らした。

（あの夜会において、もっとも『違和感のある招待客』に）

それに気が付いて、一気に緊張する。

（招かれていることを、私が知らされていなかった。あの夜の最大の、重要人物は……！！）

そうして改めて、アルノルトを見つめた。


「――――アルノルト殿下……」

「……っ、は」


大国ガルクハインの皇太子であり、弱小国の夜会に参加する理由などないはずのアルノルトは、暗く笑った。

「……最初から、その存在を調べるために、いらしていたのですか？」

アルノルトは面白そうに目を細め、リーシェを眺める。

「どうだかな」

「殿下……！」

「誘いに乗ってやったのは事実だ。──まともな国交もなかった国から、なんの変哲もない夜会への招待状が届けば、下手な挑発だということはすぐに分かる」

どうして最初から、おかしいと思わなかったのだろうか。

アルノルトが、あんな小さな夜会に足を運ぶはずもない。そうでなくともそれ以降、リーシェは彼の婚約者として、アルノルトの傍で行動を見てきた。

（私の指輪を買いに行ったのはカイル王子の偵察のため。教会に同行してくださったのは、公務と教会への警戒。ヴィンリースにお出掛けになったのは、カーティス王子やハリエットさまの歓迎だけでなく、造幣についての調査もかねていて……）

アルノルトの行動には、必ず複数の意味があるのだ。

（あの夜の夜会にいらっしゃったのは、単に国交のためだけではなく。……あのときからずっと、ガルクハインを他国から狙おうとする存在について、追っていらしたんだわ……）

そして、ディートリヒが起こす革命の裏側が、思わぬところに繋がった。

（『エルミティ国の影の部分に、ガルクハインを陥れたい存在が関わっている可能性が高い』。アルノルト殿下は私と出会う前、夜会への招待状を受け取ったときから、そう考えて……）

あの夜会に、他国からの出席者はアルノルトしかいなかった。もちろん、過去にガルクハインへの招待状を出したことはなく、あのときが唯一の出来事だ。

ディートリヒが父王に黙って開こうとし、国中の重臣が集められた場に、アルノルトが招かれた。

未来での革命を企む何者かの意思があったことは、もはや間違いがないように思えてくる。

リーシェは目を瞑り、息を吐き出した。

「……いつまで経っても、アルノルト殿下に追い付ける気が致しません……」

「そうか？」

アルノルトは手を伸ばし、リーシェの髪を撫でるように触れる。

「俺の考えをここまで読むのは、お前の他に知らない」

アルノルトは無表情だが、それでいてとても柔らかいまなざしをしている。リーシェの横髪を梳くように撫でる手も、同様にやさしいのだった。

だから、リーシェは少し拗《す》ねてこう尋ねる。

「……私を甘やかそうとなさっているでしょう」

「ふ」

すると、アルノルトはかすかに笑った。

「ほらな。見事に読んでみせただろう」

「もう……」

抗議をすると共に、どこかくすぐったい気持ちにもなった。

先ほど現皇帝に接触したときも、いまこの瞬間も、アルノルトが労《ねぎら》ってくれているのを感じるからだ。とはいえ、あまりふわふわしてもいられない。

リーシェはアルノルトに髪を撫でられながらも、彼の目を見つめて考える。

「ファブラニアを操っていた存在が、私の故国エルミティにも接触していたとして」

エルミティ国は小国だ。ガルクハインへは移動の際、拓《ひら》かれていない森や山を抜ける必要があるため、それほど往来が盛んではないという背景がある。

道も細く、軍隊の行軍に適していないのも、ガルクハインがエルミティ国を過去に侵略しなかった一因なのだろう。しかし、ガルクハインとはそれほど距離が離れていない。

『武装した大人数の移動が困難である』という点を除けば、ガルクハインに何かを仕掛ける際、エルミティ国が選ばれてもおかしくはないのだった。

「その存在は、国王陛下に極秘でディートリヒ殿下を操るために、『婚約破棄』を唆したのでしょうか。国王陛下は知っていればディートリヒ殿下を叱責なさったでしょうから、ディートリヒ殿下がお父君には秘密にする理由にもなりますし」

「そもそもが、おかしいに決まっているんだ」

アルノルトは、ディートリヒの話題に対して不機嫌そうに眉根を寄せる。

「普通は公衆の面前で、一方的な婚約破棄を突きつけたりはしない」

「……ディートリヒ殿下は、『そういうことをしかねないお方』という印象が、あの場にいた全員の共通認識でして……」

リーシェも婚約破棄そのものには驚いたが、ディートリヒが夜会の場でそれを宣言したという振る舞いには疑問を持たなかった。そのため、ついつい自然に流してしまったのである。

（ディートリヒ殿下の行動をおかしいと思えたのは、他国からいらしていたアルノルト殿下くらいかもしれないわ……）

リーシェはそのことを反省した。

（婚約破棄の夜会が『黒幕』の目論見なら、やっぱりあれから一年後に起こるクーデターだって、その存在が絡んでいる可能性が高い）

そう思い、小さな溜め息をつく。

「殿下があの晩、夜会のホールにいらっしゃらなかったのは、『黒幕』の調査のためですか？」

「俺を呼び出すことが狙いであれば、ひとりになった方が炙《あぶ》り出せる」

（また当然のように、ご自身が第一線に出る前提でいらっしゃる……！）

そういうものは普通、狙われている本人が動くものではないはずだ。もちろん、アルノルトは誰よりも強いのだけれど、やはり心配になってしまう。

「あの夜に、成果はありましたか？」

そう問うと、アルノルトは僅かに目をみはった。

何かに驚いたのだろうか。リーシェが不思議に思っていると、アルノルトは再び表情を和らげて、微笑みに近い表情で口にするのだ。

「……ああ。得たものはあったぞ」

「え！　それは一体……」

アルノルトが、青色の目をわずかに細めてリーシェを見る。

そして、期待を込めて見上げるリーシェに、思わぬことを告げてみせた。

「――……お前を見付けた」

「……!!」

その言葉に、今度はリーシェが目を丸くしてしまう。

「あわ、あの、そうではなく……!!」

「もっともその数分後には、バルコニーから飛び降りて逃げられてしまったが」

「お忘れ下さいその件は!!」

あのときは二度とアルノルトに会うこともないだろうと考えて、なりふり構わず走り出してしまったのだ。まさかそのあとに求婚され、こうしていまも傍にいるだなんて、思ってもみなかった。

リーシェが真っ赤になったのが楽しいのか、くつくつと喉を鳴らしてアルノルトが笑っている。

それに対する不服を表明しつつ、考えられることを想像した。

（今回の人生では、すでにたくさんの経験を得たわ。いままでの人生において、伝聞で聞いていた事件の全容が、事実と違うことだってたくさんあった……）

アルノルトは冷酷なだけの人間ではなかったし、コヨル国には宝石の枯渇という運命が隠されていた。先代巫女《みこ》姫は、世間で公表された時期に亡くなったわけではなく、悪女とされたハリエットの処刑には黒幕がいたのだ。

同様に、故国でディートリヒの起こしたクーデターにも、リーシェが知り得ない裏の目的や事実があったのかもしれない。

「ひょっとして。アルノルト殿下がご公務にディートリヒ殿下をお連れくださるのは、『黒幕』についての調査のためですか？」

すると、アルノルトは露骨な顰《しか》めっ面《つら》をした。

「当たり前だろう。政治的な理由を除いて、俺があの男の相手をしてやる理由があると思うのか」

「だって、アルノルト殿下はおやさしいですし、案外面倒見の良いお方なので……」

リーシェは大真面目に言ったのだが、アルノルトはますます眉根を寄せるだけだ。そんなにもディートリヒのことが嫌いなのは、よほど人としての相性が悪いのだろう。

「なんにせよ。あの男がクーデターを目論んでいても、お前が案ずることはない。後ろにどのような黒幕がついていようが、あの男では失敗する」

（はい。アルノルト殿下の予想なさっている通りです……）

それはもう、未来を知らないアルノルトですら断言するほど、華麗なる失敗で終わるのだ。『黒幕』の目的は、クーデターの成功そのものではないのかもしれない。

「ですが、エルミティ国に革命が起きることによって、いたずらに混乱が生じるのは忍びないのです。ディートリヒ殿下が仮に、お父君のなさることに思うところがあるとしても、クーデターなどは得策でないはず。他に方法を考慮すべきだと、分かっていただきたいのですが……」

「リーシェ」

目を伏せていたリーシェは、名前を呼ばれて顔を上げる。

「それは違う」

「——……！」

リーシェは咄嗟に息を呑んだ。

アルノルトの紡いだその言葉が、あまりにも冷たかったからだ。青い瞳には、真冬の月夜に見る海のような、静かな光が宿っている。

「王とは、その国においてすべての決定権を持つものだ」

その目には、先ほどまでにアルノルトが見せていたような、やさしい温度など感じられない。

「国民が喉が裂けるほどに叫ぼうと、忠臣がその命を賭して進言してこようとも、王はすべてを顧みない決断を下すことが出来る」

そんな言葉を耳にして、どうしても思い浮かべてしまう姿があった。

つい先ほど目にしたばかりの、半月の中に浮かぶ現皇帝の影だけではない。

未来で対峙したことのある、『皇帝』アルノルト・ハインの姿を、リーシェは無意識に想像する。

「——王が邪魔ならば、殺してしまう他に方法はない」

「……っ!!」

殺気のかけらを感じ取って、背筋にぞわりとした悪寒が走った。

「アルノルト、殿下」

声の震えが表れないよう、リーシェは慎重に口を開く。

「いけません。皇城内で発言なさるには、お言葉が……」

「何故？　いまのはエルミティ国の王太子の話だろう。……もっとも、不敬だと窘《たしな》めてくる輩《やから》はいるだろうが」

アルノルトは目をすがめると、暗い笑みを浮かべて言うのだ。

「なにせ、王殺しは何よりも許されない大罪だ」

「………っ」

自嘲的なその微笑みは妖艶で、恐ろしいほどに美しい。見ていられないほど危ういのに、魅入られて目が離せないような、あらゆる人を惹《ひ》きつける雰囲気を帯びていた。

アルノルトの持つ底知れなさは、ある種の魔性とも言えるだろう。

これほど緊張した空気でなければ、思わず見惚《みと》れてしまっていたかもしれない。そんなことなど知らないであろうアルノルトは、目を伏せる。

「お前の元婚約者は、もうしばらく俺が監視する。だが、お前は些事《さじ》など気に掛けなくて良い」

「そういう訳には参りません」

リーシェはなんとか息を吐き、アルノルトにねだった。

「次のご公務は、私も同行して良いですか？　ご迷惑をお掛けしないようにいたしますので……」

するとアルノルトは、眉根を寄せたあとでこう言った。

「仕方がない。……お前にねだられたことは、叶えられる限り叶えると約束した」

「ありがとうございます、アルノルト殿下！」

ぱっと笑顔を作ったら、アルノルトは溜め息をつくのだった。

不思議に思っていると、彼がリーシェから視線を外す。東屋の屋根を、雨の雫《しずく》が叩《たた》いたからだ。

「通り雨ですね。恐らくは、すぐに止《や》むかと」

「お前が言うならば、そうなんだろうな」

「お時間は大丈夫ですか？　もう少し、ここに居ませんと……」

リーシェは屋根を見上げてみる。そして、そこで初めて気が付いた。

屋根を支えている四本の柱には、四季を告げる少女の姿が彫り込まれているのだ。

その意匠は、この世界で生きる多くの人々にとって、ある程度見慣れたものである。

（この東屋。柱や手摺《てす》りの装飾に、クルシェード教のモチーフが使われているんだわ）

クルシェード教は、世界でも大多数の国が信仰しているものだ。とりわけ貴族や王族ともなれば、敬虔《けいけん》な信徒は大勢いる。けれど、この城にクルシェード教をモチーフにした休息所があるのには、きっと理由があるのだろう。

（ひょっとして、ここは……）

リーシェがそんな風に考えたことは、アルノルトにも悟られたのだろう。

アルノルトは、リーシェが見上げた柱を同じように眺めたあと、どうでもよさそうに口にした。

「生きている人間のいなくなった建造物は、すぐに朽ちるものだと思っていた」

それは、とても淡々とした声だ。

「だが、誰ひとり手入れをする人間が居なくとも、案外保持されているものだな」

「アルノルト殿下……」

「もっともこの東屋は、一度も使われたことがないはずだが」

アルノルトはきっと幼い頃、塔の中に居たことがあるのだろう。

恐らくは、この東屋の存在も知っていた。そんなことが想像されて、リーシェの胸が苦しくなる。

（この柱に刻まれている、クルシェード語の文字は、愛し子《いとしご》の生誕を祝うもの……）

恐らくは、クルシェード教が信仰する巫女姫だったアルノルトの母と、生まれてきたアルノルトのために造られた東屋なのだ。

けれども先ほどのアルノルトは、『一度も使われたことがない』と話してみせた。この東屋は、アルノルトの母の意思ではなく、形式的に建てられたものということなのだろうか。

（誕生日が、周囲の大切な人に祝われる日であることを、アルノルト殿下はご存知なかったわ）

小さなアルノルトのことを想像すると、なんだかリーシェの方が、声を上げて泣きたいような気持ちに駆られた。

（先ほどのアルノルト殿下が、お父君のことを見上げたとき、抑え込まれた殺気が存在していた）

遠く離れていたから、現皇帝には読み取れていないだろうが、リーシェにははっきりと伝わってきた。けれど、そんなことは問題ではない。

（一方で皇帝陛下の殺気は、隠すつもりもなさそうだった。遊ぶような、挑発するようなものであって、本気ではないことが窺えたけれど……）

あのときのことを思い出して、リーシェはぎゅっと両手を握りしめる。

（――あの殺気が向けられた先は、私でなく、実子であるアルノルト殿下）

実の父親が、あれほどまでの殺気を注いできたのだ。

アルノルト自身も、そのことには気が付いていただろう。その上で、殺気に当てられたリーシェを庇い、守ることに徹してくれたのだ。

「……早く、十二の月になってほしいです」

泣きたくなるような苦しさを堪《こら》えつつリーシェが言うと、アルノルトが怪訝《けげん》そうな顔をする。

「アルノルト殿下のお誕生日に、たくさんのお祝いをさせていただきます。二十歳のお誕生日ですので、過去二十年分の全部を取り戻すような、盛大なお祝いを致します！」

「……」

アルノルトは、少し考えるような仕草のあとに、訂正するように告げてくる。

「……婚姻の儀の方が、それより先だぞ」

「こ、婚姻の儀も、もちろんちゃんと通過した上でですけれど！」

「忘れていないなら良い」

忘れるはずもない。婚儀のキスで、リーシェがこの所ずっと頭を悩ませていることを、アルノルトは知らないからそう言えるのだ。

「その前に、お前の誕生日もだ」

「……っ、そのことは、あとで……」

今はアルノルトの誕生日のことである。リーシェは彼の袖をつんと引きながら、熱心に説いた。

「アルノルト殿下が生まれて来て下さったことの、そのお祝いですからね。ちゃんと、覚悟なさっていてくださいね？」

するとアルノルトは、目を細めてぽつりと口にする。

「……他の幾人もを犠牲にして、その上に生きている人間の、生誕を祝う必要が何処にある？」

「……っ」

雨音に掻き消されそうなその言葉は、きっとアルノルトの本音なのだ。

どこか空虚にも聞こえる響きが、アルノルトの放つ声には珍しかった。彼が紡ぐ音は、それほど大きくない声だって、いつだってはっきりと聞こえるはずなのに。

「――私は」

だからこそリーシェは、アルノルトの方に両手を伸ばす。

その頬をくるみ、口づけをする前のように、逸《そ》らせないように引き寄せてその目を見た。

「あなたに出会えて良かったです。たとえ何かの運命で、あなたに殺されることになったとしても」

アルノルトが僅かに息を呑む。

その揺らぎを、青色の瞳からはっきりと感じ取りながら、リーシェは告げた。

「アルノルト殿下が、この世界に生まれて来て下さったことに。……その生誕に、感謝と祝福を捧《ささ》げたい……」

「――――……」

アルノルトは、ごく緩やかに目を伏せる。

そして、リーシェの手にやさしく自身の手を重ねると、右手をそっと離させた。

残ったリーシェの左手へ、まるで甘えるように頬を擦り寄せてくる。どこか幼いその仕草に、リーシェの心臓がどきりと跳ねた。

「リーシェ」

「っ、は、はい……」

「……例え話でも、俺がお前を殺すなどと口にするな」

少し拗ねたような言い方にも聞こえて、きゅうっと胸が苦しくなる。

とはいえ、確かに例が悪かったと反省した。アルノルトに以前指摘された通り、リーシェは自分の命についてを、少々軽く扱いがちなのかもしれない。

「ご、ごめんなさい……」

「いい。……お前が、俺に何を言いたいかは分かった」

けれどもそれはきっと、ただ言葉の意味を理解したというだけなのだろう。

いま告げたことで、アルノルトの心までを変えられたとは思わない。けれど、再びリーシェの髪を撫でてくる触れ方は、先ほどまでよりも更にやさしいのだ。

アルノルトが、リーシェの前髪を指で梳く。

「先ほどは、無体を強いたな」

「むたい？」

心当たりがなくて首を傾げると、いささか呆《あき》れたような視線が向けられた。

「髪とはいえ、口付けられるのは嫌だっただろう」

「びゃ……っ!?」

思い出して、リーシェはぴっと背筋を伸ばす。

確かにあのときは、色んな意味で心臓が止まってしまうかと思った。

アルノルトに抱き寄せられ、撫でられて、何度も髪に口付けをされたのだ。

ちゅ、と何処か可愛らしい、それでも死ぬほど恥ずかしくなるような音を何度も立てられた。

更にめいっぱい甘やかす演技をされた。こうして今、あのときのことを思い出すだけで、顔が熱すぎるほどに火照ってしまう。

(で、でも。だけど!!)

きちんと伝えておかなければと、リーシェは両手で口元を覆いつつ、もごもごと彼に告げた。

「……嫌では、なかったです……」

「…………………」

ぴたりと手を止めたアルノルトが、ほんの僅かに目をみはる。

「だ、だって！　私を庇うためにして下さったことだと、分かっていますし……!!」

俯いて、慌てながらも付け加えた。

「アルノルト殿下が、すごくやさしくして下さったのも伝わりましたし。恥ずかしかったし、くすぐったかったですが、怖くなかったです！　……嫌では、ないです……」

すると僅かな沈黙のあと、アルノルトにしては何処かぎこちない相槌《あいづち》が返される。

「…………そうか」

「し、信じていらっしゃらないですね……!?　本当に、嫌ではありませんでした……!!」

「……別に、信じていないわけではない……」

ならば何故、そこで溜め息をつくのだろう。

「――それにしても。当然のように、クルシェード語を読んでみせるんだな」

（むむむ……。いま、それとなく話を逸らされたような……？）

じっと見つめてみるのだが、リーシェではアルノルトに勝てはしない。仕方なく、彼に問われたことへ返事をする。

「ほんの手習程度で学んだことですので、さほど自信がある訳ではありません。アルノルト殿下の足元にすら、及ぶはずもなく」

かつてのことに、触れてみてもいいのだろうか。

これまでのアルノルトの反応から、迂闊《うかつ》に踏み込むのは躊躇《ためら》われる。けれどもなんとなく、以前よりはずっと、傍に行くことを許されているような気がした。

「アルノルト殿下は、どなたに教わったのですか？」

「……」

アルノルトは、東屋の屋根から伝う雨を眺めながら口を開く。

「誰にも。……その辺りにあった書物を使って、適当に覚えた」

「あの難解な言語を、独学で……!?」

驚いて目を丸くした。クルシェード語は教団の司教たちですら、熟練者に習い、四苦八苦しながら修得していくものなのだ。

「子供の頃から、学ぶのが不自然ではない環境に居たからな」

（だからといって、いくらなんでも!!）

巫女姫を母に持つアルノルトは、女神の血を引くとされる血筋である。そのことが極秘に伏せられていたとしても、彼とその母親の周囲には、クルシェード語の聖典などが溢れていたのだろう。

「意外です。アルノルト殿下は、そういった学びにご興味をお持ちでは無いと思っていました」

「世の中に、たとえ使わない知識はあっても、知らなくて良いと言える知識はないだろう」

「ふふ。……ええ、本当に！」

珍しく意見が合ったので、嬉しくなってリーシェは笑った。

それでも、子供のアルノルトが独学で覚えるなんて、並大抵のことではなかったはずだ。

（――お小さい頃のアルノルト殿下には、何か目的があったのではないのかしら？）

あれは、使わない知識であることを前提に覚えられるようなものではないだろう。

アルノルトほどの頭脳を持っていれば、常人よりは苦労しないのかもしれない。だが、やはりリーシェの知るアルノルトであれば、そこに時間を割くのは不自然に思えた。

「……そういえば、一度だけ」

アルノルトはふと思い出したように口を開いた。リーシェは首を傾げるようにして、アルノルトを見上げる。

「俺の書いたクルシェード語の傍らに、母がいつのまにか書き添えた文字があるのを、見付けたことがあった」

「……！」

その言葉に、リーシェは少しだけ緊張する。

アルノルトが、自ら母親の話を切り出すだなんて、これまでならば思いも寄らなかったからだ。

「……お母君は、どのように？」

そうっと問い掛けたリーシェに対し、アルノルトは目を細める。

「さあな」

そして、心底どうでも良さそうに続けるのだ。

「昔のことは、もう忘れた」

「……」

胸が締め付けられるような気持ちになったことが、表情に出てしまったのだろうか。

アルノルトはリーシェを見て、かすかに笑うのだ。

「どうしてそんな顔をする」

「……だって……」

「どうと言うこともない。……それに、お前が俺に見せようとするものを眺めているうちに、思い出すことも随分と増えてきた」

（私が、殿下に見せようとするもの……）

アルノルトに、美しいものや楽しいもの、素晴らしいものをたくさん見せたい。

それはリーシェの願いであり、アルノルトに望まれたことではなかった。一方的に、自分勝手な行いを続けて来たつもりだったのに、そんなにやさしいことを言われては甘えそうになってしまう。

アルノルトも少しずつ、美しいものへ目を向けようとしてくれているのだと。

「殿下……」

そのとき、アルノルトの人差し指が、リーシェのくちびるに当てられた。

『静かに』と促され、それと同時にリーシェも悟る。この東屋に、誰かが近付いて来ているのだ。

先ほどの皇帝を思い出して、少しだけ体が強張りそうになった。だが、やがて雨を避けるようにして現れた人影は、騎士服を身に纏《まと》った男だ。

「グートハイルさま」

リーシェが名を呼ぶと、騎士グートハイルは驚いた表情のあと、雨に打たれながらもすぐさま礼の形を取った。歌姫シルヴィアが恋する相手の一礼は、役者のようにさまになっている。

「お二方。お寛《くつろ》ぎのところ、お邪魔してしまい申し訳ございません」

(じゃ、邪魔とは……!?)

そう言われて気が付いたが、木製の椅子へ隣り合って座るにしても、確かにやたら近いのではないだろうか。恥ずかしくなるも、今更距離を空けたところで意味は無い。

「大変失礼いたしました。──それでは」

「あ、お待ち下さい！」

グートハイルは、カンテラを手にして雨の中を去ろうとする。リーシェは慌てて立ち上がり、それを呼び止めた。

「どうかこちらで雨宿りを！　この雨ももうすぐ止みますので。ね、殿下？」

「も、もうすぐ止むとは……？」

（そうだったわ、これが普通の反応！）

アルノルトのように、リーシェの判断を当たり前に受け入れる方が稀有《けう》なのだ。

リーシェが振り返ると、面倒臭そうな表情をしていたアルノルトは、気怠《けだる》げに許しの合図をした。

「凌《しの》いで行け。……見回りか？」

「は。途中、『塔』の付近にカンテラふたつの灯りが揺らいでいるのを見付けましたので、周囲の警戒をと思い」

（私とアルノルト殿下のカンテラね……）

この塔に来る際に手にしていたものだ。現皇帝の視線を受け、アルノルトが咄嗟に庇ってくれた際、地面に落としてそれっきりだった。

グートハイルは、大きな体を東屋の片隅に寄せ、濡れた前髪をぎこちなく掻き上げている。

「リーシェ。こちらへ」

「は、はい……」

立ち上がっていたリーシェは、アルノルトに呼ばれて再び椅子に腰を下ろす。

雨音の中、奇妙な沈黙が満ちるが、アルノルトだけはそれに構う様子もなかった。

（……この塔の付近には、普段誰も近寄らないのよね？　壁の修繕や、侵入経路になり得る枝の剪《せん》定《てい》が甘かったのも、それが理由とのことだったわ）

たとえカンテラの忘れ物があったとして、その灯りなどそれほど遠くには届かないだろう。グートハイルは、小さな火の揺らぎを見付けられる程度には、塔に近づいていたということになる。

（アルノルト殿下は、城内に諜報が入り込んでいる可能性を懸念なさっていたはず。……そのタイミングで、グートハイルさまの行動は、どうしても目立ってしまう……）

リーシェが考えていることに、アルノルトが思い至らないはずもない。

グートハイルは、いささか気まずそうな面持ちで、それでもアルノルトへと向き直った。

「アルノルト殿下。このような場所で、大変不躾《ぶしつけ》ではございますが」

（……グートハイルさま？）

「先日、私より嘆願させていただいた件。それについての、ご決断は――……」

するとアルノルトはますます眉根を寄せてみせる。

「その話を、ここでするつもりか」

どうやらアルノルトは、グートハイルの話を理解しているようだ。グートハイルの方も気まずそうに、リーシェに向けて頭を下げる。

「……リーシェさまには、さぞかしお見苦しい姿となるでしょう。それについては、お詫びのしようもなく」

「私のことでしたら、お気になさらず。少し中座を……殿下!?」

アルノルトに腰を抱き寄せられ、リーシェはびっくりした。

「お前が配慮する必要はない」

「で、ですが……」

「分かっていて切り出したのはこの男だ。……それで？」

グートハイルは、アルノルトの足元に迷わず跪《ひざまず》いた。

「先日の嘆願より、私の意思はますます固くなりました」

（まさか）

凛《りん》としたその声が、こうべを垂れたまま紡がれる。

「──アルノルト殿下にお認めいただき、殿下の近衛となれるのならば。この命、国に捧げ、生涯尽くす覚悟でおります」

その申し出を、リーシェは密《ひそ》かに警戒した。

（やっぱり。これまでの人生通り、グートハイルさまは殿下直属の臣下となって、未来の戦争を支える役割に……）

けれど、次にアルノルトが紡いだのは、予想だにしない言葉だった。

「冗談ではない」

（……え……）

背凭れに肘を掛けたアルノルトを、信じられない気持ちで見上げる。

「お前には一度、告げたはずだ。俺の近衛に、お前のような人間を加える気はないと」

（そんな）

グートハイルは微動だにしない。

恐らくは、アルノルトがそう答えることを覚悟の上で、それでも願い出ているのだろう。

（……アルノルト殿下は、グートハイルさまを臣下に加えるおつもりがない）

それは、リーシェの知る未来とは違っている。

（──まさか、未来がすでに変わりつつあるの？）

世界戦争回避のため、リーシェは必死に動いて来た。少しずつ、ほんの少しずつ変わっている手応えはあったものの、それがこんな所に作用したというのだろうか。

（いいえ、分からない……！　このやりとりは、過去六回のすべての人生でも、同様に繰り返されてきた可能性だってあるわ……！！）

それを判断する情報を、リーシェは一切持ち得ない。反射的にドレスの裾を握り締めようとして、アルノルトに気付かれる前にそれを止める。

（これが変化なのか、『繰り返し』の一部に過ぎないのか。好転か、悪化なのか、それすらも）

グートハイルは、顔を上げないまま尋ねた。

「何故、ですか？」

その声は、はっきりと震えている。

「やはり、父のことが原因なのでしょうか。この国と王室を裏切った父が……！！」

（グートハイルさまにとって、いまの騎士団は針の筵《むしろ》だわ。どんなに誠実に務めようとしても、周囲からは疑いの目を向けられる。ご本人ではなく、お父君が犯した罪のことで……）

リーシェは男装して潜り込むことで、その一端を確かに目にした。

（正しく実力が評価されるアルノルト殿下の近衛隊は、グートハイルさまにとって、唯一の居場所たりえるもの。だけど）

アルノルトの注ぐまなざしは、冷淡で排他的なものだった。

「それ以前の問題だ」

「……それ以前……？」

その張り詰めた空気に、リーシェの肩もびくりと跳ねる。

「国に命を捧げる？　――そんなことを美徳とする人間を、俺は必要としていない」

（アルノルト殿下……）

「どれほど実力があろうとも、戦場で自分の死を前提に動く人間に、作戦を預けられると思うのか。窮地において、それが最善と判断した末の行動ですらなく、戦地に赴く前からその結論を出している貴様に？」

「それは……」

アルノルトが近衛を指導する際、その方針は、『何が何でも生き延びて戦え』というものだ。

「……っ」

グートハイルはぐっと両手を握り締めると、リーシェたちに向けて改めて頭を下げる。

「浅ましい真似《まね》を、申し訳ございませんでした。――失礼いたします」

「グートハイルさま！」

一礼したグートハイルが東屋を出て、雨の夜景色へと姿を消す。

リーシェは立ち上がりかけたものの、アルノルトに抱き寄せられて、動くことは出来なかった。

「追う必要はない」

「ですが……」

とはいえ、アルノルトが判断を覆さないであろうことは、リーシェにもよく分かる。

『腕が千切れても剣を振るう。足が砕かれても前進する。たとえ両目が潰れても、最後まで、敵に斬り込む道を探す。これは、そのための訓練だ』

以前、リーシェとの手合わせをした際に、アルノルトは言ったのだ。

『そうすることが、生き延びる道に繋がる』

（……国に殉ずる覚悟の戦士を、アルノルト殿下は良しとなさらない）

けれど、とリーシェは思いを馳《は》せる。

最初に浮かんだのは、五度目の人生の出来事だ。狩人だったリーシェが、単眼鏡でアルノルトを見た際に、彼は自らの左胸を親指で示した。

まるで、『ここを狙え』とでも言うように。

そして、六度目の人生における最後の戦いで、剣を交えたアルノルトはどうだっただろうか。

（あの城で、殿下はずっとひとりきりだったわ）

強い騎士たちを、臣下として幾人も従えていた。

それでも、戦いの最前線に彼が斬り込んできたときは、周りと連携することのない単身だった。

確かにアルノルトは強く、他の騎士など必要ないのかもしれないが、それが理由ではないはずだ。

（未来における、アルノルト殿下こそ）

アルノルトの横顔を見上げて、泣きたい気持ちになる。

（……死なないことへの強い意志なんて、ちっとも感じられなかった……）

そのことが、いまのリーシェにはとても恐ろしい。

リーシェは思わず手を伸ばして、アルノルトの袖を引っ張った。

「……アルノルト殿下……」

リーシェの左胸が苦しいことを、アルノルトは感じ取ってくれたのかもしれない。

「……どうした？」

「……っ」

眉根を寄せ、気遣わしげに頬へと触れられる。リーシェの心の内側が、アルノルトへの心配でいっぱいになっていることなど、彼は想像すらしていないだろう。

（言葉には、出せない）

リーシェはアルノルトの袖を握り込んだまま、ほんの小さく首を横に振る。

そうして、俯いてから口を開いた。

「アルノルト殿下。なにとぞ、グートハイルさまのお言葉を。……実力と誠意がおありの騎士さまが、騎士団で冷遇されていることは、この国にとっても損失でしょう？」

「――……」

アルノルトは小さく息を吐くと、リーシェをあやすように言い聞かせる。

「俺が変えるべきは、根本だろう。グートハイルひとりを俺のもとに動かし、逃がしただけでは、他の人間が同様の目に遭うことは避けられない」

「……殿下」

思わぬ言葉に、リーシェは顔を上げた。

「『正しい仕事をしている人間が、正当に評価される』状況を優先する。たとえ、俺の近衛にならずとも。――騎士団の体質を、そのように変えていくことこそが、必要なはずだ」

「……！」

その言葉に、胸が温かくなる。

アルノルトはリーシェを見ると、ほんの僅かに苦笑するような表情を浮かべた。

「……いつもなら、お前が考えそうな方法ではあるな」

「っ、そ、それは……！　確かに、最終的な理想形として、評価体制の変更などをご相談したかったのですが……!!」

アルノルトがいま言ったことを、リーシェも考えていた。けれど、それを受け入れてもらうには、今までのようにアルノルトの説得が必要だと思っていたのだ。

（私がこれまでお話ししたことが、少しずつ、アルノルト殿下のお考えに影響し始めているということなのかしら。……では、『グートハイルさまの近衛入りが拒まれる』という流れはやっぱり、過去の人生では起きていない出来事なの……？）

嬉しさと、同じくらいの戸惑いをいだくリーシェの隣で、アルノルトが面倒くさそうに呟いた。

「とはいえ、騎士団の主管は父帝だ。俺が自由にできるのは、俺の近衛騎士だけだからな」

「お父君……」

「だからこそ、すぐにという訳にはいかない。……だが、待っていろ」

アルノルトはそこで、リーシェを見下ろして小さく笑うのだ。

その笑みは暗く、どこか妖艶で、恐ろしさを感じさせるものだった。

「――そのうちに、叶えてやる」

「……っ!?」

殺気にも似た感覚が、ぞくりとリーシェの背筋を這《は》う。

この感覚は、先ほどアルノルトの父に見つかった際の、あの言い知れない恐怖感によく似ていた。

「お前の言う通り、雨が止んだな」

「……アルノルト殿下」

「帰るか。あまり遅くなると、お前の眠る時間が減る」

立ち上がったアルノルトが、リーシェに向かって手を伸べる。

リーシェは僅かに躊躇ったあと、その躊躇いを気取られないように、アルノルトの手をきゅうっと握った。

（根本の流れは変わっていない。殿下はやはり、決行なさるおつもりなんだわ）

表情には決して出さないように、絶望的な事実を確信する。

（……父殺しによるクーデターと、それによる皇位の簒奪《さんだつ》を……）

＊＊＊

その日、夕陽《ゆうひ》が沈んですぐの時刻に、ひとりの青年がガルクハインの皇都を歩いていた。

彼はローブを纏っており、目深に被ったフードで顔は見えない。だが、彼はそれでも身をひそめるようにし、何度も周囲を窺っていた。

（まったく。どうしてこんな場所までこそこそと、赴かなくてはならないんだ……）

青年は、地下に作られた酒場の階段を下りながら考える。

（だが、仕方がない。あちらとしても、企みを気付かれないように必死なのだからな）

靴音が石壁に反響する。彼は扉の前に辿り着くと、その金色の髪を隠すために、改めてフードを被り直した。

そして青年、ディートリヒは、ゆっくりと扉を押し開くのだった。

第五章

「ありがとう、リーシェ!!　これを使わせてもらえるなら、劇場の片付け時間が減って、準備が随分と簡単になるわ！」

大劇場の舞台の上で、シルヴィアは、きらきらと目を輝かせた。

観客の入っていない劇場は、話し声が反響してよく通る。歌劇団は、シルヴィアの体調不良で延期になった公演の再開に向けて、絶賛調整中だそうだ。

この日も全員で劇場に入り、延期になった分でもっと良くしようと、細やかな練習などを重ねていたらしい。そんな劇場内に招かれたリーシェは、作戦机となった舞台の上で、歌姫シルヴィアをはじめとする劇団の人々に目的のものをお披露目していた。

シルヴィアが両手にすくいあげているのは、リーシェの錬金術によって作られた人工花びらだ。雪にも見え、時間が経《た》つと消える花びらの説明をすると、歌劇団の人々はとても喜んでくれた。

「り、リーシェさま。ええと、質問をよろしいでしょうか……」

「ええ、どうぞお気軽に！」

「あ、ありがとうございます、それでは。この花びらは着色することは出来るのですか？」

「はい！　とはいえ着色料によって薬品の比率が変わるので、事前に検証は必要ですね。それよりも、溶けたときに着色料が残ってしまうので、問題はどちらかといえば——」

「リーシェさま、た、大量に作りたいときはどのようにすればいいでしょう？」

「混ぜるときに重たくなってしまうので、ムラが出来ないようにするのが一番大変かもしれません。意外と体力勝負です！」

色々な質問や案が出てくるため、ひとつひとつに答えてゆく。劇団側から出てくるものは、錬金術師としてのリーシェには無い視点も多く、とても楽しくて刺激的だ。

けれども対する劇団の人々は、どこか遠慮がちでもあった。

「り……リーシェさま。その、もうひとつお尋ねしても……」

この人工花びらに興味があるものの、聞きにくいという表情も見られる。もっともそれは、リーシェに対しての気まずさというよりも、他に理由があるのだった。

（それはもう、気になって当然よね）

そしてリーシェは、観客のいない座席の最前列中央へ気だるそうに座り、肘掛けに頬杖《ほおづえ》をついている人物を見遣《みや》った。

舞台からそっと見下ろしても、その容姿は息を呑《の》むほどに美しい。彼がこの劇場に立つ花形役者なのだと嘘《うそ》を吐《つ》かれたら、誰だって信じてしまいそうなほどだ。

けれどもその人物は、もちろん役者ではない。

（……一国の皇太子殿下が、歌劇演出の打ち合わせの場に同席しているんだから……!!）

アルノルトは、心底興味のなさそうな表情で、リーシェと劇団の話し合いを眺めていた。

（まさか、本当にアルノルト殿下が同席して下さるだなんて……）

このことが決まったのはつい昨日、東屋《あずまや》での雨宿りを終えたあと、カンテラを回収して離宮に戻るまでの道すがらだ。

『アルノルト殿下。先ほどお見せした人工花びらについて、シルヴィアや歌劇団の方にご紹介したいのです』

『……ああ』

『延期になった公演の再開はもうすぐですし、シルヴィアひとりをお城に招くのでは説明の伝達が大変かと。かといって、このタイミングで歌劇団の方々を大勢呼ぶのは……』

リーシェが言葉を濁したのは、アルノルトの父を気にしての発言だったからだ。

先ほど鉢合わせしてしまったことで、現皇帝から注視をされている可能性がある。

アルノルトが諜報員《ちょうほういん》の潜入を警戒しているということであれば、皇帝も同様だ。なんらかの情報筋から、アルノルトと同じ考えに辿《たど》り着いていてもおかしくはない。

いまのリーシェが外から客人を招くことは、きっと控えた方がいいだろう。そう思っての発言を、アルノルトはすぐに察してくれたようだった。

『こちらから歌劇団に出向きたいのか』

『殿下にお許しいただけるのであれば。お忍びで歌劇団を訪問し、お話ししたいのですが……』

『言ったはずだ。お前がやりたいと望むことは、俺が叶《かな》えられる限り叶えてやる』

アルノルトの言葉を嬉《うれ》しく思い、リーシェは頬を綻ばせてお礼を言った。

『早い方がいいのだろう？　明日の午前に調整する。支度をしておけ』

『………………んん？』

調整とは、一体どういうことだろうか。

『あ、あの殿下、大丈夫です。さり気なくお出掛けしてすぐに戻って参りますので、護衛の方々を手配いただく必要はなく……』

『護衛はつけない。人数が多いと目立つからな』

『そ、そうですよね？　では、調整と仰《おっしゃ》いますと』

『俺も同行する』

その言葉に、リーシェは目をまんまるく見開いた。

『お前の元婚約者を伴った公務は、そのあとの午後に行えばいいだろう。お前の目的は一日で済ませられる、それで構わないいな？』

『待……っ、お待ちください!!　ものすごくご多忙なアルノルト殿下に、私のお忍びにまでお付き合いいただく訳には』

『何を言っている』

アルノルトはその左手に、火の消えたカンテラをふたつ持っている。そして右手をリーシェに差し出し、エスコートしてくれていたのだが、こちらを見ないまきっぱりと言ってのけた。

『お前が城下に出るときは、必ず俺も同行すると言っただろう』

（確かに、仰いましたけれど……!!）

まさか本当に、アルノルトにとってなんの意味もないであろう外出に対し、公務を調整してまで付き合ってくれるとは思ってもみない。

そしてアルノルトは、お忍び用の衣服を纏《まと》い、同じくお忍び姿のリーシェと共に劇場を訪れたのである。歌劇団の人々は、当然ながら絶句していた。

（皆さん緊張なさるわよね……。とはいえ）

リーシェはさりげなく辺りを見回し、劇団員の様子を見る。

この劇場にやってきた目的は、花びらの技術を伝える他にもうひとつあった。だが、そちらの方はこれ以上調べるのは難しそうだったので、ひとまずは息をつく。

「アルノルト殿下」

説明が一段落したリーシェは、舞台からふわっと飛び降りた。このくらいの高さなら無音で着地も出来るのだが、公爵令嬢としては不自然な動きのため、とんっという着地音を立てておく。

「お待たせしていてごめんなさい。実際に使って試してみるとのことですので、もう少しだけ」

「構わない。急がなくていいから、気の済むまでやりたいようにしろ」

そこへ、アルノルトの従者であるオリヴァーがやってくる。この後はすぐに公務に移行するため、オリヴァーも同行していたのだ。

「殿下。お申し付けの件について、調整が完了したようです。午後からこちらに合流するかと」

「そうか。分かった」

（合流？　ディートリヒ殿下のことかしら）

「それと、この件で少しだけ。人目を避けたく、席をお立ちいただいてもよろしいですか？」

あからさまに面倒臭そうな顔をして、アルノルトが立ち上がった。

「いってらっしゃいませ、アルノルト殿下」

リーシェが見送りの言葉を掛けると、アルノルトはその青い瞳で数秒だけ、リーシェのことをじっと見つめる。そうして何故《なぜ》か、その手でリーシェの背を抱き寄せるのだ。

その上に、耳元へ口付けでもするかのようにくちびるを寄せた。

「……リーシェ」

「ぴゃっ!!」

くすぐったさに驚いて、思わず妙な声が出てしまう。アルノルトはそれを受けて、小さく笑った。

(な、なななな、なに!?)

けれどもアルノルトが口にしたのは、リーシェにとって驚くべき言葉だ。

「──グートハイルを呼び寄せる。午後は奴《やつ》も一緒だ、そのつもりでいろ」

「え……」

アルノルトは、グートハイルを否定したのではなかったのか。

息を呑むと、身を離したアルノルトがこちらを見下ろし、目をすがめるようにして笑った。

「すぐに戻る」

「……いって、らっしゃい……」

動揺しながらも、アルノルトたちが客席内から出ていく姿を見送る。

(どうして？　やっぱりアルノルト殿下はこれまでの人生通りに、グートハイルさまを臣下に加えるということなの……？）

だが、昨日の今日で心変わりした理由が分からない。困惑していると、どんっと背中に衝撃が来る。

「もおおっ、リーシェ！」

「ひゃああ！　び、びっくりした……!!」

完全に不意をつかれた。リーシェの背中に抱きついてきたのは、興奮したシルヴィアだ。

「ねっ、ね、なにいまの!!　皇太子殿下から、お耳にキスでもされてたの!?　つまりはお見送りのキスってこと!?」

「!?　ち、違うわ、いまのはそういうのじゃなくて!!」

そういえば先ほどのやりとりは、オリヴァーやシルヴィアのみならず、舞台上の劇団員全員に見られていたかもしれないのだ。

（というか人目があったからこそ、内緒話の耳打ちであることを隠すために、婚約者同士の戯れっぽくなさったのよね!?　そ、そういうことなんだわ。でも……!!）

「うふふ。お顔を真っ赤にしちゃって、リーシェったら可愛《かわい》い！　婚儀のキスであんなに悩んでたくせに、日頃からいっぱい皇太子殿下とちゅーしてるんじゃない！」

「し、してないの!!　していないから、本当に……!!」

シルヴィアに赤くなった頬をむいむいとつつかれて、リーシェは大慌てで弁解する。なんというか、恥ずかしさのあまりに座り込んでしまいそうだ。

リーシェとシルヴィアがじゃれあっているのを、劇団の人々は微笑《ほほえ》ましそうに眺めている。シルヴィアは、彼らに聞こえないよう配慮してくれつつも、蠱惑的《こわくてき》な紫色の瞳で見上げてきた。

「キスしてないの？　本当に？」

「し、してない……」

「じゃあ、一回も？」

「!!」

その瞬間、礼拝堂での出来事が脳裏に過《よ》ぎる。

シルヴィアの慧眼《けいがん》は、リーシェの動揺を見逃してくれない。つんつんとまたほっぺをつつかれて、リーシェは俯《うつむ》いた。

「……い、一回だけ…………」

「ほらーっ！」

シルヴィアから嬉しそうに抱き締められて、居《い》た堪《たま》れなさに顔を覆った。熱くなる頬を隠しながらも、リーシェの思考はぐるぐる回る。

（い、一回よね……!?　以前、殿下に口移しで解毒剤を飲ませていただいたことがあったのは、あれは二回目……ではなくて、救命行為!!）

そんなことを考えているうちに、他の心当たりもどんどん生まれて混ざり始める。

（指輪を贈られたとき、手の甲に口付けをされたのは？　手の甲にキスは、私からも殿下にしたことがあるし……。それに昨日は、髪や耳にたくさん……!!）

「ふふふーん？」

どんどん顔が火照っていくリーシェに、シルヴィアはにんまりと笑って手を挙げる。

「団長！　私、ちょっと休憩してもいい？　リーシェにも休んでもらわないと！」

「ああ！　配慮が足りず申し訳ありません、リーシェさま」

「いえ、滅相もなく……!!」

そしてリーシェとシルヴィアは、客席の奥、舞台から離れた後ろの方に座った。

「あははっ、ごめんごめん！　ちょっとリーシェが可愛くて、からかいすぎたわね」

「わ、私のことより……」

リーシェは慌てて誤魔化しつつ、ずっと気になっていたことを尋ねた。

「私だって、シルヴィアの話を聞きたいわ。グートハイルさまとのこととか」

リーシェが内心で思い出すのは、昨日グートハイルと交わした会話だ。

「あれから何か、グートハイルさまと進展はあったの？」

「ふふ、私？　リーシェのお陰で順調よ」

「順調!!」

ほんの数日のことだというのに『順調』というのはどれくらいの進度なのだろうか。

シルヴィアは前座席の背もたれに腕を掛け、そこに頭を乗せてリーシェを見上げた。

「違うの、順調なのはお付き合いの進展度合いじゃなくて……あ、でも、そっちに関しても報告しておくべきよね？　実は一昨日《おととい》のデートで、私からキスをしようとしたんだけど」

（一昨日のデートでキス……!!）

一昨日というのは、シルヴィアが皇城を訪れた日のことだ。つまり、彼女がグートハイルと再会し、テオドールの計らいによってシルヴィアが送り届けられた当日である。

進んでいないどころか、リーシェにとっては遥《はる》か先の道だ。目をまん丸くしていると、シルヴィアは柔らかく笑った。

「本当に誠実な人なのね、それは駄目だって止められてしまったわ」

「え……それじゃあ」

「ふふ。順調だって言ったのは、歌の方。私にとっての恋は、歌のためだもの」

そう言ってシルヴィアは、ゆっくりと目を瞑《つむ》る。

「歌を歌うために生まれて来たわ。女神さまに歌声を授けられていなかったら、きっといまごろ死んでいた……私が色々な恋をするのも、すべては歌に活《い》かすためよ」

「グートハイルさまへの恋も、歌のため？」

「そう！　だから順調なの。グートハイルさまの生真面目さは、私にとっては新鮮だから……この恋はきっといままで一番、私の歌の糧になる気がするわ」

その瞬間、リーシェはあることに気付いてしまった。

（まるで、自分に言い聞かせているかのよう……）

歌っているシルヴィアの声は美しく、柔らかで凛《りん》としていて力強い。劇場のどんな席に座っていても、はっきりと歌詞まで聴き取れる、そんな性質を持った歌だった。

けれども、いまは違う。

彼女が紡いだその声音は、溶ける花びらのように儚《はかな》くて繊細な、耳を澄まさなければ聞き逃してしまいそうな音だ。

「ねえ、シルヴィア」

リーシェは彼女と同じようにして、前座席の背に腕を乗せる。

そこに頭を置いて、シルヴィアと同じ目線で向き合った。彼女は少し驚いたようで、紫色の瞳を瞬かせている。

「歌の糧になるのは、どんな恋？」

「……それは」

「私にも教えて。……聞いてみたいの」

シルヴィアは、僅かに逡巡《しゅんじゅん》する素振りを見せたあと、そうっと紡ぐ。

「……どきどきしたり、嬉しくなったりするだけじゃなくて……。その人のことを考えると、胸が苦しくて、泣きそうになるわ」

「――……」

リーシェは微笑み、相槌《あいづち》を打つ代わりに頷《うなず》いた。

「会話が終わるのが嫌で、少しでも長く続けたくて、くだらない話ばかり出てきちゃう。言葉を交わせるだけで幸せなのに、とても怖いの。おかしいわよね」

その言葉には、小さく首を横に振った。

「おかしくなんかないわ、シルヴィア」

「……ありがと」

シルヴィアはどこかほっとした苦笑を浮かべて、もっと色んなことを教えてくれる。

「キスを止められて、そんな人は初めてだからびっくりしちゃった。私と付き合うつもりがなくても、ちょっとキスしてくれるくらい良いじゃない？」

「んんん……。その価値観は、人によると思うけれど……」

「そういう発見を得られるのも、恋の面白いところよね。初めてのことも、いっぱいあって」

やがてシルヴィアの表情から、柔らかな笑みが消えた。

「……リーシェは、具合が悪いときにぎゅうっと抱っこをされて、『大丈夫だ』って言ってもらえたことはある？」

その問いに、リーシェはぱちりと瞬《まばた》きをする。

「私は物心ついたときからひとりぼっちで、色々な歌劇団に身を寄せて、歌を歌いながら必死に生きてきた。子供のころ、病気やひどい怪我《けが》で起き上がれなくなるたびに、『私をここに捨てていかないで』って祈り続けたわ」

「シルヴィア……」

「……あの日が初めてなの。グートハイルさまは、私を抱きかかえて運んでくれたでしょう？」

大切な思い出を慈しむように、シルヴィアは静かに瞑目《めいもく》した。

「お医者さんのところに着くまでのあいだ、グートハイルさまはずっと声を掛け続けてくれたの。

『大丈夫です』って、『傍《そば》についていますから』って、私を励まし続けてくれたわ」

シルヴィアは、背凭《せもた》れに乗せた腕に額を押し付けるように俯いた。

「あんなにも『ひとりじゃない』って思えたのは、本当に生まれて初めてだったの」

リーシェは緩やかに上半身を起こし、顔を隠したシルヴィアの言葉を聞く。

「私は歌姫で、恋多き女だって噂《うわさ》が流れてるでしょ？　誰とでも恋人になると思われて、すぐさま愛を囁《ささや》かれたわ。私もそれでいいと思っていた。……だけどあの人は、リーシェのお陰で再会できた直後、一番に私の体調を心配してくれたのよ」

「シルヴィアは、それが嬉しかったのね」

シルヴィアは少し考えるそぶりを見せたあと、こくんと小さく頷いた。

「……嬉しかった」

前席の背凭れに突っ伏したシルヴィアの声は、揺れている。

「私に触れる目的ではなくて、病み上がりを気遣うために差し伸べてくれた手が、あったかかった。夜道のひとり歩きは慣れてるからって笑ったのに、絶対に譲らず、扉の前まで送り届けてくれた」

それは、大切な思いをひとつずつ、宝箱に仕舞っていっているかのように恭しい言葉だった。

「……どうしよう、リーシェ……」

顔を上げたシルヴィアは、宝石のような涙をいくつも零《こぼ》していた。

「すごく苦しいのに、この気持ちが大切なの。……こんな恋をしたのは、初めてで」

「シルヴィア……」

「……ううん。違うんだわ、きっと」

そして彼女は、独り言のように呟《つぶや》くのだ。

「私が誰かに恋をしたのは、これが生まれて初めてだった……」

シルヴィアはそう口にしたあと、たまらなくなったようにくしゃりと顔を顰《しか》める。

リーシェにぎゅうっと抱き付くと、泣きじゃくりながらこう言うのだ。

「わ、私とは、恋人にはなれないって。グートハイルさまも好きだと思ってくれているけれど、駄目なんだって」

「……っ」

「でも、私自身が一番分かってるの。私は騎士さまにふさわしくない人間で、だから、結ばれなくて当たり前なのに」

「シルヴィア、それは絶対に違うわ……！」

抱き締めたシルヴィアの背中を撫《な》でながら、リーシェはそっと彼女をあやす。

「第一にグートハイルさまは、そんなことで人を拒絶するようなお方ではないのでしょう？」

「もちろんだわ。だけど誰よりも私自身が、彼の傍にいる自分を認められない……！　私は歌うために生まれてきて、歌うために生きていると思っていたのに、もう歌えないかもしれないと思うほどに心が苦しい」

そう言って震えるシルヴィアは、小さな子供のようだった。

「……好きな人がいるって、こんなに苦しいことだったの……？」

寄る辺なく呟かれたその言葉に、リーシェはくちびるをきゅうっと結ぶ。

（……どうしてかしら……）

シルヴィアの言うその苦しさに、リーシェも不思議と覚えがあるような気がした。

心臓の脈打つ左胸の辺りで、泣きたくなるような切なさと共に生まれるものなのである。

＊＊＊

「……絶対に……。絶対に、おかしいだろう……っ!!」

その日の午後、アルノルトの公務に同行していたリーシェは、元婚約者の呻《うめ》き声《ごえ》に振り返った。

訪れているのはガルクハイン皇都の城郭、街を囲む塀の中に作られた、詰所の中だ。資料を読ませてもらっていたリーシェは、詰所の隅で頭を抱えている彼に声を掛ける。

「一体何がおかしいのですか？　ディートリヒ殿下」

「何がですかじゃない!!」

元気よく叫んだディートリヒは、びしいっとリーシェに指を突きつけると、もう片方の手でぐしゃぐしゃと自身の髪をかき混ぜた。

「おかしいのはもちろんアルノルト殿と、他ならぬお前だリーシェ!!　午後一番に僕が合流してからというもの、またしても公務からの公務に次ぐ公務!!　今日はお前が同行しているのだから、アルノルト殿も少しは休憩を多めに取るだろうと期待していたのに!!」

「……？」

「『この人はなにを言っているのかしら』という顔をするんじゃない!! なんなんだお前たちは、休む気はあるか？ それとも常に働いていないと呼吸が出来なくて死ぬのか!?」

「そ、それは……！」

肩で呼吸をしているディートリヒに、リーシェはぎくりとした。

「先ほどの下水施設に商会ギルド、そしてこの詰所!! お前がどんどん意見を言う上に、アルノルト殿はすぐにそれを試そうとする！ なんならお前が一緒に居る今日の方が、昨日よりもっと内容がきつくなっているほどだぞ!?」

（返す言葉も……）

少し離れた場所で、詰所の管理者である官僚と話しているアルノルトをちらりと見遣った。アルノルトと官僚は、この詰所の資料管理の方法について、先ほどリーシェが提案した方法を検討しているのだ。

皇都に出入りする人々の記録を探すにあたり、これまでに時間が掛かっていた部分があるとのことで、リーシェは過去の人生で訪れたことのある巨大図書館のやり方を話した結果だ。

（確かに、午後の公務が始まってからもう五時間。ディートリヒ殿下には限界よね……）

劇場を後にしたあとのリーシェたちは、お忍びの外食で昼食をとったあと、グートハイルやげっそりした顔でやってきたディートリヒと行動を開始した。

リーシェは予定通りにアルノルトの公務見学をしつつ、グートハイルの動向も探ろうと思っていた。しかし、アルノルトの仕事を見ているうちに、うっかりそちらにも夢中になってしまったのだ。

「ごめんなさい……。私が質問や提案をすると、アルノルト殿下がすぐさま数段上の案に昇華させてくださる上に、現場で実用可能なお話がどんどん出てくるので楽しくなってしまって……!!」

「お前が楽しかったのは見ていれば分かる、だから怖いんだ!」

「ははは。アルノルト殿下とリーシェさまは、公務上の考え方がよく似ていらっしゃるのですね」

「オリヴァーさま……!」

詰所の隅で話しているリーシェたちの横を、オリヴァーが通り掛かる。オリヴァーは笑っているものの、その頬が心なしかげっそりしているように見えた。

「申し訳ありませんオリヴァーさま。私が迂闊《うかつ》に差し出がましい提案をしてしまった所為《せい》で、お話がどんどん進んでしまい……」

「いえいえ、ありがたい限りですよ。資料閲覧で時間が掛かる点については課題でしたし、早く試せば結果が出るのも早くなりますから。アルノルト殿下は仕事を持ち帰るのがお嫌いなので、出来ることはなんでもその場で実行なさいます。慣れていますので、問題ありません」

「し、信じられん、『仕事を持ち帰るのが嫌い』だと……? 今日やらなくても良い仕事は、どう考えても明日以降にやりたいじゃないか……!」

わなわなと震えるディートリヒに、オリヴァーが苦笑して口を開く。

「効率の良いやり方は人それぞれですから。我が主君のやり方をご覧になって、ディートリヒ殿下の参考になれば幸いというもの」

ちょうどそのとき、アルノルトがこちらを見て従者を呼んだ。

「オリヴァー」

「はい、ただいま参ります。――それでは」

オリヴァーは机上から資料を選んだあと、それを手にアルノルトのところに戻ってゆく。

離れていくオリヴァーの背中を見て、ディートリヒが息をついた。

「主《あるじ》もとんでもないが、従者も常人離れしているな……」

「ディートリヒ殿下。お口が悪くならないようにご注意くださいね」

リーシェは元婚約者をたしなめつつ、今度は扉横の存在に視線を向ける。

(さて、アルノルト殿下の仰った通り。何故かグートハイルさまが、今日のご公務に同行なさっているわけだけれど……)

長身のグートハイルは、少し居心地の悪そうな様子を見せつつも、扉の横で護衛のひとりとして待機していた。

(グートハイルさまは、シルヴィアのことが好きだと仰ったのよね)

先ほどの、グートハイルが好きだと泣いていたシルヴィアを思い出す。グートハイルは彼女に向けて、『それでも恋人にはなれない』と言ったのだ。

(シルヴィアにそう告げたのは、あの方のお父君が罪人だったから？　それとも、そのお父君の罪によって、グートハイルさまの将来が閉ざされているからなのかしら……)

リーシェにはやはり、昨夜のグートハイルが気に掛かる。城内の見回りをしていたという彼が、日頃誰も立ち入らない区域まで足を延ばしていたのには、何か事情があるのではないだろうか。

（でも、なんとなく違和感があるのよね。……アルノルト殿下が警戒なさっていることといえば、ガルクハインを狙っている何者かがいることと、その存在による諜報のはず。その件に、グートハイルさまが関係している……？）

そしてリーシェは、ひとつのことに思い至る。

（もしかして）

頭にその考えが浮かんだことを、いまは顔には出したくなかった。

それを誤魔化すため、手元に広がった資料に目を通すふりをする。

そのときリーシェは、目の前のディートリヒの様子に気が付いた。

「ディートリヒ殿下？」

ディートリヒは、金色の睫毛《まつげ》に縁取られた深いエメラルド色の瞳で、黙ってアルノルトを見つめているのだ。

「……アルノルト殿は、皇太子として非の打ち所がないとも言えるな。私欲を見せず、淡々と公務に打ち込んでいて、頭脳は優秀だ。おまけに剣技にも優れているんだろう？　軍神さながらの存在として、騎士たちの士気も大いに上がるそうじゃないか」

（ディートリヒ殿下が、人を褒めるだなんて……）

リーシェは内心でびっくりした。ディートリヒがこんなに素直な賛辞を口にしているなんて、彼の心を射止めたマリーの他には、一度として聞いたことがなかったからだ。

「ディートリヒ殿下……？」

「だが、いくらなんでも完璧すぎる」

その言葉に、思わず目を丸くしてしまう。

「僕は自分が何かをする度に、『僕の実力はこんなものではない』と思い続けてきた。当然だ、この僕が成し遂げることはすべて、華々しく誰もが認めるものであるはずだからな！　とはいえ天才にも不遇の日々というものはある。思うようにいかない挫折の日々は悔しく、辛《つら》かったが」

ディートリヒは、彼にしては真摯な声音で紡ぐのだ。

「アルノルト殿のように、『皇太子として、最初から完璧すぎる人間に生まれてきた』というのも、また別の辛さがあるのではないのだろうか」

「……！」

彼からこんな意見が出るなんて、リーシェは予想もしなかった。

「まあ、僕の方が辛いだろうがな！　しかし、僕は未来の真の王。沢山の苦労をしてこそ、素晴らしい王になれるというも……」

「ディートリヒ殿下。アルノルト殿下がお辛いと感じられたのは、どういった点なのですか？」

「最後まで僕の話を聞け！　――まあ、つまりだな」

リーシェに注目されたディートリヒは、少しそわそわしながらも咳払《せきばら》いをする。

「僕たちは、望んで王族に生まれたわけではない」

数日前に劇場で再会したときも、ディートリヒは『好きで王太子に生まれたわけじゃない』と泣いていた。けれどもいまの発言は、そのときとは違った意図を帯びているようだ。

「それでも王族、とくに太子というものは、滅私奉公を求められる。……確かにこの身分を持っていれば、金銭的な不自由を感じることはないだろう。しかしそれと引き換えに、自分のすべてを国に捧《ささ》げられないと、存在すら許されないのが僕たちだ」

ディートリヒのその発言について、リーシェは何か言う資格を持たない。

公爵令嬢として生まれ、王太子妃となるために厳しい教育を受けたといっても、王族とはやはり違うからだ。一国を継ぎ、いずれは統べる存在としての生き方がどのようなものなのかは、想像するしかないのだった。

「それでもみんななんとかして、一個人としての小さな喜びを見出《みい》だしながら生きている。僕にとってのマリーのようにな」

リーシェの脳裏に浮かぶのは、かつて出会ったことのある王族たちだ。

宝石を集めるのが好きな王もいれば、民との酒盛りを楽しみにしている王もいた。国の発展を喜びにする王子も、読書が大好きな王女も、妹を大切に思う王子のことも知っている。

「だが、ううむ。なんというのだろう……。アルノルト殿には、そういった人間味のようなものがまるで見えなかったというか……いや、あるにはあるのだろうが。だがおかしいだろう？　公務中は食事を取るのが面倒だと言うし、街の景色にも目を向けない。目の前に与えられた役目をこなすこと以外には、なにも興味が無さそうだ。傍で見ていて心底怖かったぞ」

「ディートリヒ殿下……」

ディートリヒが次に呟いたのは、まるでリーシェに話しているというよりも、彼自身のひとりごとであるかのようだった。

「――アルノルト・ハインのやっていることは、人間としての幸福を全部捨てている」

その発言に、リーシェはどきりとした。

「僕にはそう思える」

「それは……」

ディートリヒにとってはきっと、単純な疑問だったのだろう。

なにせ、皇太子と王太子だ。アルノルトと近しい立場であるからこそ、アルノルトのストイックな振る舞いに対し、そんな目線で見ることが出来る。

けれどもリーシェには、ディートリヒにとっては何気ないのであろうその評価が、アルノルトの偽悪的な振る舞いを端的に表しているようにも見えた。

「……ディートリヒ殿下は、ふとした折に本質的なことを仰いますよね。そういえば昔も……」

「――よし！　本人に直接聞いてみるか、『そんな生き方は辛くないのか』と!!」

「えっ」

絶句したリーシェを前に、ディートリヒは背筋を正して胸を張る。

「うむ、そうしよう！　冷酷と噂される人間にも等しく手を差し伸べる。そんな正義感あふれる行いこそが、エルミティ国の次期国王たる僕らしさだからな!!」

「あわわわ!!　お、お待ちくださいディートリヒ殿下!!」

リーシェは慌ててディートリヒの腕を掴《つか》み、彼を引き止める。離れた場所にいるアルノルトが、こちらを見て怪訝《けげん》そうにしたので、くちびるの形で『ごめんなさい』と伝えた。

アルノルトは公務中なので、あまり邪魔をするわけにもいかない。

「なんだ、なぜ止めるんだリーシェ！」

「………………」

アルノルトは、僅かに眉根を寄せたままこちらを見ていたが、すぐにオリヴァーへの指示を再開した。やはり気を散らしてしまったようなので、申し訳なく思う。

「お話は後にしましょう、ディートリヒ殿下。ここでは込み入った話も出来ませんし……」

「む。まあそれも一理あるか……」

比較的すんなり納得してくれたディートリヒは、改めてアルノルトを見遣るのだ。

「――あの男と、似たもの同士だな」

「ま、まさか、アルノルト殿下とディートリヒ殿下がですか？」

「違う、似ているのはお前だリーシェ！　子供の頃からお前はずっと、『王太子妃になるために』と生きていただろう？　いつだって、それが自分の生きている意味だというような顔をして」

まったく思いも寄らない言葉に、リーシェは目を丸くする。

「個人としての幸福よりも、それを捨て去って公人としてあるように努めていた。遊びにも行かず、勉強の褒美に菓子をねだるでもなく、誕生日のパーティーも開かずに！　僕にはまったく理解できなかったぞ!?　どう考えても好きなように遊びたいし、望まない勉強などしたくない！」

「……それは」

「お前はそんなことを一言も口にしないから怖かった！　あんなに我慢して、その果てに王太子妃になるというのならば……そんなものにはならない方が、お前にとって幸せだと思っていたが」

彼の眉間には、珍しく皺《しわ》が刻まれている。

「それなら、アルノルト・ハインの妃《きさき》としては、幸せになれそうなのか？」

「ディートリヒ殿下……」

ディートリヒはリーシェの元婚約者であり、いまも幼馴染《おさななじみ》と呼べる人物だ。

子供の頃からずっと、リーシェがディートリヒのことを心配してばかりだった。だから、ディートリヒの方からこんなに心配そうな顔を向けられたのは、これが初めてだ。

そう思うとなんだかおかしくて、リーシェは苦笑した。

「この結婚で、私が幸せになれるのかと他の方にご心配いただくことは、これまでに何度もありました。けれど、幸せとは誰かに与えていただくものではなく、自ら得るものですから」

そんなことを言いながら、扉の両横に立っている騎士をちらりと振り返る。

「アルノルト殿下の妻となることで、どのような運命が訪れようと、死ぬ瞬間に『幸せな人生だった』と断言できる自信があります。……それに」

そのあとで、ディートリヒの方を向いて笑った。

「申し上げたでしょう？　アルノルト殿下がどれほど夫として素晴らしい方であるか、ディートリヒ殿下に証明すると」

「……確かに、そう言っていたが……」

リーシェはにこっと笑い、ディートリヒに言い切った。

「我ながら、これから不幸になりそうな花嫁が申し上げる言葉だとは、到底思いません！」

「むむう……!!」

ディートリヒはしばらく何か考えていたようだ。だが、やがて口を開く。

「む……？　いや待てリーシェ！　確かにここ数日で、アルノルト殿が皇太子としてどれほど優秀なのかはよく分かった!!　だが、お前の言う『どれほど素晴らしい夫なのか』という点については、別に一度も見ていないぞ!?」

「え……。あ、あれ……っ!?」

「ふははははっ、油断だなリーシェ!!　つまりお前の言う証明とやらは、まだ果たされていないのだ!!　なにせ僕はここ数日、休憩も出来ずに公務の見学か、アルノルト殿に睨《にら》まれて怖い思いをした夜会に参加くらいしかしていないからな!!」

「本当に、何しにこの国にいらっしゃったんですか!?」

けれどもディートリヒはそのあとで、こほんとひとつ咳払いをする。

「とはいえ、見学してきたような激務ぶりの中でも、お前を婚約者として歌劇に連れて行ったのか……。それは驚愕《きょうがく》に値する……。公務を頑張った日は、すぐに帰って何もしたくないのが普通だろう？　あの忙しさでそんな時間を作れるのは、一体どうなっているんだ……？」

そういえば、リーシェがディートリヒと再会したのは、シルヴィアが倒れた晩の歌劇場だ。

あのときリーシェたちがそこにいた理由を、もしかしてオリヴァーが説明したのだろうか。

（……？）

リーシェはひとつ、気が付いた。

（改めて考えれば……。あのとき、どうして殿下はあそこに……？）

「なあ。その、リーシェ」

口ごもったディートリヒが、何かを言おうとして俯いた。

「僕は、この国に来て……」

「……殿下？」

「いや、なんでもない！　それより僕も王太子として、あちらに混ざってくるかな!!　学問に力を入れているエルミティ国の意見、アルノルト殿もきっと驚愕するに違いないぞ！」

「べ、別の意味で驚かせたりしないでくださいね……!?」

少し心配になるものの、リーシェはついていかない。

アルノルトに小さく手を振り、目で合図を送ると、近付いてくるディートリヒを見たアルノルトが思いっきり渋面を作った。

（ごめんなさいアルノルト殿下。ディートリヒ殿下をお願いします……!!）

心の底から謝ったあと、ふたりの騎士が守っている扉の方に向かう。

騎士のひとり、グートハイルの長身を見上げて、リーシェはそっと口を開いた。

「グートハイルさま」

「リーシェさま。……昨晩は、お見苦しいところを」

「とんでもないことです。お仕事のお話にもかかわらず、私の方こそお邪魔いたしました」

午後から合流したグートハイルたちについて、アルノルトはこんな風に口にした。

『諜報員の動きが疑わしい件で、俺の近衛《このえ》騎士をあちこちに分散させている。公務で城下に出るにあたり、人手不足を解消するために、グートハイルと臨時の騎士を使うことにした』

この言葉が、表向きの理由なのは明白だ。リーシェが見抜いていることを、アルノルトも当然分かっているだろう。

（ひょっとしてアルノルト殿下は、シルヴィアが失恋した件で、私がグートハイルさまと話したがっていることを察して……なんて、そんなはずないわよね）

アルノルトはやさしい人だけれど、公私混同をすることはない。リーシェを甘やかすために人員を動かしたのではなく、何かしらの思惑があるのだろう。リーシェの方だって、いくらシルヴィアのためだとしても、グートハイルの勤務中に私的なことを尋ねるわけにはいかないのだ。

（そもそもこんな場所で恋の話だなんて、グートハイルさまがして下さるとは思わないわ。それに、他の騎士の目もあるもの）

だが、そんな風に悩んでいたリーシェに向けて、グートハイルが口を開いた。

「リーシェさま。……シルヴィア殿のご様子は」

リーシェは目を丸くしたあとに、少し考えてからこう返した。

「元気そうに、振る舞っていました」

言葉の裏側にあるものを、グートハイルも察したのだろう。痛ましそうに眉根を寄せた彼を見て、リーシェは思わず言い繋《つな》ぐ。

「グートハイルさま。何か、私にお手伝いできることはありますか？　もちろん、差し出がましくなければですが……」

「ありがとうございます。リーシェさま」

ここまでリーシェたちが交わした会話は、表面上だけ聞いていれば、恋愛の話だとは分からないものになっていたはずだ。

けれどもその直後、グートハイルははっきりと口にした。

「私はシルヴィア殿を愛しています」

「……！」

一切の躊躇《ちゆうちよ》なく紡がれた言葉に、リーシェは目をまんまるくした。

扉を挟んだ向こう側に立っている騎士も、何事かと窺うように赤い瞳を向けている。だが、グートハイルはそのまま続けるのだ。

「かわいらしく、とても愛《いと》おしいお方です。……私は彼女の笑顔を曇らせる人間を許せません。そこには、私自身も含まれる」

「……グートハイルさま」

「私の父が犯した罪を、シルヴィア殿にはすぐに話しました。――機密を他国に流した父の行為は、国を裏切るものであり、戦争で多くの人々を死なせかねなかった。それに伴う謗《そし》りは、息子の私だけでなく、妻となる女性や我々の子供にも浴びせられるものになると」

悲しそうに笑ったグートハイルは、父親の罪によって苦しんでいる張本人だ。その苦しみを知っていて、冷遇という実害も受けている。そんな彼の言葉には、強い実感が滲《にじ》んでいた。

「シルヴィア殿は、とても苦しそうな顔をなさっていた。……あの方は戦災孤児ではないかと、私はそんな想像をしています」

「……グートハイルさま」

「シルヴィア殿は、そのようなことで私を拒むお方ではないでしょう。ですが私が傍にいることで、彼女が心に負った傷が痛むかもしれません。未来では、もっと辛い想《おも》いをさせてしまうかもしれない。……私の存在で、彼女の笑顔を曇らせることは、許されないのです」

リーシェはきゅっとくちびるを結ぶ。

こんなときに伝えるべき言葉が、どのようなものなのかは分からない。ふたりのことに干渉するのは、過ぎた口だという自覚もあった。

それでもリーシェは、グートハイルに告げる。

「シルヴィアは、『人間というものは、いつ死んでしまうか分からない』と話していました」

その伝聞だけで、グートハイルはとても辛そうな顔をした。

シルヴィアのことが大切なのだという感情が、ほんの些細《ささい》な表情からも伝わってくる。だからこそ、リーシェは続けた。

「私もその通りだと思います。ずっと遠い未来、将来の幸せも大切ですが、それでも」

泣いているシルヴィアが、震えていたことを思い出す。

「いま目の前に届く幸せも、同じくらい大切ではないでしょうか」

「――それは……」

グートハイルが言い淀《よど》んだ。

「……グートハイルさまも苦しいのに、申し訳ございません」

「……いえ。そのような、ことは……」

これ以上は困らせてしまう。誰かが決めた人生に、第三者が干渉することは出来ないのだ。

だから、リーシェは次の行動に移る。

「上に行って、外の風に当たって参ります。そちらの騎士の方、護衛をお願い出来ますか？」

「は。承知いたしました」

グートハイルは俯いて、何かを考えているようだった。その横顔にはもう何も言わず、リーシェは部屋を出る。

詰所があるのは城壁の内側だ。そこから階段を使って上にあがれば、皇都を囲む城壁の上に出ることが出来る。

「――……」

夕暮れの中、夏の暑気を帯びた風を受けて、リーシェはひとつ息を吐いた。

ここからは、ガルクハインの街並みが見渡せる。以前、アルノルトと共にお忍びで来たことがあるが、この詰所の上は一般市民の立ち入りが禁止された場所だ。

「聞きたいことがあるの」

一緒に来た騎士に声を掛けると、彼は背筋を正して言った。

「リーシェさまの仰せであれば、何なりと」

「他の人は近くにいないのだから、騎士の演技はしなくていいわ」

呆《あき》れつつもそう言って、赤い瞳の騎士に告げる。

「ラウル」

「――ははっ」

先ほどまでとは違う声で、騎士に変装していたラウルが笑った。

「すごいな！　今日は完璧に顔を変えて、雰囲気も別人っぽくしたのに。それでも分かるのか」

「臨時で所属された騎士にしては、アルノルト殿下への怯《おび》えが無さすぎたもの。赤い瞳が決定打だわ」

「なるほどなるほど。確かにそうだな、次からの参考にしよう！」

変装が見抜かれたというのに、どうして上機嫌そうなのだろうか。リーシェは少し呆れつつも、ラウルに尋ねる。

「これは仮定の質問だけれど。あなたがガルクハインの敵だったとして、この国を調べる必要が生じたときは、どんな風にして潜り込む？」

「それは一子相伝の秘密……と答えたいところだけど、恩人相手に口は噤《つぐ》めないな。少なくとも今回の俺みたいに、『最初から騎士のひとりでした』なんて顔で潜り込みはしない」

ラウルがいま、騎士の格好をしてここにいるのは、アルノルトと利害の一致があったからだと聞いている。アルノルトは、ガルクハインの皇城に潜り込んだ諜報員がいないかを、ラウルに調べさせているのだ。

アルノルトの許可があったからこそ、ラウルは騎士に混ざっていられるということなのだろう。皇城の城壁は守りが堅く、身の軽い子猫ならまだしも、人間が秘密裏に潜入できる造りにはなっていない。

「現実的なのは、数年以上は掛ける覚悟で、騎士団への入団から始めることかな」

「騎士の偽物を演じるのではなく、本物の騎士として入り込むのね」

「そう。なにせガルクハインは『身分を問わず、実力があれば騎士として受け入れる』って姿勢を取っている。これは俺からしてみれば、ガルクハインという隙の無い大国における、数少ない甘さのひとつだ」

ラウルは人差し指を立て、それを遊ぶように揺らしながら続けた。

「ま、その甘さへの自覚は、皇帝陛下はお持ちなんだろうな。実力主義を謳《うた》っていても、実際のところ騎士団の上層部にいるのは貴族だけだ。貴族ならよほどのことがない限り、他国の諜報員だという可能性は低いし」

（……グートハイルさまのお父君は、その前提を裏切ったのね。見せしめとして、庶民が諜報員であった場合よりも、ずっと厳しい処断が必要だったはず）

「だから実際、騎士として潜り込むのは、どんな方法を使っても割に合わないんだよ。唯一あんたのアルノルト殿下だけは、庶民だろうと自分の近衛騎士にしている。俺が諜報員だとして、騎士としての潜入を選ぶなら――なんとしてもあんたの殿下の近衛騎士に入ろうとするかな」

「……」

「ただ、殿下が近衛騎士に一切の身分を問わないってのも、ある程度は殿下の情報を知ってる人間じゃなければ分からないことだ。だから結論として、『他国からこの国を調べに来た俺』が騎士に成り代わっての潜入は無し。高官や上位騎士から効率的に情報を奪うなら、もっと別の方法だな」

ラウルがここまで話してくれたことは、狩人《かりゅうど》人生で見てきたラウルの方針とも一致している。

「なら、別の方法というのは？」

「ん？　……んー……」

これまですらすらと話してくれたラウルが、ここに至って顰《しか》めっ面《つら》をした。

「それはなー……。俺からそんな話をすると、あんたの殿下が静かに激怒しそうというか……」

「……？　ひょっとして、アルノルト殿下が口止めをなさっているの？」

「いやいやいや。そういう話じゃなくて」

リーシェはますます首を傾《かし》げる。

とはいえ、ラウルが言い淀んだ『別の方法』について、なんとなく心当たりはあるのだ。

狩人人生において、その方法はリーシェの前で禁句になっていた。いまのラウルの態度を見るに、『高官や上位騎士から効率的に情報を奪う、もっと別の方法』は、あの件で間違いない。

（そうなると――……）

リーシェはひとつ息をついたあと、もうひとつ聞いておきたかったことを口にする。

「ねえラウル。もしもあなたが、自分に近付いてくる『普通の人』の気配に気付かない場合があるとして、それはどんなとき？」

「そいつの他に、『是非とも近付いてきてほしいなー』って思う可愛い女の子が近くにいるとき。たとえばあんたとか」

「……ラウル……」

「ははは、冗談。女の子に限らず、周りに無関係の第三者がいっぱいいるときは、そのうちのひとりが『近付いてくる』ってことに気付くのは遅れるだろうな。でも、存在に気付かないわけじゃないから、あんたの問いからは少し外れる」

（やっぱり、そういう答えになるわよね）

たとえばあれは、カイルやミシェルがガルクハイン皇城を訪れていた時期のことだ。

リーシェは男装して騎士見習いに潜り込むため、テオドールに協力してもらっていた。

アルノルトには秘密だったのだが、それがあっさり発覚してしまったあと、廊下でテオドールに捕まったのだ。あのときは考え事をしていた上、廊下という場所にはたくさんの人が行き来しているのが当たり前だったので、完全に油断した。

それでも、テオドールの気配そのものを見落としたわけではない。リーシェがあのとき驚いてしまったのは、手首を掴まれたことに対してだ。

（私に気配の読み方や消し方を教えてくれたのは、狩人人生のラウルだわ。徹底的に覚え込んだお

陰で、騎士人生にも役立てることが出来た。……普通の人が相手なら、私に近付かれたってきちんと分かるはず）

反面、それが難しいのは、気配を消せる人が相手だったときだ。

警戒しているときならまだしも、油断している時は難しい。ガルクハイン皇城に到着した最初の日も、バルコニーから景色を見下ろしていて、背後のアルノルトに気が付くまで時間が掛かった。

（あのときアルノルト殿下に気付けたのは、あのお方が遊ぶような殺気を混ぜて、私を試していらっしゃったからだわ。あのまま気配を消して近付かれていたら、触れられるまでは気付かなかったかもしれない……）

ラウルに尋ねたふたつの話が、リーシェの推測を補強する。

（……考えれば考えるほどに、あの想像が当たっているという根拠が見つかってしまう）

極め付けは、先ほどディートリヒと話していたときに抱いた違和感だ。

「おっと、どうやらお迎えだ」

「！」

扉の開く音がする。

夕暮れの城壁上に、ひとりの人物が現れたのだ。リーシェは彼を振り返ると、その名前を呼んだ。

「アルノルト殿下……」

「――……」

吹き抜ける風が、アルノルトの上着の裾を翻す。

珊瑚《さんご》色をしたリーシェの髪も、ふわりと広がって揺れた。リーシェはそれに構わないまま、アルノルトに尋ねる。

「諜報員として疑わしい人物を、あなたは最初から絞り込んでいらっしゃったのですね」

「……」

「いいえ、むしろ。……アルノルト殿下が疑っていらしたからこそ、今回その人物と、ここまで関わることになった……」

夕暮れの陽射《ひざ》しが煩わしいのか、アルノルトが気怠《けだる》げに目を細める。

そして、彼は口を開くのだ。

「それは、お前の知らなくていいことだ」

「……っ」

突き放すようなその言葉に、リーシェの胸が苦しくなる。

拒絶をされたからではない。アルノルトがそう言った理由が、リーシェを慮《おもんぱか》ってのことだと分かったからだ。

「殿下。私は……」

「――だが」

「！」

アルノルトは目を伏せて、小さく息をつく。

「お前が何か行動を起こそうとし、俺に叶えられることをねだるのであれば、俺がそれに背くことは決して無い」

「……！」

アルノルトが口にしてくれたその言葉に、安堵《あんど》と喜びの気持ちが湧き上がった。

『知らなくていい』という言葉は、以前にもアルノルトに告げられたことがあった。だが、そのときとは明確に状況が違う。

リーシェは彼に向けて、心からの願いを口にした。

「私にも、アルノルト殿下のお手伝いをさせてください。事態の収束をはかるために、やりたいことがあるのです」

「……何を言っている」

アルノルトは溜《た》め息《いき》をつき、少し呆れた表情で言うのだ。

「お前のやりたいことについてを、俺が手伝う形になるのだろう」

びっくりしたリーシェに向けて、ラウルが笑う。

「ははっ、すごいな！　あのアルノルト皇太子殿下に対して、こんなにあっさりとおねだりを通せる人間がいるのか」

「うぐ……！　我《わ》が儘《まま》で申し訳ありません、本当に……!!」

アルノルトから静かに睨まれたラウルが肩を竦《すく》めるが、リーシェは心から謝った。

その上で、アルノルトとラウルに対し、いくつかの考えを告げるのだ。

＊＊＊

その夜、皇城内の離宮の一室は、客人を招いていた。

五脚の椅子が置かれており、それぞれが中央を向く円形に並べられている。上座の椅子にアルノルトが腰を下ろし、リーシェはその隣に座って、ある人物にふたりで視線を向けていた。

「……申し訳ございません。大変に、恐れ多いことは承知の上なのですが」

視線を向けられたその人物は、ひどく居心地が悪そうな様子で尋ねてくる。

「一体なぜ、私のような人間が、殿下方の離宮にお招きいただいているのでしょうか……」

「……」

騎士グートハイルの問い掛けに、肘掛けへ頬杖をついたアルノルトは答えない。

その代わりに、まなざしでリーシェに合図が送られたため、頷いて口を開いた。

「お呼び立てして申し訳ございません、グートハイルさま。とても大切なお話があり、夜間ですのでこの離宮にて」

「人目を避けるべきであること、いまのお話で理解いたしました。ですが一体私めに、何かお役に立てることがあるのでしょうか？」

混乱しているはずなのに、あくまで騎士道精神に溢《あふ》れた物言いだ。グートハイルの気遣いを有り難く思いつつ、リーシェは続ける。

「ここから先のお話は、グートハイルさまにはお辛いかもしれません」

「それは一体？　……いえ、どのようなお言葉であろうとも、役目とあらば」

グートハイルの目を真《ま》っ直《す》ぐに見て、彼に告げた。

「この国に、ガルクハインの機密を欲した他国が、諜報員を差し向けている可能性があります」

「──!!」

グートハイルが息を呑み、ぐっとその両手に力を込める。

「いち早くお気付きになったアルノルト殿下は、以前からさまざまな情報を収集していらっしゃいました。その結果」

「──もしや、私がその諜報員だと、お考えになったのでしょうか？」

声は震えていないものの、グートハイルの顔色は青褪《あおざ》めていた。その表情には戸惑いと焦り、そして諦めが滲んでいる。

「信用に足らぬ身の上であることは自覚しておりますが、誇りに懸けて申し上げます。たとえ信じていただけなくとも、私はこの国を裏切ったことはありません……！」

「……あなたが潔白でいらっしゃることは、アルノルト殿下もお察しでいらっしゃいます」

「……っ？」

だが、ここで「安心して下さい」という言葉を選ぶことは、どうしても出来なかった。

「恐らく、諜報に関わる人物は──……」

ちょうどそのとき、ノックの音が響き渡る。

入室許可は不要だと決めてあったから、返事をする前に扉が開いた。ラウルが扮《ふん》した騎士に連れられて、やってきた人物が入室する。

「……！」

その姿を見たグートハイルが、息を呑んだ。

彼女はグートハイルを見下ろしたあと、寂しげな表情で微笑んでみせる。そのあとで、リーシェとアルノルトを真っ直ぐに見据えて、こう名乗った。

「シルヴィア・ホリングワースです。――今宵《こよい》、お招きいただいたこと、大変嬉しく思いますわ」

第六章

「……っ!!」

グートハイルがその瞬間、弾《はじ》かれたように立ち上がる。

シルヴィアに向けられていたこの場の視線が、一斉にグートハイルへ注がれた。グートハイルはシルヴィアを見つめたあと、何かを言おうとして、悔しそうにかぶりを振ってから口を開く。

「……アルノルト殿下。リーシェさま。なにとぞ私の退室を、お許しいただけないでしょうか」

グートハイルの声音には、シルヴィアへの気遣いが溢《あふ》れていた。

「私にお話しするべきことがあれば、どのようなことでも洗いざらいお伝えすると誓います。しかしこの場に私が同席することは、シルヴィア殿にとって……」

「グートハイルさま」

「!」

シルヴィアが、彼の名前をはっきりと呼ぶ。

「呼び出しにいらした騎士さまに、私からお願いしたの。……この場には、グートハイルさまも一緒に居てほしいと」

「……シルヴィア殿……」

グートハイルが拳を握り、ゆっくりと着座する。

騎士姿のラウルに促されたシルヴィアも、扉に最も近い場所、グートハイルの隣にある椅子へ座った。リーシェはそれを見守ってから、アルノルトを見上げる。

「まずは、お前の話したいように進めてみろ。どうせあの男もすぐには来ないだろう」

「……はい」

アルノルトの言葉に頷《うなず》いたものの、切り出すには勇気が必要だった。

とはいえ、きっとシルヴィアは覚悟を決めている。蠱惑的《こわくてき》な印象を帯びた紫の瞳が、真摯にリーシェを見つめていた。

「お聞かせください。リーシェさま」

「……」

シルヴィアの折目正しい言葉遣いに、リーシェはとても寂しくなった。

けれどもいまは、会話をする方が先だ。その代わりリーシェの方は何も変わらず、これまで通りの話し方をする。

「最初に気掛かりを感じたのは、シルヴィアがこのお城を訪ねて来てくれたとき」

そのときのことを振り返りながら、ゆっくりと言葉を紡いだ。

「前日の夜、舞台の本番中に倒れてしまうほどの不調があったはずなのに、あなたは元気になったと言っていたわ」

「リーシェさまが応急処置をして、グートハイルさまが運んでくださったお陰です。一晩休んだら、すっかり元気になっていました」

「そういう症例もあるからと、一度は納得することにしたの。……だけど、急性の症状で失神したあとすぐに回復するのは、病の発作としては少ないわ」

グートハイルが心配そうに、ずっとシルヴィアを見つめている。反対にシルヴィアは、先ほどグートハイルを引き留めて以降、一度も彼の方を見ようとしなかった。

「そうなると、病のように体の内側から生じる苦痛だったのではなく、外から摂取したものによる不調が考えられるの。例えば毒薬や眠り薬……それなら、薬が排出されたあとは比較的体調が戻りやすいし、私にも覚えがあるもの」

そう話したとき、アルノルトが僅かに眉根を寄せる。

このときリーシェが思い出していたのは、以前ドマナ聖王国で毒薬を受けたときのことだったが、アルノルトも同じ記憶をよぎらせたのかもしれない。

「『シルヴィアが、誰かに薬を飲まされた可能性がある』というのは、そのときから頭の片隅に置いていたわ」

「……そうですね。熱狂的なファンや、役を競う相手に薬を盛られかけたことは、何度か経験がありますもの」

「ファンであれば、歌劇が中止になるようなタイミングはきっと避けるわ。あなたの代役を狙う人がいたとしても、舞台の最中や直前に主演が倒れたら、中止になると分かっていたはず」

代役を狙って仕掛けるならば、もっと前もっての計画になるはずだ。

「それに、これは考えたくない事態だけれど……あなたに飲ませる薬は、数日の延期では回復できないようなものを選ぶのが自然だわ」

事実、歌劇は数日の休演を経たあと、またシルヴィアの主演で再開する。

犯人が役を狙っていたのなら、罪を犯した末に、なんの利も得られていないことになるのだ。

「それでも警戒はしていたから、花びらの作り方を伝えに劇場へ行ったとき、それとなく劇団員の皆さんの様子を見てみたの。それだけでは、誰かが薬を使った可能性があるかなんて分からなかったけれど……そのとき、知ったことがあるわ」

リーシェは、シルヴィアの瞳を見つめて言った。

「シルヴィアは、気配を消して歩くことが出来るのね？」

「…………」

俯《うつむ》いたシルヴィアに代わり、グートハイルが慌てて口を開いた。

「差し出口を申し訳ありません。それは一体、どのような……」

「お前もリーシェの振る舞いに気が付いていたのだろう？　グートハイル」

アルノルトが、グートハイルに向かって言い放つ。

「昨晩お前が東屋《あずまや》に近付いて来た際、それを察したのは俺だけではない。雨が降りしきり、お前の足音は聞こえていない状況で、リーシェもお前の気配を読んだ」

すると、グートハイルはごくりと喉を鳴らしてから呟《つぶや》いた。

「……私の思い違いでは、なかったのですか。確かにあのとき、おふたり分の注視があったのを、暗闇の中で感じましたが」

（グートハイルさまも相当な手練《てだ》れだわ。雨の日はそういった感覚を得にくいのに、的確に）

アルノルトは背凭《せもた》れに身を預け、リーシェに代わって気怠《けだる》げに続けた。

「馬車の中で微睡《まどろ》んでいるときにすら、俺が手を伸ばしただけで目を覚ましてみせるほどだ。気配を消していなければ、リーシェは大抵の人間の気配を読む。……だからこそ」

アルノルトには、事前に全てを話してある。

リーシェは頷いて、グートハイルに説明した。

「私は今日、劇場を訪れた際に、シルヴィアの気配に気付けなかった瞬間がありました。シルヴィアが後ろから抱き付くまで、彼女が近くにいることが読めなかった」

それはきっと、シルヴィアが気配を消していたからだ。

それ自体に他意は無かったのだろう。リーシェを驚かせるための戯れで、足音を消しながら、無意識に気配も絶ってしまったのかもしれない。だが、いくつかの情報を統合していくうちに、じゃれあいですらも違和感の原因になってしまった。

シルヴィアは俯いたまま、小さな声で言葉を紡ぐ。

「リーシェさまの、仰《おつしや》る通りです」

「っ、しかし……！」

グートハイルが、シルヴィアを庇《かば》うように口を開いた。

「それだけで、シルヴィア殿に疑いの目を向けることは出来ないはずです」

「グートハイルさま。それは……」

リーシェが言い淀《よど》んだのは、グートハイルの前で口にしたくないことだったからだ。

だが、その逡巡《しゅんじゅん》を見透かしたシルヴィアが、寂しい微笑《ほほえ》みでこう言った。

「リーシェさま、どうぞあなたのお考えを。……あるいは、私からお話しした方が……」

「いいえ、シルヴィア」

彼女自身に言わせるのだけは、リーシェが最も避けたいことである。

だからシルヴィアを遮って、リーシェが説明を続けた。

「諜報《ちょうほう》には、いくつかの方法があります。たとえば、自ら目的地に潜り込んで情報を得る方法」

ラウルの変装はそれに当たる。だが、官僚であろうと騎士であろうと、上層部に所属できるのはこの国の貴族だけだ。

ラウルが城壁で説明してくれたように、ガルクハインでその手段を取ることは難しい。

「ほかには、すでに情報を持っている人から得るという手段があります。この国の貴族にはなれなくとも、貴族とお友達になることは出来ますから。そして……」

「――それには主に、女の諜報員が使われる」

「！」

アルノルトが、リーシェに先んじてそう告げた。

恐らくは、リーシェにその事実を言わせないようにする、アルノルトの遠回しな気遣いだ。

ラウルだって、城壁の上では言及を避けていた。狩人《かりゅうど》人生でもリーシェの前では禁句になっており、遠ざけられていたのを覚えている。

グートハイルが眉根を寄せ、考え込むように口を閉ざした。シルヴィアはずっと俯いていて、表情を窺《うかが》うことも出来ない。けれど、シルヴィアがこの場にグートハイルを呼んで欲しがったのは、この話のためであると気付いていていた。

「――各国を旅して回る歌劇団で、シルヴィアが恋多き歌姫だという噂《うわさ》は、たくさんの人が耳にしていたはずだわ」

彼女はそれを、歌のためだと言って笑っていた。

けれど、そこには他の理由があったのではないだろうか。奔放な美女という先入観を利用し、各国の官僚に近付いて、情報を探るためだったのだとすれば。

「アルノルト殿下は、最初から怪しんでいらっしゃったのですよね？　だからあの晩、お忙しいご公務の合間を縫ってでも、私を歌劇に連れて行ってくださった……」

やはりアルノルトの行動は、驚くほど緻密に組まれているのだ。

リーシェがアルノルトと出会った日、彼の目的が外交のための夜会そのものではなく、ガルクハインを狙う存在の調査だったことにも言える。

以前からずっと調査をしていたのであろうアルノルトは、このタイミングでガルクハインにやってきた歌劇団を疑ったはずだ。そして恐らくは、その時点ですでにシルヴィアを警戒していた。劇場の座席についたあと、こんな会話を交わしたことを覚えている。

『それにしても、今夜の主演が歌姫シルヴィアさんだなんて。彼女の歌声を聞くのは久し振りなので、すごく楽しみです』

『……以前にも、その役者が出る歌劇を見たことがあるのか』

リーシェがシルヴィアの名前を出した際、アルノルトは何かを考えるような沈黙を置いた。あれは、アルノルトが疑っている諜報員に対して、何も知らないリーシェが賞賛を向けたことへの反応だったのかもしれない。

「……テオドールからオリヴァーを通し、あの翌日の状況は聞いている」

アルノルトが話したのは、シルヴィアがリーシェにお礼を言いに来てくれた日のことだろう。

「他国の城を、約束も無しに訪ねてくる人間はそういない。ましてや知名度のある歌劇演者が、そういった作法を学んでいないとも考えにくいものだ。命を救われたことを口実に、この国の中心人物に近付くことが目的としか思えない行動だった」

それを耳にしたグートハイルが額を押さえ、深呼吸をしてから口を開く。

「あの日、テオドール殿下のご命令でシルヴィア殿をお送りしたときからの疑問だったのです。何者かが、遠方からシルヴィア殿を監視している気配がありました」

「え……？」

シルヴィアが顔を上げ、躊躇《ためら》いがちにグートハイルを見つめる。ようやく視線を重ねることの出来たグートハイルが、詫《わ》びるようにシルヴィアへと告げた。

「得体の知れない輩《やから》ではなく、ガルクハインの騎士による監視でした。ですが、他人に見張られているという事実は、女性にとって恐ろしいものでしょう？　あなたに話すことを躊躇い、ただ黙ってお守りするしかないことを、申し訳なく感じていたのです」

「……だからあのとき、私を宿まで送り届けてくれたの？」

「当たり前でしょう」

グートハイルは、力強い声ではっきりと告げる。

「あなたを決して怖がらせず、そして守り切ることが、あのときの私の役割でした」

「……っ」

シルヴィアの両目に、じわりと涙が滲《にじ》む。シルヴィアはそれを隠そうと、慌てたように俯いた。

「そ……そのようなお言葉をいただいて、びっくりしちゃったわ。……だけど、ごめんなさい」

シルヴィアは笑おうとしているけれど、声が震えているのは誰にだって分かる。

「もうお分かりでしょう？　私はガルクハインへの潜入を命じられた諜報役で、グートハイルさまにもそのために……」

「シルヴィア」

心にもない言葉を止めるために、リーシェは彼女の名前を呼ぶ。

「あなたが、そのためにグートハイルさまに近付いたのでないことは、グートハイルさまがよくお分かりのはず」

「え……」

リーシェがグートハイルを見ると、彼は真剣に頷いて言った。

「その通りです、シルヴィア殿。二度目にあなたにお会いできたあの日、私はあなたに父のことを打ち明けました。覚えていらっしゃいますか？」

「……忘れてないわ。あの日のことは、なにひとつ」

「あなたはあれで、お分かりになったはずです。私はこの国で疑われており、盗む価値のある情報など持ち合わせていないと。――それでもあなたは、私を真《ま》っ直《す》ぐに見つめていて下さった」

「……っ！」

シルヴィアの表情は、迷子になった小さな子供のようだった。

テオドールから、『他人の恋の機微に疎い』と言われたリーシェにだって、シルヴィアの恋心が嘘《うそ》ではないのはよく分かる。

グートハイルの同席を願ったのは、他でもないシルヴィアだ。

諜報員だったことを認めたシルヴィアにとって、その罪が暴かれるであろう場にグートハイルがいることは、辛《つら》く耐え難いことだろう。グートハイルもそれを気遣い、退室しようとしたはずだ。

「教えて、シルヴィア」

リーシェはそっと、シルヴィアを呼ぶ。

「あなたは確かに、諜報員だったのかもしれない。だけど、今は少しだけ違うのではないかしら」

「……リーシェさま……？」

「いまのシルヴィアは、これまで諜報を指示していた人の敵。――諜報員を辞めて、逃げ出そうとしているのではない？」

「!!」

その瞬間、シルヴィアが息を呑《の》んだ。

「そうでなければ、あなたが舞台で倒れた理由が分からないもの。もちろん、あなたの体調不良の原因が、毒や薬によるものだと仮定した上でだけれど」

その前提が間違っていないとしたら、もう少し見えてくるものがあるのだ。

「仲間に組織から抜けられると、諜報員にとっては大きな危険に繋《つな》がるのよね？　誰かが辞めたがったとしたら、秘密が漏れないように殺すしかないと聞いたことがあるわ。シルヴィアは諜報を辞めたがる素振りを見せてしまって、その結果、警告として薬を仕込まれたようにも思えるの」

「それは……！」

シルヴィアは明らかに狼狽《ろうばい》している。舞台上とは違うその様子が、とても痛ましい。

「あそこでシルヴィアが倒れれば、諜報組織にとっても都合がいいわ。警備の騎士は、倒れたシルヴィアの救護に関わるはず。殺されることに恐怖心を抱いたシルヴィアは、すぐに考えを改めて、自分を助けてくれた騎士と接点を持つかもしれないもの」

「……」

「けれどもあの日、劇場で貴族エリアの警備を務めていたのは、普段の騎士さまたちではなかった。……私たちが観劇をする関係で、アルノルト殿下の近衛《このえ》隊が配属されていたから」

そのこと自体は秘匿されていない。シルヴィアに諜報を指示した存在も、きっとその情報を得ていただろう。

（そんな日に薬を盛られ、歌劇が中止になったなら、シルヴィアはそれが『警告』だと察するわ）

警備に配属されたアルノルトの近衛騎士は、シルヴィアを救護するために動員されるはずだった。

咄嗟《とっさ》にリーシェが動き、近衛騎士たちに指示をしていなければ、状況確認のために近衛騎士の誰かが接触していたのは確実だ。

それによって、シルヴィアとの繋がりが生まれる。諜報指示役からしてみれば、近衛騎士から皇太子アルノルトや、ガルクハイン騎士団の情報が手に入るかもしれない好機だっただろう。

（だけど、アルノルト殿下はそれすらも先に読んでいらした……）

あの日の状況を、改めて思い出す。

（劇場の警備には、アルノルト殿下の近衛隊だけでなく、他所属の騎士さまも混ざっていたわ）

アルノルトは、近衛騎士隊を拡大していくための前段階だと言っていた。リーシェはそれを見て、アルノルトが兵力を大きくしたい理由があるのだと想像し、アルノルトが今後に大きな敵を見据えていることを知ったのである。

だが、あの夜に劇場の警備が厚かった理由は、将来の軍備拡大のためだけではなかったのだ。

（アルノルト殿下は、ご自身が大々的に観劇すれば、諜報員がアルノルト殿下や近衛騎士に接触するかもしれないと最初から予想なさっていたのね。だからこそ、あの日の警備に他の所属の騎士さまを混ぜたのだわ。……テオドール殿下いわく、『優秀だけれど立場を与えられずに冷遇されている』人員、つまりは重大な情報を持っていない方々を……）

そのうちのひとりが、他ならぬグートハイルだ。

（私がシルヴィアの応急処置を終えたあと、控室にいらっしゃったアルノルト殿下は、近衛騎士ではなくグートハイルさまを伴っていらした。あのときは、未来の臣下をお連れになっていたことに、とっても動揺したけれど……）

だが、いまならアルノルトの思惑が分かる。

（シルヴィアを運び、『命を助けた』という接点を作る騎士に、ご自身の近衛騎士を選ばないため。だから、騎士団で重要な位置につくことができないグートハイルさまをお連れになったのね）

そんな状況になったのも、リーシェたちが歌劇を観《み》に行くと決まった際、劇場や劇団にそのことが通達されていたからだ。

（アルノルト殿下は、皇太子として人前に出る煩わしさをお嫌いになるお方だもの。あの観劇がお忍びでは無かったことを、早く疑問に思うべきだったわ……。ほかの貴族の注目を浴びる上、近衛隊による特別警備を敷くくらいなら、いつもならひみつのお出掛けを選ばれるはずよね）

今更そんなことを考えつつ、リーシェは隣のアルノルトをちらりと見遣《みや》る。あまり興味のなさそうな横顔は、こんな状況でも美しい。

（まだまだ、このお方のことを掴《つか》み切れていないわ）

そもそも今回、最初にリーシェが『皇都で興行される歌劇に行ってみたい』と呟いたのは、オリヴァーが世間話でその話題を出したことがきっかけだった。

諜報疑いの件で、アルノルトと歌劇団のことを調べていたオリヴァーが、無意識にその話題を選んだという可能性もある。

早く察することの出来なかった自分の未熟さを悔しく思いつつも、リーシェは続けた。

「グートハイルさまの仰ったように、アルノルト殿下の近衛隊がシルヴィアを監視していたわ。そして、同時にあなたの警備もしていた」

「警備……？」

「あなたに危害を加えようとしている集団の接近が、この数日間で四回あったそうよ。そのうち昨日の二回は、騎士さまたちとの交戦になったみたいなの」

それを聞いたシルヴィアが青褪《あおざ》め、グートハイルも顔を顰《しか》める。

今日の午後、リーシェたちがアルノルトの公務に同行した際、一緒にいた騎士はグートハイルと変装したラウルだった。

『諜報調査の件で騎士が足りていない』という説明を受けていたが、それは広い範囲での調査をしていたわけではなかったのだ。

アルノルトとオリヴァーは、対象をシルヴィアひとりに絞り込んだ上で、彼女の見張りと護衛を騎士たちに行わせていたのである。

（アルノルト殿下が、今日の劇場に同行して下さったときは驚いたけれど。あれはシルヴィアの周囲に危険な人物がいる可能性や、劇団員の中に他の諜報員がいないかを警戒してのことだったんだわ）

震えているシルヴィアに、リーシェはそっと尋ねる。

「答えて、シルヴィア」

「……っ」

「……あなたは、ガルクハインの秘密を探らなければ殺されてしまう。――私やグートハイルさまに出会う前から、その命令に抗《あらが》おうとしていたのね？」

　そして諜報の指示役は、シルヴィアに薬を盛ったのだ。

「……っ、違います」

　そう絞り出したシルヴィアは、必死に言葉を継いだ。

「私にそんな信念はありません。現にあの翌日、恥知らずにも皇城を訪ね、未来の皇太子妃であるリーシェさまに近付こうとしました」

「苦しい思いをして、歌劇の公演も中止になって、とても怖かったはず。やっぱり抜け出せないと考えて、命令に従おうとしてもおかしくはないわ」

「その上に、騎士であるグートハイルさまにも、恋をしたなどと嘘をついて……」

「グートハイルさまを探っても、役割が果たせないとすぐに分かったのでしょう？　……そんな嘘をつく理由なんて、どこにもなかったはずよ」

　シルヴィアの恋心が打ち明けられたのは、張本人のグートハイルではない。

　彼女はリーシェに話したのだ。偽りの恋だったというのなら、リーシェには別の恋を探していると告げ、それこそリーシェを利用して他の騎士に近付けばいい。

　あんな風に、グートハイルを好きになってしまったと泣き、リーシェに縋《すが》る必要は無かった。

　そのとき、アルノルトが口を開く。

「――リーシェ。もういい」

「アルノルト殿下……」

冷たさを帯びた彼の言葉に、シルヴィアとグートハイルが緊張したのが分かる。

「これ以上は時間の無駄だ。お前がどれほど心を砕こうと、すでに結論は出ている」

「……」

リーシェは息をつき、シルヴィアたちに説明した。

「アルノルト殿下は約束してくださったわ。シルヴィアはガルクハインで諜報活動を行っていないし、情報が盗まれてもいない。だからあなたはこの国で、なんの罪に問われることもないの」

シルヴィアが、現実味のなさそうな表情で目を丸くする。

この件は、リーシェがアルノルトに願ったことだ。アルノルトは、リーシェの甘さに呆《あき》れた顔をしながらも、最終的にはそれを許してくれた。

「けれど、シルヴィア」

シルヴィアが、びくりと肩を跳ねさせる。

「もちろん、これで終わりじゃない」

「……っ」

ただならぬ空気を察しているグートハイルは、シルヴィアに代わるように口を開いた。

「恐れながらリーシェさま。それは、どのような……」

「諜報組織を抜けたいと願ったことによって、シルヴィアは組織からの信用を失ってしまいました。恐らく組織側は、最終判断を下したのです。……アルノルト殿下」

アルノルトは、グートハイルに向けて淡々と説明した。

「近衛騎士から、二度の戦闘についての報告を聞いている。脅しや警告、あるいは命令に従わせるための拉致を目的としたものではなく、殺すために接近したのだろう」

「……そのようなことが……？」

アルノルトの表情は、冷淡なまま動かない。

「もはや、諜報員として組織に信用されていない。こうなれば、いまからこの国の重要機密を持ち帰ったとしても、情報だけ奪われた末に処分されて終わりだ」

「殿下。もう少し表現を遠回しに……」

リーシェは慌ててアルノルトを止める。アルノルトの本質はやさしいのに、それが向けられる先は限定的だ。

（アルノルト殿下の近衛騎士がいたからこそ、シルヴィアはこの数日を無事に過ごせた。だけど、これからは……）

シルヴィアにリーシェが声を掛けようとした、そのときだった。

「私が、シルヴィア殿をお守りいたします」

「……グートハイルさま……」

シルヴィアは、思わずグートハイルの名を呼んでしまったのだろう。そんな自分が信じられないというように、自らの口を手のひらで塞ぐ。

円卓を挟んだアルノルトは、グートハイルの言葉を嘲るように笑った。

「守る？」

青い目が、愚かな人間を眺めるようにすがめられる。

「貴様が、たったひとりでか」

「……っ」

アルノルトの放つ声が、その場の空気を支配した。

「理想論と感情だけで物を言うな。貴様がどれほどの手練れであろうと、付け狙ってくる集団から常に守り抜けると思うのか」

「……」

「無駄死にをしたがる悪癖は、どうあっても治らないと見える。——護衛対象も貴様自身も、すぐに殺されるぞ」

室内の緊張感が一層増し、リーシェですら背筋の強張《こわば》るような思いがする。

けれど、アルノルトの嘲りを真っ直ぐに受けるグートハイルは、落ち着いた表情でこう口にした。

「昨晩、アルノルト殿下が仰ったことの意味が、ようやく私にも分かりました」

アルノルトが、ほんの少しだけ眉根を寄せる。

「殿下の仰る通り、命を懸けてでもシルヴィア殿をお守りしたいという思いがあります。……しかし、私が命を落としてしまえば、シルヴィア殿を守ることなど出来はしません」

グートハイルの目が、真摯にシルヴィアへと向けられた。

「何がなんでも守り抜きたい。それは、シルヴィア殿に幸せになっていただきたいからです」

「……グートハイルさま」

「だから私は、命を捨てる気で挑むようなことは致しません。……お優しいシルヴィア殿は、私のように身勝手な男の死であろうと、悲しんで下さるでしょうから」

グートハイルは、騎士の誓いを立てるかのような恭しさでシルヴィアに請う。

「私はあなたを傷つけた男です。――ですが、あなたをこの危機からお守りすることを、どうかお許しいただけないでしょうか」

「……っ、グートハイルさま……」

潤んだ声のシルヴィアが、彼の名前を呼んだ。

けれど、彼女は自分を許せないようで、ふるふると首を横に振る。

「駄目。……嫌よ、絶対に……！」

拒絶の言葉だ。

けれどもその声には、たくさんの複雑な感情が混じり、溢れ出してしまっているのだった。

「……グートハイルさまに何かあったら、どうするの……」

「……っ」

シルヴィアは、絞り出すように言い放つ。

「……シルヴィア殿」

「だって、逃げられるはずがないわ」

シルヴィアは頼りない肩を震わせながら、それでも泣き出すのを堪《こら》えるような声で言う。

「小さい頃から、上手に出来ないと怒られた。……何かに失敗すれば、私なんて簡単に殺されるんだって、いつも思っていたの」

「シルヴィア……」

リーシェは、彼女に告げられていた言葉を思い出す。

幼い頃、風邪を引いたり怪我《けが》をすると、置いて行かれる恐怖に襲われたと話してくれた。それは劇団のことではなくて、諜報組織の話だったのかもしれない。

「私なんかが、グートハイルさまと一緒にいては駄目」

シルヴィアは俯いたまま、悲痛な声で呟いた。

リーシェが思い出したのは、シルヴィアが泣きながら口にした言葉だ。

『私自身が一番分かってるの。私は騎士さまにふさわしくない人間で、だから、結ばれなくて当たり前なのに』

『誰よりも私自身が、彼の傍《そば》にいる自分を認められない……！』

リーシェの左胸がずきずきと痛む。

けれどもそこで、これまで沈黙していた人物が口を開くのだ。

「――悲観なさる必要はありません、歌姫殿」

微笑みながら言ったのは、騎士に扮《ふん》したラウルだった。

ぽかんとしたシルヴィアが、壁際へ控えるように立っていたラウルを見上げる。

「諜報活動で実際に動く人間は、組織にとっては商材です。配下がどれほど優秀な諜報員であろうと、その表の顔、『正体』をおいそれと他人に明かすことはない」

「あ、あの……？」

ラウルが話すのは、事前にあの城壁の上で、リーシェとアルノルトと話していた内容だ。

「シルヴィアさまが諜報員だと知っているのは、組織のごく末端だけのはず。それは、諜報の品質を保つためには当然です。世界各国で活躍する歌姫の正体が、官僚に近付く諜報員だと知られれば、二度とそのような活躍は期待できなくなる」

「そ……それはそうかもしれませんが。あなたは一体……？」

シルヴィアの問いに答えないまま、ラウルはふっと笑んだ。

そのあとでアルノルトに向き直り、さも進言するような形式を取って告げる。

「さて、アルノルト殿下。報告をさせていただいた通り、シルヴィア殿を『使って』いたのは、ある種の傭兵《ようへい》的な組織です」

ラウルは口元に笑みを浮かべ、いま初めて報告する事柄のように言葉を紡いだ。

「特定の主《あるじ》に仕える組織ではなく、世界各国を渡り歩き、そのつど最も高額な報酬を払う雇い主に従う者たち。そうした者たちは性質上、比較的小規模な人数の上、末端の諜報員をことさら隠す傾向にありますね」

「騎士さま。それはつまり、『表』の顔がどれだけ著名な人物であろうと、その『裏』が諜報員だと知る存在は少ないということですよね？」

リーシェが念を押せば、ラウルは頷く。

アルノルトは、さほどラウルの相手をするような素振りは見せず、あくまで淡々と言った。

「末端を『処分』するにあたり、組織は持ちうる手をすべて投じてくるだろう。……それを全員潰してしまえば、諜報員の表の顔を知る者はいなくなる」

「つまりね、シルヴィア」

リーシェは、アルノルトやラウルが話していたことを、端的にまとめて彼女に告げる。

「シルヴィアの命を狙う人たち。……その全員を捕まえれば、あなたはこれから命の危険もなく過ごしていけるという推測なの」

「……!?」

シルヴィアは、ぽかんとしてリーシェのことを見た。

「……それは、どういう……」

「そこの騎士さまが仰ったように、諜報組織における諜報員の『表の顔』は重大な機密だわ。『歌姫シルヴィア』が諜報員であることは、あなたを雇っていた組織の人たちしか知らないはず」

ラウルには、他の諜報組織に対する豊富な知識がある。そんなラウルの出した結論であれば、信用に足るだろう。

「あなたを使っていた組織は、どちらかというと傭兵のような集団だという調査結果。つまりは組織内だけで完結していて、なおさら秘密を外に漏らさない。そんな性質について、シルヴィアにも心当たりがあるのではない？」

「それは、そうですが……」

「組織は面目のすべてを懸けて、あなたの口封じに来るはずなの。……組織全員が、意地でもあなたを殺しに来る」

そうせざるを得なくなるように、ひとつ仕掛けも施してある。何故《なぜ》なら、シルヴィアにとっては恐ろしいであろうこの状況も、見方を変えれば好機だからだ。

「だからこそ、グートハイルさま。……あなたおひとりで、シルヴィアを守る必要はありません」

「リーシェさま……？」

「アルノルト殿下も、協力を約束して下さいました」

リーシェは背筋を正し、真っ直ぐに告げる。

「――これより、シルヴィアを守り、未来を幸福に過ごしてもらうための計画を開始いたします」

「な……っ？」

リーシェは椅子から立ち上がると、密《ひそ》かに用意していた一枚の紙を手に取り、大きな円卓の中央に広げた。

「やりたいことの大枠は、至って単純」

そこに描かれているのは、夕刻にアルノルトやラウルと話し、その上で練った計画の概要だ。

「この先未来永劫《みらいえいごう》、シルヴィアを守り続けることも、組織から逃げ続けることも出来ません。であれば敵を一網打尽にして、危険を排除するのが一番です」

「しかしリーシェさま！　一網打尽といえど、それほど容易《たやす》い話では……」

「これは、シルヴィアの協力あってこそ成り立つ計画です。それから、劇団員の皆さまにも」

リーシェはそう言って、用紙の中央に書かれた一文を指さした。

「なにせこの計画は、『囮計画《おとり》』」

そして、シルヴィアのことを見据える。

「舞台に立つ歌姫と、それを狙う武装した諜報部隊。――その構図があってこそ、初めて成り立つ大捕り物なのですから」

「……！」

シルヴィアの喉が、こくりと鳴る。その表情はまるで暗闇の中、遠くに光を見付けたときのようだった。

「計画を助けてくれる？　シルヴィア」

リーシェは自らの席を立つと、シルヴィアの側に行ってから微笑みかける。

「とても勇気のいることだわ。だけどあなたの協力無しでは、この計画は上手《うま》くいかないの」

「っ、もちろん……!!」

立ち上がったシルヴィアが、ぎゅうっとリーシェに抱きついた。

「私に出来ることならなんだってする……！　囮にでもなんでもなる。なんでも、私が」

「ありがとう。シルヴィアが力を貸してくれたなら、この計画はきっと上手くいくもの」

リーシェがそう言い切ると、シルヴィアが喉を震わせたのが分かる。

「……ごめんなさい。……ごめんなさい、リーシェ……！」

（……謝るのは私の方だわ、シルヴィア）

心の中でそんなことを思いながら、シルヴィアを抱き締め返す。

（シルヴィアはずっと、自分を責めていた。諜報員をしていたことも、グートハイルさまや私にそれを隠していたことも。……そんな中で助けたいと告げたって、罪悪感があって頷いてくれないはず。だからこそ、シルヴィアに危険が伴う『囮作戦』という説明をしたけれど）

小さな子供をあやすように、彼女の背中をとんとんと撫《な》でた。

（ごめんね。……あなたを助けるために、どうか私に嘘を吐《つ》かせて）

リーシェがアルノルトに視線を向ければ、彼は肘掛けに頬杖《ほおづえ》をついたまま、物思わしげな表情でこちらを見ている。

今回は、アルノルトがリーシェの共犯者だ。彼が合理的な人で本当に良かったと安堵《あんど》しつつ、グートハイルにも告げた。

「グートハイルさま。この計画は、当然シルヴィアに危険が及ぶもの。……グートハイルさまには、シルヴィアを誰よりも守っていただきたいのです」

「それこそが私の願い。お守りいたします、シルヴィア殿」

「……グートハイルさま……」

シルヴィアが愛《いと》しい人の名前を呼んだあと、再びリーシェにぎゅうっと縋り付いた。

まるで拒絶するような仕草だが、ただ照れて恥ずかしがっているだけなのはリーシェにも分かる。

そんなシルヴィアが微笑ましくて、くすっと笑った。

「シルヴィア。かわいい」

「もう、リーシェ……！」

拗《す》ねたようにそう言ったシルヴィアは、先ほどまでの丁寧な口調とは違う、これまで通りの言葉遣いに戻っていた。

そのことが嬉《うれ》しくて、ぎゅうぎゅうとシルヴィアを抱き締め直すと、「くすぐったい」と笑う声が返ってくる。少しだけ元気になったようで、ほっとした。

「あのね、シルヴィア。歌劇団の方々にも、協力をお願いしなくてはいけないの」

「……みんなは、私の秘密を何も知らなくて……」

「やっぱりそうなのね」

今日の昼間、劇場に出向いた際に、リーシェは劇団員の動きも観察していた。そしてそれは、アルノルトも同様だったようだ。

昨晩、花びら造りのために劇団を訪ねたいと相談したとき、アルノルトは同行を申し出てくれた。あのときは驚いたが、あれはシルヴィアを諜報員と見抜いていた上での発言だったのだ。

アルノルトは、シルヴィアに諜報員としての動きがあるかどうかと、劇団員に諜報の仲間がいるかを自らの目で確かめたのだろう。

リーシェの中では、劇団員に不審なところはないという結論だったが、アルノルトも同様だったと聞いて確信が持てた。

「すべてを話す必要はないわ。ただ、これから話す作戦は、劇団の皆さんにも関わることだから」

不思議そうなシルヴィアから体を離し、リーシェは告げた。

「先ほどあそこの騎士さまが話した通り、シルヴィアの正体を知る諜報の人を全員捕まえれば、シルヴィアは今後安全に暮らしていける。だけどその状況に繋げるには、少し工夫が必要なの」

シルヴィアは、躊躇いながらもこくりと頷く。

「これからしばらく、シルヴィアには今まで通り近衛隊の護衛がつく。だけど、守りに徹する状況が長引けば消耗戦になって、それは得策とは言えないわ」

「……やっぱり、私は甘えてはいけないいんじゃ……」

「大丈夫！　それに作戦は単純で、こちらから敵を誘い込みたいいんだもの」

グートハイルが、心得たように口を開いた。

「敵が襲撃してくる絶好の機会を、こちらから敢《あ》えて作り出すのですね」

「仰る通りです、グートハイルさま。我々がシルヴィアを囮にしているのが気づかれないようにしつつ、敵にとって唯一のタイミングを作り出し、そこで襲わせることで一網打尽にすれば……」

だが、通常であればそれは難しい。こちらが狙って作り出した好機は、敵にとっても警戒されやすくなるからだ。グートハイルも、そこを心配しているのだろう。

「巧妙にその計画を組まなければ、敵を誘《おび》き出すことは出来ないのでは？」

「はい。だからこそ、劇団の協力が必要なのです」

シルヴィアとグートハイルが、不思議そうにリーシェのことを見た。

「ですよね？　アルノルト殿下」

円卓の向こう側にいるアルノルトは、リーシェの微笑みに対し、仕方なさそうに溜《た》め息《いき》をつく。

「厳重に警備を固めた上で、必要な頃合いにそれを剝がす。他に機会がないとなれば、敵はそこを必ず狙ってくるはずだ」

「し、しかしながらアルノルト殿下。警備の騎士が離れることを、敵の諜報員は警戒するのでは？　よほど何か、離れても当然の理由がない限り……」

「……あ!!」

シルヴィアたちは、そこではっとしたようだった。

「そうです。――普段は厳重に守られている、歌姫さま。彼女の傍に、騎士が控えていなくて当然の時間といえば……」

「……歌劇の舞台の、公演中……？」

シルヴィアの呟いた言葉に、リーシェは微笑む。

「その通り。しかも周囲は暗闇で、歌姫だけが目立つ舞台の上にいるわ」

「で、でもリーシェ。劇場の中は、武器の持ち込みが禁止されていて……」

「手荷物検査はまったくやらないよりも、簡易的なものにした方が説得力があるわね。『表面上はやっているけれど、形骸化している』くらいの甘さが良いと思うの。どのみち、諜報員はその道の一流でしょうから、隠し武器を持ち込んでくるはずだし」

戸惑うシルヴィアを椅子に座らせて、リーシェは自分の席に戻る。隣に座ったアルノルトは、やっぱり苦い顔をしていた。

「アルノルト殿下、グートハイルさま、そして私という少人数でシルヴィアを守り、諜報員たちを捕らえる。――この計画に同意いただいてありがとうございます、アルノルト殿下！」

アルノルトは溜め息をついたあと、気怠げなまなざしでリーシェを見遣った。

（殿下が我《わ》が儘《まま》を聞いてくださって、本当によかった。……諜報員を数多く捕縛できれば、アルノルト殿下の『調査』にもお役に立てるはず）

アルノルトが探っているのは、ガルクハインを狙う存在の正体だ。

ディートリヒが婚約破棄の夜会にアルノルトを呼び出そうとしたことも、ファブラニアの贋金《にせがね》造りについても、その存在が関わっていると彼は見立てている。

今回、このタイミングでシルヴィアを諜報に送り込もうとした組織も、そこに関わっているかもしれないのだ。リーシェがアルノルトを見詰めると、アルノルトは少しだけ不服そうな表情のあと、『お前のやりたいことをやれ』と紡いだ。

妙に信頼されているように思えてきて、とても嬉しくなってしまう。リーシェは円卓に向き直り、その場にいる面々に告げた。

「公演再開は五日後。七の月二十九日の、午後十九時」

グートハイルもシルヴィアも、緊張した面持ちでリーシェを見ている。

「――これより、囮計画の準備を開始したいと思います！」

＊＊＊

作戦会議を終えたあと、シルヴィアはグートハイルに送られて宿に帰っていった。

アルノルトの近衛騎士もこれまで通り、秘密裏に彼女を警護してくれている。ラウルの配下である狩人たちもついているようなので、鉄壁の守りだ。

リーシェはほっとしつつ、アルノルトとふたりで皇城内の回廊を歩いている。

「それにしても」

夏の虫の音が響く中、ドレスの裾を夜風に遊ばせながらリーシェは言った。

「グートハイルさまのお考えは、随分変わりましたね」

「あれで当然だ。無欲で高潔な騎士など、俺にとってはなんの信用にも値しない」

アルノルトは、淡々と口にする。

「深い欲を持つ人間ほど、戦場で生き延び、兵に向いているものだ」

(……戦場で強い人が、『欲』を持つのだとしたら)

その横顔を見上げて、リーシェは心の中で問い掛けた。

(『何も望まない』と仰るあなたのそれは、どこにあるのですか?)

だが、それを実際に言葉にはしない。

「……そういえば。ありがとうございました、アルノルト殿下」

「何がだ」

「シルヴィアが諜報を辞めたがっていることを、信じてくださったでしょう?」

隣のアルノルトは、相変わらず冷めた表情だ。

「信じた訳ではない。いまある情報を統合した上で、そういった思考だろうと判断しただけだ」

「いいのです。それでも」

シルヴィアがガルクハインの敵であれば、アルノルトにとっては排除の対象だ。にもかかわらず、リーシェの我が儘に耳を傾け、彼女を救うための算段に手を貸してくれた。

囮作戦は、対象が危険に晒《さら》されるという恐れがある。

「私がこんな計画を立てられるのも、アルノルト殿下がいらっしゃってこそです。私ももちろん戦うつもりではありますが、何よりアルノルト殿下の剣術は、誰に負けることもありませんから」

きらきらとした気持ちでそう言うと、アルノルトは小さく息を吐いた。

「お前の方こそ、俺を信じすぎているんじゃないか」

「？　殿下の実力を信じない理由なんて、私にはありません」

「……」

きっぱり言い切れば、アルノルトは少しだけ眉根を寄せた。

「ですが、アルノルト殿下も私を信じてくださいましたね」

そのことが嬉しかったので、リーシェは微笑む。

リーシェがシルヴィアと親しくなったことは、アルノルトにとっても不測の事態だっただろう。ガルクハインに来て二ヶ月ほどのあいだに、リーシェはたくさんの機密を知っていた。その中には、他国に流出すれば致命的なものもある。

けれどもシルヴィアが劇場で倒れた際に、アルノルトはリーシェが助けに行くことをすぐに許してくれた。そして、シルヴィアと親しくなったリーシェに対し、それを止《や》めるように言うこともなかったのだ。

シルヴィアへの疑いをリーシェに隠していたのは、友人となったリーシェが傷付くことのないようにという配慮に思える。きっとリーシェの心情を考慮した上で、シルヴィアに機密を漏らすことはないと判断してくれたのだろう。

アルノルトが何も言わずに見守ってくれた。その事実が、リーシェの胸で温かな鼓動を打つ。

「……あ。でも」

ひとつのことを思い出して、リーシェは足を止めた。

「ごめんなさい、アルノルト殿下。……実はシルヴィアにひとつだけ、内緒の話を打ち明けてしまったのです」

「お前がか？」

アルノルトも立ち止まり、意外そうにリーシェを振り返った。

「どんな内容だ」

「う。……あの、それは……」

回廊の柱に灯《とも》されたランプが、きっとリーシェの頬も照らしている。

「アルノルト殿下と」

「俺と？」

赤くなっていそうで恥ずかしいのだが、悪いことはきちんと謝らなければならない。

リーシェは恥ずかしく思いながらも、自らの罪を正直に打ち明けた。

「……一度だけ、キスをしたことがあるって、話しちゃいました……」

「…………………」

アルノルトはきっと、呆れた顔をしているだろう。

表情を見る勇気がなくて、リーシェはぎゅうっと目を瞑《つむ》った。数秒の沈黙が訪れ、リーシェがますます気恥ずかしくなったころ、アルノルトがようやく口を開いた。

「…………あれは」

彼は何かを言いかけて、すぐにやめる。

怒ってはいない様子だ。少々気まずそうな雰囲気なのは、リーシェの気の所為《せい》なのだろうか。

(……もしかして、反省していらっしゃる……？)

顔を上げて、ぱちりと瞬《まばた》きをした。

礼拝堂でのあのキスをされた出来事は、リーシェにとって不意打ちだ。ものすごくびっくりしたし、どうしてあんなことをされたのかと混乱した。挙句、妙に手慣れていたような気もするので、そのことも後々やけに引っ掛かってしまったのだ。

ひょっとしてあれは、アルノルトにとっても思うところのある振る舞いだったのだろうか。

「ふふっ」

「……何を笑っている」

両手で口元を隠してくすくすと笑えば、やはりバツの悪そうな声音が返ってくる。

アルノルトがこんな態度を取るのは、とても珍しい。

「なんだか、アルノルト殿下が可愛《かわい》い……」

「…………」

にこにこしながらそう言うと、理解できないものを見る目で顔を顰められる。

彼にとっては不本意なのだろうが、どうしても嬉しくて頬が緩んだ。

「……そんなことより、早く行くぞ」

「あ！　お待ち下さい、アルノルト殿下」

再び歩き出したアルノルトを追って、隣に並ぶ。

アルノルトとリーシェが、離宮を離れて向かっているのは、主城にある賓客室だ。

「オリヴァーさまにお任せしてしまいましたが、大丈夫でしょうか」

「この手のことは、あいつの得意分野でもある。……時間が掛かることは想定通りだ」

先ほど作戦会議をした離宮の部屋に、椅子は全部で五脚あった。

室内にいたのはアルノルトとリーシェ、グートハイルにシルヴィアと、ラウルの五名だ。しかし最後の椅子は、騎士に扮したラウルが座るためのものではない。

（アルノルト殿下もお疲れの中、申し訳ないけれど……）

そんなことを思いつつ、主城に辿《たど》り着いた。

賓客室の扉の前には、近衛騎士が控えている。

「アルノルト殿下、リーシェさま」

「中の状況は」

「出ていらっしゃるご様子はありませんでした。恐らくはまだ、お話をなさっているところかと」

アルノルトが面倒臭そうに溜め息をつく。リーシェは苦笑しつつ、アルノルトの袖を引いた。

「参りましょう、アルノルト殿下」

「……」

アルノルトが視線で騎士に命じ、扉を開けさせた、その瞬間だ。

「──だからこそ!! いまこそこの僕、エルミティ国の正義の王太子の出番だろう!?」

廊下には、威勢の良い声が響き渡る。

それをあしらうように聞こえてきたのは、アルノルトの従者であるオリヴァーの声だ。

「ははは。この時間でも変わらずお元気でいらっしゃいますね、ディートリヒ殿下」

リーシェはじとりと半眼になり、幼馴染《おさななじみ》かつ元婚約者である彼に目をやった。

「……オリヴァーさまを困らせてはいけませんよ、ディートリヒ殿下……」

「リーシェ!? お前が何故ここに!! それにアルノルト殿も……」

ディートリヒはふかふかの椅子から立ち上がると、やれやれと額を押さえながら頭を振った。

「そうか。やはり貴殿たちも、この僕の力を借りたくて……」

「オリヴァー。お前から話を聞けばそれでいい、この男はそろそろ追い返せ」

「待て待て待て!! 僕がいなくては始まらないだろう!?」

ディートリヒは慌てた様子でアルノルトを止める。だがアルノルトは、さして相手をする様子もない。ディートリヒを無視したアルノルトは、彼の従者に向かって尋ねる。

「結論は？」

「はい、アルノルト殿下」

数枚まとめた書類を重ね、その端をとんとんと揃《そろ》えながら、オリヴァーはにっこりと微笑んだ。

「――ディートリヒ殿下もやはり、諜報組織にまつわる一件でこの国にいらしたようですね」

「ううう……っ!!」

ディートリヒが両手で顔を覆い、しくしくと嘆き始める。その様子を不思議に思い、リーシェはそっと話し掛けてみた。

「ディートリヒ殿下、オリヴァーさまと一体何が……？」

「どうもこうもない!!　この男、にこにこしながら僕のことを褒め始めたから、ガルクハイン皇太子の従者だけあってなかなか見る目がある奴《やつ》だと思っていたら……!!　気が付けば洗いざらい話す羽目になって、一体どういうことなんだ!?」

わっと泣き伏したディートリヒを、アルノルトが心底どうでも良さそうな目で見下ろしている。

「うっう、こんなはずじゃ……。僕が重大な秘密を握っていることは、もっと格好良い感じで打ち明ける予定だったんだぞ……」

「あ。そういうのは不要なので、大丈夫です」

「第一、こちらは最初から怪しんでいた。お前が勿体《もったい》ぶろうがなんだろうが、尋問することは決まっている」

リーシェとアルノルトが淡々と畳み掛ければ、ディートリヒはぐすぐすと沈んでゆく。そんなディートリヒを、オリヴァーが苦笑しながら慰めた。

「まあまあお二方。ディートリヒ殿下のお話をお伺いすることは、大変有意義な時間でしたよ。我々が外から判断した状況と、ディートリヒ殿下の視点における実際の状況は、やはり違いがありましたから」

「お、オリヴァー……!! やはり貴殿は見る目のある、大変良い人物だ……!!」

「おい。人の従者に勝手に触るな」

アルノルトが不機嫌そうにディートリヒを制する。ディートリヒがオリヴァーにしがみつこうとする様子を眺めつつ、リーシェは短い溜め息をついた。

今日の詰所で、ディートリヒはリーシェに何か言いたそうな素振りを見せていた。恐らくはこの件だったのだろうが、ディートリヒ曰《いわ》く『格好良い感じで打ち明ける』ために、機会を改めたのだろう。

(だけど、アルノルト殿下はもともと怪しんでいたのだものね)

リーシェと婚約破棄をするために、ディートリヒが夜会を開いたときのことだけではない。シルヴィアを呼び出す前、リーシェとアルノルトは、ディートリヒについての話も終えていたのだ。

『お前の婚約者がこの国に来たのも、諜報組織の目論見《もくろみ》が関わっているはずだ』

夕刻、詰所のある城壁の上で、アルノルトはこう口にした。

『表向きの目的は、俺と婚約したお前を案じてのことだと言っていたが。……あの日、あの男が劇場に居たのも、偶然ではないだろう』

『それは確かに仰る通りです……』

幼馴染であるリーシェにとって、ディートリヒの合理的ではない行動は日常茶飯事だった。しかしアルノルトからしてみれば、夜会から続く疑念の延長で、調査に値する事柄だったのだろう。

再会の日、ディートリヒが劇場にいたのも、ただ観劇を目的にしていたわけではないのだ。

『ですが、アルノルト殿下――……』

そんなやりとりを踏まえた上で、ディートリヒへの聞き取りはオリヴァーが行うことになったのだ。アルノルトの言っていた通り、オリヴァーはそういったことが得意らしい。

「オリヴァーさま。予定より時間が長引いたのは」

「ああ、そのことでしたら。お尋ねしたかったのは諜報組織の件だったのですが、まずは昔話でお心を解《ほぐ》そうと思っていたところ、想像以上にお話のボリュームがありまして……」

「そ、それはお疲れさまです……」

アルノルトはそれも見越していたのだ。オリヴァーが情報の聞き取りをすることは、これまでに何度もあったことなのかもしれない。

「ですが昔話をお聞かせいただけたお陰で、ディートリヒ殿下がお考えになることの背景もよく分かりました。それと、ディートリヒ殿下のクーデターは失敗するでしょうね」

「ああっ!!　オリヴァー駄目だ!!　その件は秘密だと言っただろう!?」

「ディートリヒ殿下。クーデターの件は察しているので、ちょっと静かにしていただけますか」

「なんだとお!?」

ディートリヒは衝撃を受けているが、ひとまずここは流しておく。アルノルトは完全に、オリヴァーとだけ会話を始めていた。

「細かな点はどうでもいい。それより、目的の情報は吐かせたんだろうな」

「諜報組織らしき存在がディートリヒ殿下に接触したのは、どうやらいまから一年と少し前、昨年の三の月のようですね。リーシェさま、心当たりはおありですか?」

「その一ヶ月後である四の月、特待生であるマリーさまが学院に入学なさっています」

「ディートリヒ殿下の、現在の婚約者となるお方ですね」

マリーの名前が出たことで、ディートリヒの顔色が一気に青くなった。

「待て!　マリーはそんな悪者の仲間なんかではないぞ!!」

「分かっています。マリーさまは恐らく、この一回だけのために利用されたのでしょう。彼女のおうちの困窮を思えば、諜報員として長らく雇われていたとは考えにくいです。本当に諜報の一員なのであれば、十分な報酬が渡されていたはずですから」

それに、ディートリヒへの諜報を目論《もくろ》んだとも思えない。ディートリヒが国政に深く関わっていないことは、他国から見ても明らかだったはずだ。

リーシェの言葉に、オリヴァーも頷いた。

「リーシェさまの意見に同意いたします。諜報組織の目的は、ディートリヒ殿下への諜報などではなく、最初からアルノルト殿下だったのでしょうね」

「マリーさまは学院の入学と、そこで出会う王侯貴族との婚姻を唆された可能性があります。しかし学院に通うご令息たちは、みなさまご婚約者さまがいらっしゃいましたから。婚約破棄という大胆な行動に出る男性は、『組織』が指定しなくとも、必然的におひとりに絞られます」

その場の視線がディートリヒに注がれて、ディートリヒが少し嬉しそうな顔をした。

「マリーさまはディートリヒ殿下に近付いた末、組織に教わった方法で、その時点の婚約者だった私の悪事を偽装したのでしょう。ディートリヒ殿下はそれを信じ、私への断罪を決意なさったはず。ディートリヒ殿下は分かりやすいお方なので、そこまで読まれていた可能性が高いですね」

「…………………」

「アルノルト殿下、そのようなお顔をなさらず……！　こう見えて、正義感の強いお方なのです。見方が一方的で、思い込みが激しいところが難点なのですけれど」

ディートリヒはやっぱり嬉しそうだ。アルノルトは舌打ちをしたが、話を進めることを優先したらしく、何も言わなかった。

「諜報組織の目的は、ディートリヒ殿下の情報や私との婚約破棄そのものではなく、アルノルト殿下をエルミティ国に呼び出すことだと仮定して……」

随分と遠回りな計画にも思える。それでも諜報の仕事において、数年の準備期間が必要なことは日常茶飯事だ。一年少々で済むのであれば、労力の少ない計画と言えたのかもしれない。

「ぐぬぬ……この僕と、何よりも心根が素直で純粋なマリーを利用するとは、謎の組織めえ……！！

だが僕たちは、そんな思惑になど負けないのだ！　最初はマリーにも目的があったのかもしれない。

それでもいまは真実の愛が育まれ……」

「一年前の三の月、エルミティ国の夜会に参加した不審な人物は、ハリル・ラシャの高官を名乗っていたようです」

「おいオリヴァー！　僕の話を聞いてくれるんじゃなかったのか!?」

（ディートリヒ殿下、妙にオリヴァーさまに懐いてるわね……）

さすがはアルノルトが、『この手のことはオリヴァーの得意分野でもある』と言っただけはある。

オリヴァーは、てきぱきと話を進めて行った。

「その人物がディートリヒ殿下に接触し、近い未来にクーデターを起こしてはどうかと助言した。そうですよね？　ディートリヒ殿下」

オリヴァーの念押しに、ディートリヒは渋々頷く。

（砂漠の国ハリル・ラシャ……ザハド王の治める国。だけど、その人物が高官を名乗ったということは、ハリル・ラシャは無関係のはず）

企《たくら》みを持っている人間が、自らの出自を素直に話すはずはない。

ハリル・ラシャは大国だ。現在はガルクハインと友好状態にあるものの、アルノルトが未来で起こす戦争では、ガルクハインに対抗できる武力を持った数少ない国となる。

ガルクハインを陥れたいその敵は、万が一この件が発覚したときに備えて、ガルクハインとハリル・ラシャの関係が悪化するように嘘をついたのだろう。

「そうまでして、アルノルト殿下をエルミティ国に連れ出したかった理由は……」

思い出されるのは、盗賊による帰路での襲撃だ。

馬車が襲われ、騎士たちが負傷して、剣には痺《しび》れ薬が塗られていた。その際に、リーシェが解毒剤を作ったのである。

(……ご自身の騎士には下がるように命じて、アルノルト殿下が自ら剣を交えたのは……襲撃に裏があることを、あの時点で懸念なさっていたからなのね)

アルノルトには、自己犠牲的な考え方の癖がある。ひとりで戦ったことの大きな要因は、その悪癖なのだろう。

しかし、もうひとつの理由として、盗賊が特殊な訓練を積んだ諜報部隊である危険を考慮していたのだ。あの盗賊襲撃の出来事も、すべてアルノルトの警戒した範囲のことだったのだろう。

「エルミティ国とガルクハインを移動するには、人通りが少なくて細い道を通る必要があります。必然的に少人数の隊になり、殿下の護衛はガルクハイン国内よりも大幅に減らされる……」

小国であるエルミティ国が、戦争中にガルクハインに侵略されなかった理由のひとつが、大軍を移動させることが難しかったという点にもある。

ガルクハインにとって、厳しい行軍の果てに得られるものが少ないため、近国にもかかわらず侵略を免れることが出来たのだ。

諜報組織の裏にいる黒幕は、その条件を活用するために、エルミティ国にアルノルトを呼び出そうとした。あのときの森の中のように、敵にとって有利な場所でアルノルトを襲い、アルノルトやガルクハイン国に危害を加える目的だったのかもしれない。

「あのときの盗賊たちは、人を痺れさせる毒を剣に仕込んでいました。……アルノルト殿下がいかにお強くとも、毒や薬を使われてしまえば……」

そんな状況を想像し、ぞっとした。けれども当のアルノルトは、危険など感じていないようだ。

「どうでもいいな。掠《かす》りもしない剣に仕込まれた毒が、一体なんの役に立つ？」

「確かに、アルノルト殿下が盗賊に遅れを取るはずはないのですけれど……!!」

そうはいっても、やはりもう少し周りを頼ってほしいと心から感じた。アルノルトの剣技を信じているのに、こうして不安にもなる気持ちは、我ながら随分と矛盾している。

そしてオリヴァーは、ディートリヒへと改めて尋ねた。

「ディートリヒ殿下に、リーシェさまへの婚約破棄について『助言』を行ったのも、その自称ハリル・ラシャの高官なのですね？」

「う、うむ……。いやっ、唆された訳ではないぞ!!　僕は正義の味方として、愛するマリーのためにだな……」

「うるさい。もう黙れ」

「ひいっ!!」

アルノルトは不快そうに言い捨てたあと、オリヴァーから渡された書類を受け取り、書き綴《つづ》られた文面に目を通し始めた。

リーシェも背伸びをし、その書面を覗《のぞ》き込もうとする。それに気付いたアルノルトが、リーシェにも見やすい位置へと手を下げてくれた。ありがとうございますとお礼を言って、アルノルトと一緒に内容を読み始める。

そんなリーシェたちの周りを、そわそわとディートリヒが回り始めた。

「なあ、アルノルト殿……」

「黙れ。話し掛けるな」

「うわあ！　こ、こうなったらリーシェ……！」

ディートリヒが助けを求めてきた瞬間、アルノルトが心底面倒臭そうな様子で顔を上げた。

「……リーシェに話されるくらいなら、俺が聞く」

「おお！　聞いていただけるのか!!」

ディートリヒがぱあっと顔を輝かせたあと、それから俯いて、言い淀みながらも口を開いた。

「そ、その、オリヴァーに聞いている。僕に甘言を囁《ささや》いてきた悪の組織を捕らえるため、歌姫シルヴィアを囮にするのだろう？」

『シルヴィアが諜報に関わっていたことは、ディートリヒに話さない』と決めていた。オリヴァーが説明したのは、『歌姫シルヴィアは、囮作戦における善意の協力者』という話のはずだ。

「や、やはりだな!!　王太子って格好良いと思わないか！　普通の人よりも当然目立つし、華やかだ！　なにせ王太子だから！」

「何が言いたい……」

「つ、つまり……!!」

ディートリヒは多大な躊躇《ちゆうちよ》をしながらも、やがておずおずと口を開く。

「囮という危険な役割は、か弱き歌姫を選ぶのではなく、僕のように偉大な人物にするべきではないかと言っている……!!」

ディートリヒの言葉に、オリヴァーが驚いたような表情を向けた。

アルノルトは無表情だが、静かにディートリヒを見下ろしている。ディートリヒは、少しだけ発言を後悔するような素振りをみせながらも、思い切ったように続けた。

「やはり、囮なんかになるのは怖いだろう？　歌姫にそれを頼むのは酷だ。それに比べて僕ならば、いつだって覚悟が出来ている!!　なにせ偉大なる王太子だから!!」

「……」

「実はな、おかしいとは思っていた!!　昨日、僕を呼び出したはずの人間が、待ち合わせ場所に来なかったんだ。僕がせっかくローブを着て、格好良い感じで待機していたのに！　そのときから薄々、騙《だま》されているのかもしれないぞーと……い、いや違う、僕とて最初から計算尽くだ！　そう、謎の存在にガルクハインが狙われているからこそ、それを教えに来たというわけだ!!　……だ、だから。必要とあらば、僕が囮になっても構わない……」

思いっ切り震えているのだが、ディートリヒはそう言い切った。

「……ディートリヒ殿下……」

リーシェは、彼の勇気に驚きながらも口を開く。

「──生憎《あいにく》と、ディートリヒ殿下に囮の価値はありません」

「なあっ!?」

きっぱりと言い放てば、ディートリヒががくっと膝をつきそうになりながらこちらを見た。

「何しろ殿下に接触したのは、きっと組織の末端も末端。ディートリヒ殿下を殺して守れる情報は、組織にとってそれくらいのものですから」

「僕の命、そんな程度なのか!?」

ディートリヒは衝撃を受けているが、むしろ喜ばしいことのはずだ。

（だけどシルヴィアは、そうはいかない。子供の頃から組織に関与していて、末端といえども知り過ぎている……）

だからこそ命を狙われる。友人である彼女を、リーシェはどうあっても守りたかった。

「……ディートリヒ殿下、ご安心ください。実は、あなたも確実に危険な目に遭うのです」

「えっ」

「オリヴァーさま」

「はい、ディートリヒ殿下は諜報組織に指示されたようですね。『悪の皇国ガルクハインは、いまのうちに討たなくてはならない。皇太子妃の故国の王子として、皇族に接触してほしい』と。そしてその初日の待ち合わせで、あの劇場が指定されたようです」

「ち、違うぞオリヴァー！　僕はもちろん疑ったさ、果たしてガルクハインが本当に悪の国なのかと！　そしてこの目で確かめるべく、わざわざ王太子自らこの国に来たのだ！」

大慌てしているディートリヒに、リーシェはじとりとした目を向けた。

再会した初日、ディートリヒがアルノルトに悪《あ》しざまな言葉を向けたことを、リーシェはもちろん忘れていない。その視線が突き刺さったのか、ディートリヒはやはりしどろもどろしている。

「ディートリヒ殿下の思惑が、どのようなものであろうと。あなたは諜報組織の思惑通り、私たちに出会った上で、公務中のアルノルト殿下と数日の行動を共にされました」

「え……？　あれ……？　ひょっとして、僕に親切心で公務見学をさせてくれていたわけじゃなかったのか……？」

「組織の目には、ディートリヒ殿下が順調に接触しているように映ったかもしれませんね。――ですがつい先ほど、ディートリヒ殿下が滞在なさっている宿屋まで、アルノルト殿下の近衛隊の馬車がお迎えにあがったはず」

ディートリヒは、そこでぽかんとした顔をした。

「……どういうことだ？」

「つまり。――組織の目には、ディートリヒ殿下が諜報を仕掛けようとし、見事失敗して近衛騎士に連行されたように見えるかと」

「なあああああああああっ!?」

「うるさい。大声を上げるな」

アルノルトが不機嫌そうに言い放つ。だが、ディートリヒがどれほど絶望したところで、状況は覆らないだろう。

「組織はきっと、ディートリヒ殿下がすべてお話しになったことを察したはず。自分たちの存在が、ガルクハイン側に明るみになったと気付いたでしょうね」

愕然《がくぜん》とするディートリヒにはすべてを話さないものの、これで状況は決定的になったのだ。

（シルヴィアの命じられてきた諜報は、世界各国の要人を相手取ったもの。だけどディートリヒ殿下やマリーさまへの接触は、明らかにガルクハインやアルノルト殿下を目的にしているわ）

仮にシルヴィアがガルクハインに囚《とら》われ、何かを話しても、他国に対する他の諜報と同じだとしか思われない可能性が高い。だが、ディートリヒの話す情報は別だ。

（ディートリヒ殿下がすべてを話してしまえば、『諜報組織の裏で糸を引く黒幕に、アルノルト殿下が勘付く可能性もある』と組織側も考えるはず。……実際は、そんなことよりも遥《はる》か前の段階で、アルノルト殿下はお気付きだったのだけれど）

つくづくアルノルトは、さまざまな人の思惑の先にいる。

（今の状況でシルヴィアに尋問をされるのは、組織にとっても絶対に避けたいはず。ここでシルヴィアの口を封じなければ、黒幕に雇われた自分たちの信用問題だし、命が危ないもの）

だからこそ、ディートリヒの口からもガルクハインを狙っている事実が暴露された以上、組織に余力を残している暇などないはずだ。

（組織はきっと、すべての手駒を使ってシルヴィアを殺しにくる。――シルヴィアの唯一の隙である、公演再開日の舞台中に）

改めて、囮役の危険が高い作戦だ。だからこそリーシェは、ひとつの策を講じていた。

（組織だって、シルヴィアがガルクハイン側に何も話していないとは思っていない。それでも、一

刻も早く殺さなくてはならないという心理のはず。……情報の流出を止める、唯一の方法だもの）

「だ、だが……!!」

考え込んでいたリーシェの前で、ディートリヒが自分を奮い立たせるように声を上げた。

「僕が組織に裏切り者扱いされているのなら、なおさら囮作戦には好都合ではないのか！　だ、だだだっ、だから！　……だから僕を、囮に、その……」

震えながら口を開いたディートリヒは、心からの勇気を振り絞っている。

それが分かったからこそ、リーシェはくすっと微笑みを零《こぼ》し、隣のアルノルトの袖を引いた。

「……ね。アルノルト殿下」

名前を呼ぶと、アルノルトは眉根を寄せてリーシェを見下ろす。

「ディートリヒ殿下はこう見えて、正義感が強いところもおありなのですよ」

「おいリーシェ、『こう見えて』とはどういう意味だ!!　そんなこと言ったら取り下げるぞ!?　やらない理由を探すのは得意だぞ、僕は！」

自信満々に主張されるが、それに対しては苦笑いした。

「こんな風に仰っていますけれど。……私を心配してガルクハインに来て下さったというのも、確かに理由のひとつであり、嘘ではないと感じています」

誰かに唆されたという、それだけでは無いはずだ。

「……どうでもいいな。そんなことは」

アルノルトは、やっぱり興味の無さそうな顔でディートリヒを見遣った。

「この男がどんな心持ちであろうとも、考え無しにお前を追放した愚者であることに変わりはないだろう。弁解の余地はなく、その機会も生じない」

「ぐううっ!!」

「それに、この男が自主的に何を言い始めようと無関係だ。この国に来ていまさら姿を見せた以上、余すところなく利用するのは当然だからな」

「り、利用だって?」

ぱちぱち瞬きをしたディートリヒに、アルノルトは告げる。

「お前はどの道、囮計画の歯車のひとつだ。……俺の近衛騎士を劇場に配備する、その表向きの理由として、お前の存在を餌にする」

「……へ……!?」

戸惑ってこちらを見たディートリヒに向けて、リーシェもにっこりと微笑むのだった。

第七章

そうして迎えた、七の月二十九日のこと。

劇団員との調整を重ね、大勢の騎士を配備した上で、『囮作戦《おとり》』の本番である公演の当日を迎えた。先日延期になった歌劇の再演日ということもあり、今日の客席は満員なのだそうだ。

シルヴィアは、舞台裏に作られている楽屋の一室で、少しだけ不安そうな表情をしていた。

「心配しなくても大丈夫よ、シルヴィア」

彼女の傍《そば》についているリーシェは、その手を握ってシルヴィアを元気付ける。

「ありがとうリーシェ。……舞台の上に立つだけで緊張するなんて、一体何年ぶりかしら。ふふ、こういうときこそ、早く衣装に着替えなくちゃね！」

シルヴィアは冗談めかして言いながらも、あまり顔色が良くないようだ。

（平気な顔をしていたって、怖いはずだわ）

この劇団の特徴は、公演開始まで当日の演目が分からないことだ。

囮作戦では、それを利用することにした。

今日の演目では、まず大勢の演者が現れて、歌姫を覆い隠すように舞を踊る。薄闇の中、音楽が鳴り終わったあとに、演者たちが舞台から消えるのだ。

そしてひとりきりになった歌姫を、照明が照らす。

そこからはずっと、歌姫がひとりで歌い切るという歌劇の内容だ。その性質上、上演時間は短いものになるが、恐らくそれほど待つ必要はない。

演目の冒頭、大勢の演者たちが去ったあと、ひとりきりの歌姫が照らされた瞬間が狙われる。なにしろ観客や諜報員《ちょうほういん》たちには、演目の内容は分からないのだ。次の好機がいつになるか読めない以上、彼らはシルヴィアがひとりになった直後に、襲撃を決行するだろう。

囮役を務めるシルヴィアにとって、そんな計画が怖いはずだった。

「シルヴィアには、グートハイルさまがついていて下さるわ」

リーシェが彼女にそう告げると、シルヴィアは寂しげな微笑《ほほえ》みを浮かべた。

「本当にありがとう、リーシェ」

「……シルヴィア？」

「私ね。この計画が上手《うま》くいって、本当に自由になれたなら、グートハイルさまの前から消えるつもりなの」

その言葉に、リーシェは息を呑《の》む。

「どうして？　グートハイルさまはすべてを分かっていても、シルヴィアを守ると仰《おっしゃ》っていたのに」

「……だからこそ」

シルヴィアがそっと微笑んで、リーシェの手を握り返す。彼女の指は、とても冷たかった。

「あの人のお父さまが、機密漏洩《ろうえい》の罪を犯して死刑になったと聞いたとき、とても怖かったの」

グートハイルも言っていた。彼の事情を話した際、シルヴィアは傷付いた顔をしていたのだと。

何も知らなかったときのグートハイルはそれを、シルヴィアが戦災孤児だからだと考えていた。けれど、真意は違ったのだろう。

「お父さまの犯した罪によって、グートハイルさまはずっと傷付いてきたんだもの。……私のような女が近くにいては、グートハイルさまの人生には、もっと深い傷が付いてしまう」

「だけど、シルヴィア」

「あの夜、私の罪が暴かれるんだって覚悟して、だからこそグートハイルさまに来て欲しかった。……自分からあの人に打ち明ける勇気が、私にはどうしても無かったから」

シルヴィアはリーシェから手を離すと、今度はぎゅうっと抱き付いてくる。

「あのとき、私の秘密を代わりに話してくれてありがとう。リーシェ」

「……シルヴィア……」

「今日が終わったら、あの人とはお別れ」

そして彼女はリーシェの顔を見て、やっぱり寂しげな微笑みを浮かべる。

「リーシェにもグートハイルさまにも、迷惑を掛けてばかりだったけれど……見ていて。せめて少しでも役に立てるように、頑張るから」

「……」

「さあ、衣装に着替えなくちゃ！」

努めて明るく振る舞おうとするシルヴィアの手を、リーシェは取る。

「……それでは駄目なの、シルヴィア」

「え？」

そして、まっすぐにシルヴィアを見据え、口を開いた。

「――だって、あなたは」

＊＊＊

夜の七時、ガルクハイン皇都で一番の劇場には、多くの観客が集まっていた。

『この日の警備が手厚いのは、エルミティ国の王太子が外交のために訪れているからだ』という噂《うわさ》が、客席内へ広がっている。とはいえ、手荷物検査はいつも通り形式だけのもので、入場には手間取らずに済んだとみんなが安堵《あんど》していた。

「今日の演目は、どのようなものだろうな」

「やっぱりシルヴィアの歌声が聴きたいわね。先日倒れたときは驚いたけれど、元気になってくれて良かったわ」

「開幕の鐘だ。……幕が上がるぞ」

劇場内の灯《あか》りが消えていき、それに呼応してさざめきが消えていく。

静まり返った劇場で、真紅の緞帳《どんちょう》がするすると上がり始めた。

舞台の上には、鮮やかな桃色のドレスを着た、大勢の女性演者たちが立っている。

灯りの搾られた薄闇の中で、その姿はほのかにしか分からない。けれど、生演奏の音楽が鳴り始めると共に、女性たちが一様に舞い始めた。

幾重ものシフォン地で透き通ったドレスは、彼女たちが舞うたびにひらひらと尾を引く。幻想的な音楽と、体の重みを感じさせない舞い姿に、観客の目は奪われた。

舞の美しさを引き立てているのは、上から落ちてくる花びらだ。雪のようにも見えるその白い花は、ほのかな照明に照らされて、淡く発光しているかのようだった。

舞台の上に降り積もると、女性たちが少し動くたびに巻き上がり、空気の動きに従って舞い散る。

舞の華やかさと、花びらの織りなす繊細な美しさに、観客は息を呑んで見入っていた。

やがて旋律が細くなると共に、大勢の舞い手たちが動きを止める。そのあとで花びらを翻しながら、舞台の袖へと消えていった。

舞台の上に残されたのは、舞い手たちに隠されていた歌姫ただひとりだ。

舞台の真ん中に跪《ひざまず》き、その頭に透き通ったヴェールを被《かぶ》っている。真紅のドレスを身に纏《まと》い、黒い手袋を着けた彼女は、その手を祈るように組んでいた。

美しい歌が始まる瞬間を、観客たちが固唾を呑んで待っている。

白い布を使った照明装置に、大きな火が灯《とも》された。そうして舞台が照らされると共に、歌姫がその腰の剣へと手を伸ばす。

『歌姫と剣』という物珍しさに、観客は僅かに目を見開いた。

そして、次の瞬間だ。

「――……!?」

客席の片隅から、風を切るような音がした。

一本の矢が舞台に迫ってゆく。誰かが歌姫を射《う》ったのだと、観客が理解する暇もない。

歌姫は、剣を素早く抜き去ると、それを迷わず斜めに払った。

「な……」

きん、と短い音がする。

矢が弾《はじ》かれて叩《たた》き落とされるのを、歌姫は当然のように見下ろした。

歌姫の動きに従って、舞台の花びらが舞い上がる。観客のひとりが、耐えかねたように声を上げた。

「なんだ、いまのは……!?」

けれども周囲に睨《にら》まれて、観客は慌てて口を閉ざす。

降りしきる無数の花びらの中で、歌姫は軽やかに剣を振り払うのだ。その瞬間にヴェールが靡《なび》き、その下がほんの一瞬垣間見《かいまみ》えたのを、最前列の観客だけは見逃さなかった。

「珊瑚《さんご》色の、髪……?」

ここにいるのは、本物の歌姫シルヴィアではない。

この状況で、それに気付ける人はいないだろう。ヴェールを左手で払う『歌姫』に見惚《みと》れ、観客はぽかんと口を開けた。

「なんだ？　この演目は」

珊瑚色の髪を隠したその少女は、剣の鋒《きっさき》を客席へと向ける。

優美なのに勇ましく、堂々としたその姿に、観客のひとりがまた呟《つぶや》いた。

「……あれはむしろ、歌姫というよりも、戦の女神のようではないか……」

観客のひとりが呟いたことを、偽物の歌姫は知らないのだ。

珊瑚色の髪をした少女、リーシェはただまっすぐに、敵への宣戦布告を向けていた。

＊＊＊

（……シルヴィアは絶対に、傷付けさせない）

偽物の『歌姫』に成り代わり、身代わりを演じながら、リーシェは集中力を研ぎ澄ましている。

（ここまではすべて狙い通り。シルヴィアがひとりになったと誤認した敵が、迷わずこちらを狙ってきたわ）

歌姫としての衣装は重いが、動きやすい工夫が細部に凝らされている。フリルにはいくつものスリットが入っており、裾捌《さば》きに苦労はしなさそうだった。

ヴェールで顔を隠しているが、リーシェからの視界には支障がない。それよりも、明るい舞台から暗い客席を注視することが、想像の通りに難しかった。

耳を澄まし、殺気に集中する。大勢の観客がいる中でも、矢が風を切るときの特徴的な音や、誰かが人を殺そうとしているときの気配は明白だ。

（――右！）

そう判断すると同時に、リーシェは剣を振った。

鏃《やじり》には当たらなかったものの、篦《やがら》の部分に刃が当たる。弾き飛ばした矢が舞台の下手に滑り、人工花びらが舞い上がった。

（アルノルト殿下に教わった通り。『刃を面にすることを意識し、篦を払って矢を落とす』）

ここ数日、アルノルトに特訓してもらった成果は十分だ。深呼吸をしつつ、緊張を自覚した。

一瞬でも気を抜けば、諜報員の矢はリーシェの左胸を射貫《いぬ》くだろう。相手が手練《てだ》れであることは、狩人《かりゆうど》という名の諜報員だったリーシェにもよく分かる。

（シルヴィアとの入れ替わりが、上手くいってよかったわ。……本当にシルヴィアを囮役にしていたら、間違いなく彼女に怪我《けが》をさせていたもの）

どれほど警備を固めようと、守り切ることは難しい。それが分かっていたからこそ、リーシェはアルノルトとラウルに対し、提案していたのだ。

『囮役を演じるのは、シルヴィアではなく私がやります』

離宮の一室でそう告げると、向かいの椅子に掛けたアルノルトは眉根を寄せた。

『シルヴィアには、彼女自身を囮にすると説明しようかと。……そうでなくては、シルヴィアは計画に賛成してくれません。この囮計画には、シルヴィアや他の役者さんの協力も不可欠ですから』

『……リーシェ』

アルノルトは、苦い表情のままでリーシェを見下ろす。

けれど、リーシェがじっと見つめると、やがて溜《た》め息《いき》をついてからこう言った。

『――分かった。お前の思う通りにすればいい』

『ありがとうございます、アルノルト殿下！』

『いやいや！　ちょっと待ってっておふたりさん！』

変装を解いていたラウルが、慌てた様子で割って入る。

『当然のような顔でなに言ってんだ。あんたが歌姫シルヴィアの身代わりって、そこまで危険を冒す必要はないだろ』

『だって、他に最善の方法が無いんだもの』

『「無いんだもの」じゃなくて！』

ラウルはやれやれと肩を落とし、今度はアルノルトの方を見上げた。

『殿下も殿下だ、あっさり甘やかしていいのかよ。身代わり役なんかやらせて、可愛《かわい》い奥さんに万が一のことがあったらどうするつもり？』

『だから、私はまだアルノルト殿下の奥さんじゃないんだってば……！』

気にするところはそこじゃない、という顔を向けられた。いつも感情を誤魔化すラウルが、ここまで分かりやすい表情をしているのも珍しい。

アルノルトは僅かに眉根を寄せたまま、青色の瞳を伏せて言う。

『……危険が伴うことは、承知の上だ』

それは、呆《あき》れの混じったような声音なのだった。

『その上で、リーシェがこの状況を譲るはずもない。これは、自分が守ると決めたものは、どんな手段を使ってでも守ろうとするからな』

アルノルトはリーシェを見て、その渋面を少しだけ和らげた。

『それくらいは、もう十分に分かっている』

『……！』

向けられたある種の信頼に、リーシェの胸がどきりと高鳴る。

ラウルが先ほど言ったように、これはリーシェへの甘やかしだ。他の誰かが提案しても、アルノルトは絶対にこの案を飲まない。そのことが理解できるからこそ、嬉《うれ》しくなった。

そしてリーシェは今、歌姫の姿で舞台に立ちながら、慎重に剣を振るっている。

（絶対に、守り抜いてみせる）

飛んできた矢を再び弾き飛ばすと、観客のざわめきが大きくなった。

「一体これは、どういう演目なんだ……!?　歌姫シルヴィアに矢が飛んで、それを彼女が剣で防ぐ。その度に、舞台に落ちた花びらが舞って……」

「ええ、とっても綺麗《きれい》……！」

観客たちが音楽に紛れて、隣と密《ひそ》かに感想を交わした。リーシェはそんな会話も耳に入らず、次の攻撃に意識を集中させる。

（客席から矢が飛んでくる度に、近衛《このえ》騎士の皆さまが射手を見付ける算段だもの。そのためにも少しでも多く、私に向けて矢を射らせて――）

アルノルトに学んだことを意識しながら、風を切る音と同時に矢を薙《な》いだ。

斬り弾いて、客席から歓声が沸き上がる。ドレスの裾を掴《つか》んでふわりと捌けば、それに合わせて花が舞うのだ。

（手荷物検査を行うと周知したことで、持ち込まれているはずの武器は最小限。諜報部隊は遠距離が基本だわ、矢が尽きるまでは観客席から狙ってくる……！）

リーシェの大きな役割は、観客席にいる弓兵をすべて炙《あぶ》り出すことだ。

シルヴィアの身代わりとして矢を引きつけ、それをすべてかわして落とす。弓兵の最大の弱点は、攻撃が消耗戦になることだ。

（そして矢が尽きれば、次の動きは——……）

想定通り、舞台に登ってくる敵の姿があった。

黒いローブを纏った男が、隠していたらしき短剣を抜く。舞台の演目だと思い込んでいる観客たちすらも、緊迫感に息を呑んだ。

真横に払われた一撃を、咄嗟《とっさ》に身を屈《かが》めてかわす。だが、そこを狙って矢が迫った。

「っ」

太ももの辺りを狙われて、刃を返しながら鏃を弾く。無意識に呼吸を止め掛けて、乱されてはいけないと吐き出した。

けれども一瞬の隙を突かれる。矢を防ぐ動きの瞬間を、舞台上の敵に狙われたのだ。

剣を持った諜報員が、リーシェにそのまま斬り掛かる。

「……っ」

その瞬間、舞台袖から現れた人物が、リーシェと敵の間に飛び込んだ。彼はその脚を振り上げると、敵のこめかみに鮮やかな回し蹴りを叩き込む。

「ぐあ……っ!?」

悲鳴と共に、舞台下まで敵が吹き飛んだ。

リーシェの眼前で、黒色のマントが翻る。

踵《かかと》が敵に接触したのが不快だったのか、その人物は顔を顰《しか》めた。事前の打ち合わせと異なる動きに、リーシェは小声で彼を呼ぶ。

「アルノルト殿下……!」

アルノルトはリーシェを振り返ると、小さく息をついてから言った。

「怪我は無いな?」

「ありませんが……!　殿下が出てきて下さるのは、もう少し後という手筈《てはず》では?」

アルノルトの体術があまりにも見事で、歓声と拍手が響き渡る。けれども海のような青い瞳は、そんなことに一切の意識を向けない。

「ここまでやれば十分だ」

気が付けば、矢の風を切る音が止《や》んでいる。

何人かの観客が、近衛騎士に捕らえられている光景が見えた。しかし、劇場内に点在していた殺気は、そのすべてが消えたわけではない。

(――来る)

矢の尽きた彼らが、今度は舞台を目指している。

ぴりぴりとした緊張感に、リーシェは剣を握り直した。一方のアルノルトは、視線を下に落とす。

腰に帯びた剣の柄《つか》に手を掛けると、アルノルトがそれを静かに握り込んだ。

そうして、ゆっくりと刃を滑らせるように、剣を鞘《さや》から抜き始める。

「……！」

アルノルトの所作の美しさに、リーシェは思わず息を呑んだ。

彼の姿勢は真《ま》っ直《す》ぐで、重心がまったくぶれていない。どんな位置から斬りかかられても、容易に反応できるだろう。

それでいて、余計な力は入っていなかった。いっそ気怠《けだる》げなほどなのだが、その緩慢さが危うい色気を帯びている。

鞘から現れた黒い刃が、舞台の照明を反射して輝いた。その光がアルノルトの顔を照らし、長い睫毛《まつげ》が強調される。鞘に刃が滑っていくさまは、澱《よど》みがなくて清廉だ。

ただ剣を抜くだけの振る舞いが、あまりにも周囲の目を惹《ひ》き付けてやまない。

これを演目だと思っている観客たちも、舞台上のアルノルトに視線を奪われ、声を発することすら出来なくなっていた。

「………………」

鞘に刃が滑るときの、鈴のように美しい音が止む。

アルノルトが緩やかに瞬《まばた》きをし、切っ先を鞘から抜き払った瞬間、足下の花びらが舞い上がった。

（……きれい……）

どうしても魅入られてしまうものの、すぐに意識は切り替わる。

ローブで姿を隠した十名ほどの敵が、一気に舞台上へと迫って来たのだ。リーシェも剣を構えながら、敵の動きを注視した。

（統率が取れている！　油断が無いわ。アルノルト殿下がお強いのを、向こうも十分に理解した上での陣形……）

アルノルトの強さを読んでいる以上、敵も強い。そんな中、アルノルトが一歩だけ前に出る。

リーシェから見えるのは、アルノルトの後ろ姿だ。ローブの男たちが上がってくるのと同時に、リーシェもアルノルトに並ぼうとした。

けれど、そのときだ。

「――――……」

（っ!?）

アルノルトが、切っ先を滑らせるように振り払う。

真横へ一直線に斬ったのだ。それだけで、先陣だった五人が頽《くずお》れた。

なにが起きたか分からなかったのは、見ていた観客ばかりではない。すぐ傍で見ていたリーシェにすら、あまりの速度で分からなかった。

いっそのこと、音すらしなかったように錯覚する。舞台で舞い上がった花びらだけが、アルノルトが剣を振るった証左のようだ。

（本当に、なんて技巧の剣技なの……!!）

　リーシェは思わず絶句する。考えてみれば、アルノルトが敵と直接剣を交える姿を、味方として目の当たりにするのは初めてだ。

　後に続いた敵たちが、倒れた仲間を見て陣形を変える。動揺することなく、すかさず対応してきた彼らに対し、アルノルトは眉すら動かさない。

　そしてまず、敵の一撃目を弾いた。

　一斉に掛かってきた先陣と違い、この五人は攻撃の体制を変えて来た。アルノルトにひとりが斬りかかり、それを受けている間に別口が動く戦法を選んだようだ。

　だが、そんな作戦も無意味だった。アルノルトはリーシェを背に庇《かば》いながら、難なく敵の剣を受け流す。片手で剣を交差させて敵をいなし、後ろに弾き飛ばした。

　その直後、大柄な敵が襲い掛かってくる。

　アルノルトはここでも表情を変えず、即座に重心を低くして受け止めた。鈍い音と共に剣を弾き、鮮やかにいなしたと思ったら、敵の間合いに踏み込む。

　今度は肩甲骨ごと回すような、力強い振りの剣捌きだ。直後にその足を振り上げて、敵の腹に重い蹴りを叩き込む。

「ぐっ!!」

　濁った悲鳴を上げた敵が、呆気《あっけ》なく舞台の上に沈んだ。十人ほどの敵が沈み込んでいる光景が、わずか数秒で繰り広げられる。

（一瞬で、これだけの人数を動けなくするなんて……！）

敵の策が乱されるまでは、ほんの数手にも満たなかった。すべてに応戦したアルノルトは、最初の立ち位置からほとんど動いていない。

「なあ……！　あの役者、一体いま何をしたんだ……!?」

「し……っ！　いいから黙って観ていよう、公演中だ」

観客たちはこれが本物の戦闘だと知らず、高揚する一方だ。とはいえ敵も、終わりではなかった。

新手が客席のあちこちから現れ、舞台の上に集まってくる。諜報員全員を炙り出すために、敢《あ》えて入場時の規制をしていないのだから、まだまだこの劇場にいるのだろう。

左右から同時に斬りかかられたが、アルノルトは右だけを相手にした。アルノルトが左に反応しなかったのは、出来なかったからではない。

リーシェの剣が、襲ってきた敵の剣を受け止めたからだ。

（真っ向から止めるんじゃなくて、このまま……！）

刃の角度を利用して、敵の一撃を流す。腕力では男性に敵《かな》わない分、相手の力を逆手に取った戦い方を、過去の人生から積み重ねてきたのだ。

リーシェは舞うようにくるりと回り、敵の剣に回転の力を加える。すると手指の構造上、敵は力が入れられなくなり、強く握っていたはずの剣を取り落とした。

「な……っ!?」

その隙を狙って、敵の腹部にごく浅く切り込む。

リーシェとアルノルトの持っている剣には、リーシェの調合した薬が塗られていた。エルミティ国からの道中で襲って来た盗賊が使っていた、あの痺《しび》れ薬と同じものだ。

敵が倒れたのを確認しながら、リーシェは短く息を吐いた。それと同時に、アルノルトがこちらを一瞥《いちべつ》する。

（……アルノルト殿下ほどの腕があれば、私の力なんて必要ない。アルノルト殿下だってきっと、下がっていろと私を叱るはずだわ。だけど、どうしても……）

アルノルトの傍で、一緒に戦いたい。

そんな思いを汲《く》んだかのように、アルノルトが名前を呼んでくれた。

「リーシェ」

「っ」

傍にいるリーシェにしか聞こえない、小さな声だ。

けれども彼は、敵に視線を向けたまま、はっきりとこう口にした。

「――お前は、お前の自由にするといい」

リーシェは僅かに息を呑む。

「……はい！」

そう答えて、ぎゅうっと剣の柄を握り込んだ。

そしてアルノルトの左に立つ。

意図無くそちらを選んだのではなく、アルノルトにとっては唯一の弱点、首筋の傷がある側だ。

「――……」

リーシェが左を選んだその理由を、アルノルトは見透かしたのだろうか。少しだけ驚いた顔のあとに小さく笑って、リーシェに預けてくれたのが分かった。

(……アルノルト殿下は、私をただ甘やかして、守ろうとなさるだけではなくて)

アルノルトの隣に立つことを許され、リーシェに力が湧いてくる。

(必要なところで私を信頼し、預けて下さる――……)

そのことを心から噛《か》み締めて、震えるほどに嬉しかった。

いまごろ客席では、近衛騎士たちが敵を捕らえてくれているはずだ。けれども大多数は『歌姫シルヴィア』の口を封じるため、この舞台を狙ってくるだろう。

少しでも敵を引き付けるため、リーシェは敢えて前に出る。敵にとっては、『ここが唯一の好機』だと、誤認させ続けなければならないのだ。

シルヴィアが諜報員だったことを知る人間を、この劇場からひとりでも逃がせば、シルヴィアの今後に安寧は無い。

(本物のシルヴィアは、グートハイルさまが匿《かくま》って下さっているはず。ディートリヒ殿下のお陰で、賓客警備を名目に配置された近衛騎士の皆さんが、中にいる敵をひとりも逃さない……)

近衛騎士はみんな、アルノルトが直々に鍛えた面々だ。普段はやさしく穏やかな彼らも、戦闘となれば雰囲気が全く違う。

けれども何より心強いのは、傍にアルノルトがいることだった。

リーシェはドレスを翻し、飛び掛かってきた敵の剣を躱《かわ》す。ヴェールを靡かせて身を屈めれば、リーシェの頭上をアルノルトの剣が掠《かす》めた。

リーシェの前にいた敵が倒れ、アルノルトが剣先を返す。舞台の上に手をついたリーシェは、そのままひらりと体を回し、アルノルトの間合いに入ろうとした敵の足を払った。

ぴっと小さな切り傷を走らせれば、刃に塗った痺れ薬が作用する。一連の動作を手早く行い、リーシェが体勢を直そうとすると、アルノルトが手を取って引いてくれた。

裾を直しつつ立ち上がり、ぱっと互いに手を離す。左右から襲って来た敵を、それぞれひとりずつ斬り払った。

敵の悲鳴が響く間もなく、アルノルトと立ち位置を入れ替える。互いに背を向け合うような恰好《かっこう》で、ふわりと回った。

(まるで、殿下とダンスを踊っているかのよう)

劇場には音楽が鳴り続けている。いつかの夜会で、初めてアルノルトと踊ったときを思い出した。

そうこうしているうちに、互いの背中同士がとんっと触れる。リーシェはアルノルトに背中を預けたまま、小さな声で告げた。

「客席に留《とど》まっている敵がいますね。数は二名、恐らくは弓兵」

「こちらを狙っている。敵を盾にしながら動け」

互いに一致したタイミングで、再び襲って来た敵を斬る。

ドレスの裾をたくし上げ、とんっと前に踏み込んで、剣を翳《かざ》しながら考えた。

（アルノルト殿下の動きは、ひとりの剣士として完璧なだけじゃないわ）

リーシェがしたいと思うことを、アルノルトは自然に助けるのだ。彼が多くの敵を斬り、リーシェの視界を開いてくれるからこそ、リーシェは自由に動くことが出来た。

（一緒に戦う味方の士気を上げ、能力を最大限に引き出す指揮官。……戦場で殿下と共にいた騎士は、どれほど心強かったのかしら……）

そしていま、リーシェ自身もその力を感じていた。

アルノルトは圧倒的な強さを持ちながら、リーシェのことを常に尊重してくれる。どのように動きたいのかを汲み取って、理解しようと努めてくれた。そのことで、こんなにも力が湧いてくる。

『──女の子が、剣術を習うだけならまだしも』

不意に過《よ》ぎったのは、子供のころに聞いた母の声だ。

『それで殿方より強くなるのは、非常にはしたない振る舞いなのですよ。手慰みはもう終わりにして、これからは勉学にだけ励みなさい』

リーシェは母にそう言い聞かされて、大好きだった剣術の稽古をやめることになった。

『あなたは王太子妃になるのだから、常に旦那さまのことを支えなければ。自分は前に出ず、旦那さまをお助けするために、後ろで控えているのが望ましいのです』

リーシェ自身のやりたいことよりも、王太子妃になるために生きなくてはいけない。そんな生き方しか与えられず、誕生日にもひとりきりで、ずっと『王太子妃にふさわしく』あるために頑張らなくてはいけなかった。

けれど、リーシェを妃《きさき》にと望んだアルノルトは、リーシェに別の生き方を約束してくれたのだ。

『お前が何か行動を起こそうとし、俺に叶《かな》えられることをねだるのであれば、俺がそれに背くことは決して無い』

アルノルトの隣で剣を振るいながら、リーシェは彼の横顔を見上げる。

『祝うべきものなのであれば、お前が望むだけの祝賀を。……………何が欲しい？』

（誕生日に欲しいものを、とても丁寧に尋ねて下さった）

アルノルトがリーシェに贈ってくれたものは、誕生日でなくともたくさんある。

離宮での暮らしも、薬草を育てるための畑も、自分の望む侍女も。アルノルトにもらった指輪は宝物で、片時も離さず傍にあった。

これ以上、欲しいものなど無いと思っていたのだ。けれど、上手く思いつかなかったリーシェの心に、アルノルトにねだりたいものがひとつ生まれた。

（私からアルノルト殿下に、もうひとつ望んでも良いのなら……）

花びらが、剣戟《けんげき》の舞台で美しく舞う。足元には倒れた敵が増え、場内の殺気が減りつつあった。

（考えるのは後だわ。敵は残り僅か……気がかりなのは、客席のどこかにいる弓兵だけれど）

リーシェが客席に視線を巡らせたとき、特別席《ロイヤル・ボックス》に立ち上がる人影が見えた。

（ディートリヒ殿下？）

この場でのディートリヒの役割は、『他国の王太子が来ている』ということを目立たせ、近衛騎士の多さに説得力を出させることだ。

アルノルトはそれ以外に命じておらず、ディートリヒは座っているだけで良いとされていたはずだ。けれど、リーシェの幼馴染《おさななじみ》である彼は、慌てながら大声で叫ぶのである。

「気を付けろ!! 客席だ、まだ弓兵がふたりいるぞ!!」

(駄目……!! あんな風に叫んでは、見つかることを嫌った弓兵が、ディートリヒ殿下に標的を変えてしまう!!)

案の定、客席の片隅で何かが光る。

弓兵が体の向きを変える際に、弓の側面が照明を反射したのだ。その弓兵が真っ直ぐに、特別席《ロイヤル・ボックス》のディートリヒを狙っている。

ディートリヒも弓兵に気が付いたようで、怯《おび》えた仕草を見せていた。

(どうして!? ディートリヒ殿下、すぐに隠れないと危険なのに……!!)

「何をしているんだ、あの男は……」

アルノルトも苛立《いらだ》ったように声を漏らす。けれどもディートリヒは、近衛騎士に押さえつけられながらも、身を捩《よじ》ってから大声を上げた。

「――弓兵のひとりは、矢を二本つがえているぞ!!」

「!!」

その瞬間、矢が風を切る音がする。

ディートリヒの言葉を聞いたリーシェとアルノルトは、まったく同時に踏み出した。

二本まとめて放たれた矢は、一本のときよりも変則的だ。途中で軌道が綺麗に分かれ、アルノルトとリーシェのそれぞれに襲い掛かる。

（二本だと最初から分かっていれば、対処はどうにでもなる……！！）

そして、迷わずにふたりで矢を落とした。

リーシェはすぐさま顔を上げるが、敵の射手は姿を消している。見れば、彼らは客席の片隅で昏《こん》倒《とう》しており、手摺《てすり》には的を外した矢が突き刺さっていた。

射手の肩や足にも、矢が刺さって揺れている。四階席の片隅に弓を携えた人影を見付けて、リーシェは息をついた。

（ありがとうございます、ディートリヒ殿下。それにラウル……）

客席に隠れた人物の殺気も、これですっかりなくなった。近衛騎士に引き倒されたディートリヒが、何やら抗議の声を上げているようだ。

舞台に三名の敵が上がってくる。これで最後だと分かっているのは、リーシェたちだけではない。

残された彼らは、決死の覚悟を持っていた。

自分たちがここで死んでも、任務を果たすという強い意志だ。強固な殺気が伝わってきて、肌の表面が痺れる。

（この三人は命懸けで、何が何でも私たちを殺すつもりだわ。ここで倒したどの敵よりも、頑《かたく》なな意思を持っている。……だけど）

リーシェは剣を握り直し、彼らの隙を冷静に探った。そして、アルノルトの言っていたことを理解するのだ。

（――ここにいる敵の誰よりも、容易《たやす》く倒せるとすぐに分かる）

自分の命を守ることを、なにひとつ考慮してないからだ。

命を懸けた行動となるだけで、これだけ動きが変わることに驚いた。勢いはあるものの、ひとつひとつの動作に繊細さがない。

どうあってもこちらを斬ろうという、その凄《すさ》まじい剣捌きの裏側に、この状況下では大きすぎる隙が生まれていた。

リーシェはそれを利用して踏み込むと、敵の頬にごく浅い傷を作る。攻撃はそれだけで十分で、すぐに身を返して回避した。

倒れた敵に重なるのは、アルノルトが同じように傷を付けた敵だ。残されたひとりが、標的である『歌姫』姿のリーシェに向け、勢いをつけて斬りかかってきた。その敵を、アルノルトが鮮やかに一閃《いっせん》する。

頽れた敵は、悲鳴のひとつすら上げなかった。

音楽の演奏が大きくなり、観客が固唾を呑んでいる。アルノルトは短く息を吐くと、剣についた僅かな赤色も厭《いと》うように血振るいをし、黒色の剣を鞘におさめた。

白い花びらが、雪のように柔らかく降り落ちる。

そして、一拍を置いたあと。

「……っ、素晴らしい!!」

客席にいたすべての観客たちが、拍手をしながら立ち上がった。

「なんという趣向の演目なんだ……!!　台詞《せりふ》も歌もないというのに、剣技だけでここまで惹き付けられるとは!!」

「瞬きをするのも惜しかったわ！　夢中になりすぎて、時間を忘れちゃった！」

「男性の役者は一体どなたなの？　あんなに美しい男の人は、見たことがないわ！」

アルノルトが、心底面倒くさそうに眉根を寄せる。リーシェは自分も剣をおさめると、アルノルトの傍でつんと袖を引いた。

「アルノルト殿下。どうやら観客の皆さまは、舞台の出し物だと思っていらっしゃるようです」

「この状況でか？　冗談だろう」

「お芝居だと最初に思い込めば、何が起きても演出に見えるものですよ。観客の皆さまが動揺なさる想定でしたから、すべてが終わってから説明する予定だったものの……」

観客たちは誰ひとり怯えた様子はない。立ち上がり、興奮気味の表情で拍手をしてくれている。

「演目ということにすれば、誤魔化せるかもしれません。ということで、演じ切りましょう」

「演じる？」

「はい。なにか演目の終わりのような振る舞いをすれば、自然に舞台を去ることが出来ます」

照明が落ちたあとは、倒れた敵を騎士たちが回収してくれる手筈になっている。斬られた役が暗闇に紛れ、舞台袖に退場することは、演劇や歌劇では日常的な演出だ。

「クライマックスといえば、そうですね……。たとえば主役たちが抱擁を交わして、永遠の愛を誓い合う……という訳には、いかないので」

ここはふたりで手を繋《つな》ぎ、客席に一礼をするのが確実だろうか。

リーシェがそんな提案をする前に、アルノルトが溜め息をつく。

「――わかった」

「へ？」

そしてアルノルトは、リーシェの腰を両手で掴んだ。

かと思えば、ふわりとリーシェの体が浮く。アルノルトがリーシェを抱き、掲げるように持ち上げたのだ。その状況を理解した瞬間、リーシェは頰が一気に熱くなった。

「でっ、で、殿下……!!」

抗議しようとするも、下手に動くと重心を崩す。咄嗟に伸ばしてしまった手は、アルノルトの肩口に置くしかない。

アルノルトに抱き上げられたリーシェの姿に、観客たちは惜しみない喝采を送った。『演目』を貫き通せそうで何よりだが、この状況はあまりにも恥ずかしい。

アルノルトはリーシェを見上げると、その動揺を見透かしたように笑うのだ。

「……先ほどまで冷静に敵を倒していた人間と、同一人物には思えないな」

「〜〜〜〜っ!!」

真っ赤になってしまったであろう顔が、ヴェールで隠せていて本当によかった。

アルノルトはリーシェを舞台に降ろすと、手を取って甲にキスをした。観客は再び沸くが、アルノルトは表情を変えることもなく、リーシェの方に手を伸ばす。

「行くぞ。……ここまでやれば、十分だろう」

「うぐう……!!」

悔しいが反論はやめておく。リーシェがアルノルトの手を取ると、拍手の音が再び膨れ上がった。

アルノルトに手を引かれ、やっとの思いで舞台を去る。

板の上に散った白い花びらが、花嵐のように揺れていた。照明が消えたあとも、しばらくのあいだ拍手は止まず、それを聞きながら気まずい気持ちになる。

（でも、何とかなってよかった。それもこれも、アルノルト殿下が居て下さったからこそ……）

そんな風に思いながら、暗い舞台袖の階段を下りる。そして、リーシェが危なくないように導いてくれるアルノルトのことを、リーシェはじっと見つめるのだ。

そのまま舞台裏に降り切ると、思わぬ人物に名前を呼ばれた。

「……っ、リーシェ!!」

「シルヴィア!?　どうしてここに……」

彼女が劇場内にいるのは、計画と随分違っている。開演前、リーシェはまだ着替えていないシルヴィアに向けて、嘘《うそ》の作戦変更を話していたのだ。

『せめて少しでも役に立てるように、頑張るから。——さあ、衣装に着替えなくちゃ！』

『それでは駄目なの、シルヴィア』

『……え？』

『だってあなたは、いまからグートハイルさまと一緒に、劇場の外に逃げてもらうから』

驚いているシルヴィアに向けて、リーシェは嘘の作戦を説明した。

『作戦に参加する騎士さまの中に、敵の諜報員が紛れていてはいけないでしょう？　だから、大々的に打った計画とは別に、シルヴィアは遠くに逃げて』

『でも……それじゃあ、作戦の囮はどうするの？』

『舞台の上には、誰も立たないわ。囮なんて、戦いの経験がある女の人にしかさせられないもの』

そう言うと、シルヴィアは何か引っかかった表情をしながらも、やがて頷《うなず》いたのだ。

リーシェが囮になると話せば、シルヴィアはそれを心配して作戦への協力を拒むだろう。諜報部隊にシルヴィアがここにいると信じさせなければ、囮計画は上手く行かない。

そう思って嘘をついたのだから、シルヴィアがここにいるはずもないのだった。

「グートハイルさま。シルヴィアは、城内へ秘密裏にお連れ下さる予定では……！」

「申し訳ございません、リーシェさま。その……」

言い淀《よど》んだグートハイルに対し、リーシェの後ろに立ったアルノルトが口を開く。

「俺が命じた」

「アルノルト殿下が……？」

なんでもない表情で、アルノルトは淡々と説明した。

「下手に劇場を出て移動させるよりも、ここに留まらせた方が安全な可能性が高いだろう」

「そ、それはその通りなのですが……！」

たとえ変装していても、開演間際の劇場から出て行く人がいるのは不自然だ。アルノルトは、そのことを懸念したのだろう。

「……殿下のお考えは分かります。ですが、私に教えて下さっていてもよかったのでは」

「護衛対象が劇場内に残っていると知れば、お前が心を砕くだろう」

確かに図星だったので、リーシェはますます何も言えなくなった。

剣で矢を弾くという戦い方は、リーシェにとっても初めてのものだ。集中力が少しでも損なわれていたら、上手く行かなかった可能性はある。アルノルトは、リーシェの安全を少しでも担保するために、最後の最後でリーシェを騙《だま》すことにしたのだろう。

「……まだまだ未熟ですね。殿下に信頼していただくには、もっと強くならなくては……」

「そういう話ではない」

アルノルトは小さく息をつくと、リーシェが顔に掛けていたヴェールを上げ、真っ直ぐに瞳を見詰めて言った。

「……お前を案じた。それだけだ」

「……！」

再び頬が火照りそうになったので、ふるふると頭を振ってヴェールで隠す。

だが、騙されたことに不満があるのは、もちろんリーシェだけでは無い。

「私は怒っているわ、リーシェ！」

「……シルヴィア……」

そう声を上げたシルヴィアは、先ほどまでずっと泣いていたのだろう。綺麗な睫毛が濡《ぬ》れていて、目は真っ赤だ。

「今日になって突然作戦が変わるし、リーシェとグートハイルさまは別々の作戦を伝えて来るし!! 劇場の地下に隠れていようと言われていたら、なんだか様子がおかしいし、グートハイルさまは出して下さらないし!!」

「ご、ごめんねシルヴィア……！ びっくりしたし、怖かったわよね」

「一番怖かったのは、リーシェが囮になっているのかもしれないって気付いた瞬間だわ!!」

どうやらグートハイルが話したのではなく、シルヴィアが自分で辿《たど》り着いた答えらしい。グートハイルはおろおろとした様子で、リーシェにしがみついたシルヴィアを心配している。

「申し訳ありません、シルヴィア殿、リーシェさま。自分が上手く誤魔化すなり、シルヴィア殿が安心するような説明を出来ればよかったのですが……」

「グートハイルさまはずっと、『リーシェの所に行く』って泣いている私を宥《なだ》めながら、ポカポカ殴られて下さったんだからね!!」

「そ、そのことならば！ 全く痛みは無かったので、何も問題はありません！」

リーシェたちが話している傍らで、アルノルトがオリヴァーに指示を出し始めた。

こうしている間にも近衛騎士たちが、どんどん敵の諜報部隊を運び込んでいる。なにぶん人数が多いのだが、痺れ薬を使っているので、すぐに捕縛をしなくとも安心だ。

「シルヴィア、嘘をついて本当にごめんなさい。危ない目に遭ってほしくなかったの」

「私だって！ リーシェに少しでも、危ない目に遭ってほしくなかったわ！」

シルヴィアはぎゅうぎゅうとリーシェに抱き着いたまま、涙声で言った。

「ごめんねリーシェ。……私の所為《せい》で、こんなに迷惑を掛けて。本当にごめんなさい……」

リーシェはシルヴィアを抱き締め返して、「ううん」と首を横に振る。

「友達の助けになれたなら、それだけで嬉しいわ」

「……っ！」

シルヴィアは息をついたあと、恐る恐る口にした。

「リーシェが無事で、本当によかった……」

そう言って、ゆっくりと腕の力を緩める。

「グートハイルさまも、怒ってごめんなさい。すべて私を守るために、して下さったことなのに」

「……的確な判断をなさったのは、私ではなくアルノルト殿下ですから。それに、私もあなたが無事であれば、それで構わない」

グートハイルが微笑むと、シルヴィアが耳の先まで赤くなる。それを見たグートハイルは、世界で一番大切なものを見るかのような目を向けたあと、真っ直ぐにある人物の方へと歩き始めた。

「アルノルト殿下」

名前を呼ばれたアルノルトが、オリヴァーへの指示を中断する。

アルノルトが視線で合図をすると、オリヴァーは心得たように一礼し、舞台裏から出て行った。

面倒臭そうな溜め息をついたアルノルトに対し、グートハイルが告げる。

「この度アルノルト殿下にご指導いただいたことを、私は生涯忘れません。……守るために命を捧《ささ》げて戦うのではなく、最後まで生き抜く覚悟で守り続ける。その大切さを知ると共に、難しさも痛感する次第です」

そしてグートハイルは、アルノルトの前に跪いた。

「己の未熟も、不甲斐《ふがい》なさもすべて承知いたしております。その上で、国という大きなものではなく、まずは目の前の大切な人を守り抜ける騎士になるため」

深く頭を下げたのちに、グートハイルがアルノルトを見上げた。

「──私を、あなたの臣下に加えていただけないでしょうか」

グートハイルの申し出に、リーシェは息を呑む。

リーシェの知っている未来において、グートハイルはアルノルトの忠実な臣下だ。戦争による侵略を行うために、各地で軍勢を指揮して戦う。

グートハイルの功績によって、いくつもの国が落とされるのだった。

(グートハイルさまがアルノルト殿下の騎士になれば、未来の状況に近付いてしまう……)

つい先日までは、そのことを恐ろしく思っていた。

けれどもいまは固唾を呑み、アルノルトが頷くのを祈っている。彼の望みが叶い、アルノルトの騎士として、実力にふさわしい評価が与えられることを心から願った。

アルノルトは眉根を寄せ、忌々しそうにグートハイルを見下ろした。

「立て」

「……っ」

冷たく威圧するような声音だが、グートハイルに引き下がる様子は無い。

「何度でも頭を下げさせていただきます。認めていただけるまで、私は……」

「いいから立てと言っている」

そしてアルノルトは渋面のまま、溜め息をついたあとでこう告げるのだ。

「その礼は、忠誠対象に首を捧げるために取る姿勢だ。必然的に隙が多く、襲撃されてもすぐには動けない」

「……アルノルト殿下……？」

「聞こえたのならすぐにやめろ。──これは、俺の近衛騎士全員に告げていることだ」

アルノルトの透き通った瞳が、真っ直ぐにグートハイルを見据えている。

「──俺の騎士を名乗る以上、これからはその姿を安易に晒《さら》すな」

「……っ」

グートハイルは急いで立ち上がると、今度はアルノルトに深く一礼した。

「ありがとう、ございます……!!」

「グートハイルさま!!」

「!!」

シルヴィアが大きな声を上げ、グートハイルにぎゅうっと抱き着いた。

たじろいだグートハイルが、それでもしっかりシルヴィアを抱き止める。シルヴィアは、今度は先ほどまでと違う泣き声で、グートハイルを祝福した。

「おめでとう……!!　これできっとあなたの願いが、騎士としての第一歩が叶うのね！」

「シルヴィア殿……」

「あなたはこれから、お父さまの罪に関係なく、あなたの素晴らしさだけで評価されるんだわ」

シルヴィアがそんな風に言えば、グートハイルがはっとしたように目を見開く。

「そのことが、すごく嬉しい……！」

「……私は、そんなことよりも」

グートハイルは苦笑したあと、シルヴィアを改めて抱き締める。

「その事実を、私以上に喜んで下さるあなたの存在が、何よりも嬉しく愛《いと》おしいです」

（……良かった）

リーシェはほっと息をつく。

シルヴィアはきっと、『グートハイルの前から消える』なんて、そんな風には言わなくなるだろう。そのことを確かめたわけではないけれど、グートハイルへ懸命に抱き着いている姿を見ていれば、そんな未来がはっきりと見える。

（グートハイルさまが変化して、それをアルノルト殿下が認めて下さったお陰だわ）

嬉しくて、リーシェはアルノルトの傍に行く。そして、彼の袖をきゅうっと握り締めた。

「……なんだ？」

「ふふっ」

堪《こら》え切れずに笑ったら、アルノルトは少し怪訝《けげん》そうにする。

（私の知っている未来の通り、グートハイルさまはアルノルト殿下の騎士になった。……だけどきっと、少しずつでも変わっていけば、あんな未来は回避できるはず）

リーシェは心からそう思う。

けれども口にはしないでいると、アルノルトが諦めたように息をついた。そして、袖を握り締めているリーシェの手を、子供をあやすように弱く握る。

「ひゃ……」

指同士を甘く絡めるようなその仕草に、左胸が大きな鼓動を打った。

「……後片付けを指示する必要がある。お前は着替えて待っていろ」

（……さっき分かった『欲しいもの』を、殿下に早くお伝えしたい気もするけれど……）

けれど、それを話すのはこの後だ。

アルノルトの言う通り、作戦はこれで終わりではない。運び込まれた敵が増えてきたし、劇場内はまだ落ち着かない様子だ。オリヴァーが先ほど退室したが、彼も手が足りていないだろう。

「私もお手伝いいたします、アルノルト殿下」

リーシェは笑い、ひとまず被っていたヴェールだけ外すと、アルノルトと一緒に行動を始めるのだった。

＊＊＊

「……まったく、あの人間離れ夫婦め」

大興奮に包まれた劇場の片隅で、ラウルはぽそりと呟いた。

「無茶苦茶な作戦を立ててくれる。普通、諜報組織に切り捨てられた色仕掛け要員《エージェント》を助けるために、未来の皇太子妃と皇太子殿が出てくるかね」

観客の目に触れないよう弓を仕舞い、ローブのフードを脱いで、四階の手摺に頬杖《ほおづえ》をつく。

劇場の外を見張らせた配下から、『外に逃げた諜報員はいない』と報告を受けていたが、念のためもう少しは監視が必要だろう。

「まあ、これで『アルノルト殿下』の欲する情報も集まりやすくなる。奥さんの我《わ》が儘《まま》に振り回されているふりをしながら、どこまで計算尽くなんだか」

そしてラウルは、誰も立っていない舞台を見つめるのだ。

「……まあ、それくらいの人間でなけりゃ、俺にあんなことを命じて来ないか」

ともあれ今回は、よく働いた。

自分をそう褒め称《たた》えつつ、ラウルは小さくあくびをして、誰にも気付かれないうちに劇場を去るのだった。

エピローグ

王立劇場の屋上には、小さな庭園が造られている。

下からは見えない秘密の場所で、貴族や皇族のみが立ち入れるのだそうだ。満月前夜の月明かりの中で、ランプがなくても十分に明るい。木椅子に腰を下ろしたリーシェは、ひとりその場所で休んでいた。

夏の夜風が、珊瑚《さんご》色をしたリーシェの髪をなびかせている。

たくさん動いたあとだから、吹き抜ける風が心地いい。油断をすれば微睡《まどろ》んでしまいそうだ。

うたた寝をせずに済んだのは、誰かがやってきたからである。

「アルノルト殿下」

「……終わったぞ」

屋上の扉から、アルノルトがひとりで歩いて来た。彼は、リーシェが眠そうな様子を見て頬に触れてくる。

「本当に、何処《どこ》にも怪我《けが》はしていないんだな?」

「……もう。殿下」

リーシェは少し拗ねた声音で言った。

「お片付け中に私と擦れ違う度、何度もお確かめになったでしょう……?」

頬も手もアルノルトに触れられて、検分された後である。アルノルトは小さく息を吐いた。

「もう少し、ここで休むか？」

「んん……」

劇場内の後片付けは、想像通りに大変だったのだ。

観客を素直に帰らせるのも諜報部隊《ちようほう》を捕縛するのも、その護送準備にも時間が掛かった。リーシェもあちこち手伝った結果、座る時間もない。出来ることがなくなり、どこかでアルノルトを待っているように言われても、借りたドレスを着替える場所すらなかった。

その結果、シルヴィアに借りた歌姫姿のドレスのまま、ひとり星空を眺めていたのだ。

「殿下もお隣に座って下さい」

アルノルトは仕方なさそうな表情のあと、リーシェの横に腰を下ろしてくれる。嬉《うれ》しくてふにゃりと笑ったら、彼は小さく息をついた。

「あの男が、お前に何か喧《やかま》しく言っていたと耳にしたが」

「ディートリヒ殿下のことですか？」

リーシェはことんと首を傾《かし》げ、先ほどのやりとりを思い出す。

後片付けの際、リーシェは特別席《ロイヤル・ボックス》の方に向かい、ディートリヒにお礼を言ったのだ。今回の計画に協力してくれた件や、弓兵の矢について教えてくれたことの感謝を伝えた。

『まったくだ、僕の勇敢さは表彰ものだぞ!? 僕がいなければふたりとも、凄《すご》く危なかったに違いない！　身を挺《てい》して人を守った勇敢な王太子、それこそが僕なのだ!!　ははは!!』

最初はいつもの調子だったが、やがてディートリヒは咳払《せきばら》いをすると、幾分真剣な声で言った。

『「夫として素晴らしいかを証明する」という件だが。……アルノルト殿が、お前をとても尊重し、大切にしようとしていることは多少分かった。多少はな』

『ディートリヒ殿下……』

『だが!! 本当にお前を大切にするなら、危険な目に遭わせないのが道理ではないか!? やはりリーシェ、この結婚は考え直した方が……』

『いいえ、ディートリヒ殿下』

ディートリヒの言葉に、リーシェは微笑《ほほえ》んで言葉を返した。

『私は、アルノルト殿下が私の想《おも》いを尊重して下さることがとても嬉しいのです。私が危なくないようにと、守って下さっているのを感じて……もっと強くならなければと、そう思うほどに』

そう言うと、ディートリヒはむぐむぐと口を動かしたあと、やがて絞り出すようにこう言った。

『……認めよう』

『え……』

『アルノルト・ハイン殿は、人間としての幸福は捨てているように見える。だが、お前を幸福にする心意気はあるようだな!! この僕がそう判断したんだぞ、喜べリーシェ!!』

（……ディートリヒ殿下が、ご自身の前言をきちんと撤回した上で、他の方を認めるなんて……）

それは、リーシェと婚約破棄をする以前ならば、とても考えられなかったことだ。

この国に来て、同じ太子の身分であるアルノルトを見たことで、なにか心境が変わったのだろうか。あるいは、マリーが一生懸命に頑張ってくれた結果なのかもしれない。

（この調子なら、今回の人生でのディートリヒ殿下は、クーデターなんて目論《もくろ》みそうもないわね）

そう思い、くすっと笑った。

とはいえどの道、ディートリヒにクーデターを唆した存在は発覚している。ガルクハインを狙い、アルノルトを狙っていたその存在は、今後エルミティ国を利用する気も無いだろう。

ディートリヒが革命を起こさないのは、これまでの人生でも初めてのことだ。

これまでのリーシェの心の中には、『故国を捨てた』という罪悪感が確かにあった。その心残りが、いまではすっかり消えているのを感じる。

『……ありがとうございます。ディートリヒ殿下』

リーシェがお礼を言った意味を、ディートリヒは知る由もないだろう。けれど、それで良いのだ。

『もっとも、赤の他人であるディートリヒ殿下に婚姻の許可をいただく必要性は、これっぽっちも無いのですが』

『うぐう!!　お前、やっぱり以前より毒舌になっていないか!?』

リーシェがくすくすと笑っていると、ディートリヒは複雑そうに口を開いた。

『お前に婚約破棄を言い渡した日。お前の人生に、僕の存在は必要ないと言っていたな』

確かに伝えたことだったが、リーシェはこの機会に補足する。

『同じくらい、ディートリヒ殿下の人生に私の存在が不要なことも感じていますよ』

『なんだって?』

『幼い頃から私たち、周囲の大人によく言われていましたよね。私がしっかりして、ディートリヒ殿下を支えないと駄目、と』

そのことを思い出したのか、ディートリヒが僅かに俯《うつむ》く。

『ですが、そうではないでしょう？　ディートリヒ殿下は、本当にやれば出来るお方なのですから。……私がいなくても、大丈夫』

そう言うと、ディートリヒが大きく目を見開いた。

これまでの六回の人生、そのすべてで置き去りにしてきたものを、ようやく晴らすことが出来たかのような心境だ。

（商人、薬師、錬金術師。侍女や狩人、騎士としての人生だけでなく……『公爵令嬢』として、故国で過ごしてきた日々だって、掛け替えのない私の人生だもの）

いうなれば、『公爵令嬢人生』の心残りから、ようやく手を離せたような気がした。

そんな清々しい気持ちのリーシェに、ディートリヒがくしゃりと顔を歪《ゆが》める。

『き……、聞きたかったのは、そういう話ではないんだ!!』

『ディートリヒ殿下？　もしかして、泣いていらっしゃいますか？』

『僕は王太子だぞ!?　そんな立派な人間が、人前で泣くはずはない!!　ぐす……っ、それより！』

そして彼は、リーシェを指さして尋ねるのだ。

『アルノルト・ハイン殿は、お前の人生に必要な存在なのか!?』

『――――……』

リーシェはひとつ瞬《まばた》きをする。そして、ディートリヒにこう伝えた。

『ディートリヒ殿下。人を指さしてはいけません』

『だああっ、そうじゃない!!』

先ほどまでのやりとりを思い出して、リーシェは笑う。すると、隣に座ったアルノルトが、怪訝《けげん》そうにリーシェを見た。

「なんでもありません、アルノルト殿下。……ディートリヒ殿下とは、お互いに今後の人生への激励を送り合ったのです」

リーシェは微笑んでアルノルトを見上げた。ちょうど、そのときのことだ。

「……あ」

遠くに見える教会から、鐘の音がひとつだけ鳴り響いた。

あの教会は時計塔の役割もある。決められた時間に鐘を鳴らし、人々に時間を知らせるのだ。

そしていま街に響いたのは、深夜零時の鐘だった。

「……誕生日だな」

アルノルトに言われて、リーシェは頷《うなず》く。

日付が変わった。七の月の三十日である今日は、リーシェが生まれた日なのである。

十六歳の誕生日だ。

リーシェにとっては、これが七度目の経験になる。それを知らないアルノルトはこう言った。

「俺は、人の生まれた日を祝福したことなど一度もない」

「……殿下」

「だから、お前の望むものを言え」

アルノルトはまるで戯れるかのように、リーシェの付けた耳飾りに指で触れる。

「欲しいものは、決まったか?」

「……」

もう一度こくんと頷くと、アルノルトが興味深そうに目を細めた。

「私は」

透き通った青色の瞳を見つめて、リーシェは口を開く。

「子供のころからずっと、欲しかったものがあったのです」

いつもより緩やかに話すリーシェのことを、アルノルトは待っていてくれる。

それに甘えながらもひとつずつ、心根の中にあるものを言葉にした。

「公爵令嬢としての私でもなく、王太子妃としての私でもなく。私という人間の、その本質を大切にして、自由に生きていくことに憧れていました。――そしてアルノルト殿下は、何よりもそれを尊重して下さいます」

そのことを、リーシェは心から感じている。

「私を制御して閉じ込めるのではなくて。たくさんの心配もお気遣いも下さった上で、最後には私を信じていただける。……私が、自分の望みを叶《かな》えるための自由を許し、足りないところにはご自身の手を貸して下さる……」

アルノルトは、『望むものはなんでも叶えてやる』と約束してくれた。

求婚時の誓いを守るという、それ故の律義さだけではない。そしてその誓約のために、ただリーシェに与えるだけでもない。

心底リーシェを労《いた》わって、リーシェのために願いを叶えてくれるのだ。

「あなたの妃《きさき》になれることが、いまの私にはとてもうれしい」

「…………」

アルノルトが、ほんのわずかに目をみはった。

「アルノルト殿下の妃として、婚姻の儀をつつがなく果たしたいと思います。あなたに恥じず、胸を張って皇太子妃だと名乗れるように」

「……誰が何と言おうと、お前は俺の妻だ。その事実は覆りようもない」

「それでも、私が嫌なのです」

この先の懇願を告げるのは、リーシェにとって勇気のいることだった。

「ですから、アルノルト殿下」

リーシェの耳飾りに触れていたアルノルトの手を取り、上から包むようにぎゅうっと握る。

「誓いのキスの、練習をさせてください」

「……なに？」

緊張に、声が震えてしまいそうだった。

「誕生日の、祝福の贈り物として」

恥ずかしさと、それでも欲しいという気持ちが重なる。
リーシェは上目遣いにアルノルトを見上げ、懇願した。

「……私に、口付けをしていただけませんか……？」

「――――……」

アルノルトのこんなに素直に驚いた顔を、リーシェは初めて見たかもしれない。

「……リーシェ」

「……っ」

アルノルトに何か言われる前に、慌てて彼の言葉を遮った。

「はしたないお願いで、申し訳ありません……！」

アルノルトの服の袖を掴《つか》み、きゅうっと握り締める。

「どうしても、上手に出来る自信がなくて。ご迷惑なのは分かっているのですが……」

「……そういう、ことではない」

絞り出すような掠《かす》れた声だ。

アルノルトはますます渋面を作り、リーシェを労わるように肩へと触れた。

「こんなに震えているくせに、何を言う」

緊張し、体が強張《こわば》っている自覚はある。けれど、アルノルトが慮《おもんぱか》るような理由ではなかった。

「これは、嫌なのでも怖いのでもなくて……」

そう告げてから、自分でもそのことを不思議に思う。

求婚された直後はアルノルトを警戒し、指一本触れないようにと約束してもらったくらいなのだ。

そこからやがて、手袋越しならば問題ないと伝え、いつしかそのまま触れられるようになった。

もちろん今も、アルノルトにやさしく触れられると、ひどく緊張して頬が火照る。

だが、それを嫌だと感じたことは一度もない。礼拝堂で初めて口付けをされたときも、嫌悪感や恐怖心はどこにもなかった。

ただただ、左胸が苦しくなっただけだ。

「……ごめんなさい」

リーシェは反省し、そっと俯く。

「いくらなんでも、お嫌でしたよね。わ、わがままを……！」

あのときはきっとアルノルトだって、何か思惑があっての行動だったのだ。

それなのに口付けをねだるのは、許されたことではない。冷静になろうと立ち上がったリーシェの手を、アルノルトが掴む。

アルノルトは、重苦しい溜《た》め息《いき》をついてから口を開いた。

「……迷惑なわけではないと、そう言った」

「……え……」

顔を上げると、向かい合わせに立った彼は眉間に皺《しわ》を寄せている。

その渋面は、嫌なのではないだろうか。アルノルトは諦めたように目を閉じたあと、顔を上げてからリーシェの髪に触れる。

その指がリーシェの横髪を梳《す》き、やさしく耳に掛けてくれた。

（あ……）

これから何をされるのかすぐに分かり、心臓が跳ねる。

「……っ」

赤い顔を見られるのが恥ずかしい。けれどアルノルトはリーシェの顎《おとがい》をすくい、リーシェを上向かせるのだ。

（世界で一番の芸術品みたいに、綺麗《きれい》なお顔……）

青い瞳も長い睫毛《まつげ》も、見る者のまなざしを奪って離さない。そんな魔力を持っているのに、リーシェを真《ま》っ直《す》ぐに見つめるのだから困る。

挙句にアルノルトは、その親指でリーシェのくちびるをなぞるのだ。

口付けの練習の、さらに練習であるかのような触れ方だった。

くすぐったくてたまらずに、リーシェは小さな吐息を吐き出す。

「……目は瞑《つむ》れ」

「で、でも……」

何かを話そうとすると、それだけで心臓が早鐘を打った。

「見ていたいのは、駄目ですか……？」

「……」

青色をしたアルノルトの瞳は、満月前夜の月明かりに透き通っている。海のようで美しい双眸《そうぼう》に、リーシェの姿が映り込んでいた。

彼はその目を緩やかに細め、リーシェをあやす。

「したいのは、婚姻の儀の練習なんだろう？」

「う……」

仕方のない子供に向けて、やさしく言い聞かせるような紡ぎ方だ。

婚儀では確かに目を瞑る。儀式としての口付けは、しきたりが細やかに決められているのだ。

とはいえ、せっかくであればすべてを知りたいという好奇心もあった。アルノルトは、それを見透かしたのだろう。

「ほら。閉じろ」

「ん……っ」

そう言って、リーシェの瞼《まぶた》に柔らかなキスを落としてくる。睫毛の傍《そば》にくちびるで触れられて、反射的にぎゅうっと目を閉じた。

「……それでいい」

瞑目《めいもく》するだけで褒めてくれるだなんて、アルノルトは世界一リーシェに甘い。

とはいえ、アルノルトが我《わ》が儘《まま》をすべて聞いてくれるのかは不安でもあった。

（瞼にキスで終わりと言われてしまったら、どうしよう……）

そんな風に心の中で考えたあと、恐る恐る目を開ける。

「……！」

注がれていたのは、とても真摯なまなざしだ。

（アルノルト殿下は、私の願いを叶えてくださる。……絶対に……）

実感して、くらくらと眩暈《めまい》すらしそうだった。

リーシェは、アルノルトの胸の辺りのシャツを握り込む。自分から口付けをねだっておいて、我ながらひどい有り様だ。

「無理をする必要は無いんだぞ」

ふるっと首を横に振り、目を開ける。

「……やめないで」

リーシェはどうしても、アルノルトにキスをして欲しい。

アルノルトを見上げながら、小さな声でねだった。

「おねがい、殿下……」

「…………」

すると、もう少しだけ上を向かされた。

今度は自然に目を閉じる。反対の手で腰を抱き寄せられ、アルノルトの顔がゆっくりと近付いた。

「――……」

互いのくちびるが、確かに重なる。

アルノルトの触れ方は優しくて、どこまでもリーシェを甘やかすかのようだ。

そのことを実感した瞬間に、左胸がやっぱり苦しくなった。けれども決してそれだけではなく、泣きたいくらいの温かさが、とくとくと心音を速めてゆく。

触れていたのは数秒ほどで、離れると視線が重なった。

間近に見上げたアルノルトも、どこか苦しそうな表情をしている。

「……満足したか？」

「……っ、まだ……」

頭がなんだかぼんやりして、立っていられなくなりそうだった。くちびるが重なったときの感覚さえも、気を抜けばすぐに霞《かす》んでしまいそうだ。

「一度では全部、覚えられなかったので」

「……」

忘れたくない。

これっきりの機会であれば、もっと教えて欲しい。

アルノルトのシャツを小さく引っ張ると、彼はぐっと眉根を寄せる。

「お嫌でなければ、もう一回――……っ、ん……！」

今度はどこか強引で、びっくりした。

噛《か》みつくように重ねられる口付けは、どこかで覚えがあるような気がする。これはきっと、以前リーシェが首筋に毒を受けた際、アルノルトがそれを吸い出してくれたときの記憶だ。

「っ、ふ……」

くちびる同士を当て、重ねるだけのキスだった。

それでもリーシェの腰を抱き寄せたアルノルトの手に、僅かに力がこもる。

心臓の鼓動が大きさを増して、戦っていたときよりもずっとうるさい。アルノルトに聞こえるのが恥ずかしくて、身を捩《よじ》ろうとした。

けれど、逃げるのは許さないというように、ぐっと腰を引き寄せられる。

「ん、う」

触れているだけのキスなのに、息継ぎの仕方さえ分からなかった。

リーシェがぎゅうっと顔を顰《しか》めると、アルノルトがようやくくちびるを離す。

そうしてリーシェと額を重ねると、掠れた声で口にした。

「……悪かった」

「…………」

なんとか息を吸うことの出来たリーシェは、ふるふると小さく首を横に振った。互いの前髪が絡まるが、そのままアルノルトのシャツを引っ張る。

「もっと」

「……」

そうねだると、アルノルトが短く息を吐き出した。そのあとで、先ほどの性急さを詫《わ》びるかのように、ごくごく柔らかなキスを重ねてくれる。

今度は一瞬だけ重なるような、ささやかなものだ。

「……っ」

ちゅ、と小さな音がして離れた。

音だけはとても可愛《かわい》らしいものだが、これも気恥ずかしくて落ち着かない。ちゃんと覚えたかったのに、すぐに終わってしまったので、くちびるがさびしいような気がする。

口付けとは、こんなに様々なやり方があるのだろうか。

全部のキスが違う所為《せい》で、『練習』が上手に出来ている気がしなかった。ぼんやりとした心地のまま、涙の滲《にじ》んだ目でねだる。

「……もういちど……」

「…………」

アルノルトは眉間の皺を深くしたあとで、腕の中にリーシェを抱き寄せる。

そして、とんとんと背中を撫《な》でてくれた。

「――後でいくらでもしてやるから、今はもう少し呼吸をしろ」

「っ、はい……」

アルノルトの胸に顔を埋《うず》め、火照った頬を隠しながら息をつく。浅い呼吸を繰り返すのに、ちっとも落ち着く気配がなかった。ここで座ってしまったら、二度と立ち上がれないかもしれない。

練習をしておいて正解だ。婚姻の儀でこんな様子を見せるのは、皇太子妃として失態に違いない。

リーシェがそんなことを考えている間も、アルノルトは宥《なだ》めるように抱き込んでくれている。

そして、リーシェの額へ前髪越しに口付けを落とした。

どきどきして泣きそうになってしまう。一方でそのやさしい触れ方に、不思議な安堵《あんど》感も生まれてきた。

(頭の中が、とろとろしてくる……)

このままずっと、アルノルトに抱き締められていたいような気持ちになる。だが、それでは『練習』の続きをしてもらえない。

そしてリーシェはつい先ほど、ディートリヒに尋ねられたことを思い出す。

『アルノルト・ハイン殿は、お前の人生に必要な存在なのか!?』

それに対し、リーシェはディートリヒのお行儀の悪さを窘《たしな》めたあと、微笑んでからこう答えた。

『……ええ。必要です』

驚いた顔をしたディートリヒに、自分の感情を正直に告げる。

『だって私は、これから先の人生を、あの人の傍で過ごしたいと望んでいますから』

『……!』

自分の中にそんな願いがあることを、リーシェは初めて自覚した。

こうしてアルノルトの腕に抱き止められていても、そんな想いがますます大きくなる。

「リーシェ」

宥めるように紡がれるアルノルトの声が、どこか掠れていた。リーシェがびくりと肩を跳ねさせた所為で、心配するように尋ねられる。

「怖いか？」

先日も彼の父に会ってしまった際に、同じことを問い掛けられた。

だが、リーシェは小さく首を横に振る。

「殿下の、お声が」

「……声？」

「お声が。……とても、好きなので」

ぎゅうっとアルノルトのシャツを握り締め、額を押し付けて、顔を隠したまま懸命に願った。

「……こうして名前を呼ばれるだけで苦しくなってしまって、いまは困ります……」

「……」

リーシェは本気で言ったのだ。

それなのにアルノルトは、リーシェの横髪を撫でるように梳く。顕《あらわ》になった耳のふちにくちびるで触れて、吐息に近い音で紡がれた。

「リーシェ」

「……っ、わう……!?」

これは明確な意地悪だ。

その証拠に、リーシェが体を跳ねさせると、アルノルトは小さく吐息を零《こぼ》した。

「ふ」

（笑った……！）

優しくからかわれているのが分かり、抗議の声をあげたくなる。しかしその後でとても大切そうに、恭しい響きで繰り返された。

「……リーシェ……」

「――……っ」

それだけで、リーシェは何故《なぜ》だか泣きそうになる。

「ひゃ……！」

もう一度耳に口付けられて目を丸くした。呼吸をしろなどと言っておいて、アルノルトはあちこちにキスを落としてくる。前髪に口付けられたあと、今度は左手が捕まった。

アルノルトのシャツを握り締めて、力が入りすぎていたのが気取られたのだろう。それを窘めるかのように、彼が指を絡めてくる。

そしてリーシェの薬指、指輪を嵌《は》めている付け根にも甘やかな口付けを落とした。

（こんなにあちこちにキスをされたら、まるで自分がお砂糖菓子になったみたい……）

落ち着かせるための穏やかな触れ方であろうとも、この状況で上手に息が出来るはずもない。

改めて上を向かされた。睫毛がぐずぐずと濡《ぬ》れているリーシェは、慌てて拭おうとする。

「ご、ごめんなさい。自分からねだっておきながら、お見苦しいところを……」

目元を擦《こす》ろうとした手をアルノルトに掴まれた。両手が囚《とら》われ、間近に目を合わせて囁《ささや》かれる。

「可愛いから、隠さなくていい」

「……っ」

あんまりな言葉に驚いて、目を丸くした。

リーシェは耳まで熱くなったのに、アルノルトの方はいつも通りの表情だ。

「……もっとも」

けれどもまなざしとその声音は、普段より少しだけ穏やかだった。

「お前が可愛くなかったことなど、一度も無いが」

「〜〜〜……っ!?」

そんな言葉を向けられたら、どうすればいいか分からなくなってしまう。

本格的に顔を隠したくなって、けれど両手が塞がっているから、こうしてアルノルトの首筋に顔を埋めてしまうしかない。アルノルトはリーシェの右手を離し、空いた手でリーシェの髪を撫でた。

「リーシェ」

「っ、もう、また意地悪……！」

「……仕方がないだろう」

いま名前を呼ばれたら困ると告げたのに、アルノルトは悪びれる様子もない。それどころか、こんな追い打ちまで掛けて来る。

「顔が見たい」

「ひう……！」

耳元で言われたら降参だ。アルノルトに珍しく何かを願われたなら、聞かない訳にはいかない。

体の力が抜けた所、少し身を離したアルノルトに再び上を向かされる。気遣わしげな指の背が、火照ってしまっているリーシェの頬をゆるゆると撫でた。

「苦しいか？」

（苦しいけれど、それは口付けの所為ではなく……）

そう告げたいのに出来なくて、リーシェは吐息を零す。

（……殿下に名前を呼ばれると、どうしてか無性に泣きたくなる）

まなじりが、じわじわとした熱を帯びていた。

（それなのに、もっとこのお方に呼んでほしい……）

そんな風に揺らいだ心の話を、リーシェはシルヴィアから聞いている。

グートハイルに出会ったシルヴィアは、矛盾した想いを吐露しながら、これが生まれて初めての感情だと口にしたのだ。

「……っ」

リーシェはおずおずと息をつく。

背中を撫でてくれていたアルノルトが、柔らかく目を細めてリーシェを見下ろした。まだ濡れているリーシェの睫毛を指でなぞり、涙を拭うような仕草を見せる。

「……俺は、お前を泣かせてばかりだな」

そんな風に紡がれて、きゅうっと心臓の辺りが疼《うず》いた。

けれどもそれに該当する場面といえば、思い出せる限りで一度だけだ。

「いまは、泣いていないですもん……」

駄々を捏《こ》ねるように否定すると、アルノルトは呆れたようなまなざしを送ってきた。

「……嘘をつけ」

「んむ……っ」

強がりを咎めるように、アルノルトの親指がリーシェのくちびるに触れる。

真ん中の辺りをふにっと押された。これも、やっぱり少し意地悪な触れ方だ。

「リーシェ」

「……っ」

やさしく触れられて、やっぱり胸が痛かった。

「お前にとって恐ろしいことなら、婚儀での口付けなどしなくてもいい。……そのために、どんな無理でも通してやる」

ここまで言わせてしまうなんて、我ながら怖がりな幼子のようだ。

「……あなたの妻になるその誓いを、なにひとつ欠けさせたくありません」

その上で、懇願する。

「どうか、口付けをして下さい。……旦那さま……」

「――――……」

僅かに眉根を寄せたアルノルトの手が、リーシェの頬に添えられた。

もう片方の手は、リーシェと指を絡めてくれる。

「わかった」

「……っ」

左胸はずきずきと苦しいままだった。それなのに、もっと近付きたい衝動が沸き上がる。

（名前を呼ばれると泣きたくなるくせに、もっと殿下に呼んでいただきたい。……お傍にいるのが苦しく感じられるのに、離れたくない……）

誕生日を祝われるということは、生まれて来たことを祝福されるということだ。

何度も死を経験し、命を散らしてきたリーシェの心臓に、新しい鼓動が宿ったような心地がした。

（私は、このお方に）

生まれて初めての感情を、今はっきりと自覚したリーシェは、睫毛の濡れた双眸を閉じる。

（……アルノルト殿下に、恋をしている…………）

その瞬間に、またやわらかな口付けが交わされたのだった。

つづく

番外編

きちんと触れて確かめる

一連の騒動が終わった劇場内で、歌姫姿のリーシェは後片付けを手伝っていた。

ふと気を抜けば、このあとアルノルトに告げるつもりの『欲しいもの』について考えてしまう。あらゆることが手に着かなくなるので、手伝えそうなことはどんどん請け負って、わざと忙しくしている最中なのだ。

リーシェは主に諜報員《ちようほういん》たちの応急手当てを施し、捕縛のための手伝いなどをしていたのだが、時折アルノルトと鉢合わせることがあった。

するとアルノルトはその都度リーシェのことを捕まえて、体調や体力の状況を確認しようとしてくる。

今もまた、他には誰もいない舞台裏の通路で、アルノルトと擦れ違った瞬間だった。

「リーシェ」

「びゃっ！」

あっさりと手首を掴《つか》まれて、リーシェはびっくりしてしまう。

アルノルトの隣を通る際、一礼して通り過ぎようとしただけなのだ。だというのに、気まずさを誤魔化そうとしたのが怪しまれてしまったのか、逃げられないようにふたりの指同士が絡まる。

「……無理はしていないな？」

（あわわわ……）

柔らかく握り込むかのような、そんな触れ方だ。それを妙に意識してしまい、リーシェはこくりと喉を鳴らした。

アルノルトの力はごくごく弱いのに、リーシェの方から解くことが出来そうにない。挙句に背中を壁に押し付けられて、アルノルトと壁の間に閉じ込められる。

「も、もちろんです！　とってもとっても元気です……！」

リーシェがなんとかそう答えたのに、アルノルトにはそれが不服だったらしい。

「……どうだか」

逃がさないとでも言うかのように、手の甲も壁に縫い付けられた。アルノルトはもう片方の手でリーシェの顎《おとがい》を捉え、少し低めの声音で尋ねてくる。

「ならば何故《なぜ》、先ほどから俺に会う度に、それほど落ち着かない様子を見せる？」

「こ、これは……！」

咄嗟《とっさ》にアルノルトを見上げたリーシェは、心の底から後悔した。

薄明かりしか無い通路の中ほどでも、アルノルトの顔《かんばせ》は美しい。いつものリーシェなら、ここで彼の海のような瞳に目を奪われるのだが、今日は反射的にくちびるを直視してしまう。

（……私が、これからこの方にお願いしようとしていることは……）

改めて口付けに思いを馳《は》せた途端、頬が火照って泣きそうになった。

後でねだろうとしている我《わ》が儘《まま》が、とんでもないことなのだと再認識する。片付けの忙しさに集中しつつ、時間を掛けてその覚悟を決める予定だったのに、アルノルトと会う度に掻《か》き乱された。

（い、言えないわ！　少なくともいまは絶対に無理……！）

身を捩《よじ》ってアルノルトの手から逃れ、そっぽを向くようにして視線を逸《そ》らせば、アルノルトがますます低い声で言った。

「……まさか、怪我《けが》でもしているのではないだろうな？」

「そういう訳では……」

「いつのまにか、手袋を着け替えているようだが」

それについては単純で、後片付けで一番汚しそうな手袋を、借り物から私物に着け替えただけだ。

そう説明しようとしたものの、我ながら説得力がないことに思い至る。

ここで信じてもらうには、これまでに重ねて来た無茶が多すぎた。

アルノルトはリーシェを信頼してくれているが、リーシェの体調管理についてだけは、厳しい目で見られているのだ。

「アルノルト殿下がどうしても、気になると仰《おっしゃ》るなら……」

心配を掛けているのは事実である。

一度目を瞑《つむ》り、恥ずかしさに耐える覚悟を決めると、そこで体の力を抜いた。

「……っ、どうぞ……」

「……何がだ」

眉根を寄せたアルノルトに、リーシェは意図を説明した。

「私が口で説明するよりも、この方が確実かと思いまして……」

くったりと壁に背を預け、上目遣いにアルノルトへ告げる。

「……私の全身、アルノルト殿下のお気の済むまで、お好きなように確かめていただければと……」

「…………………」

その瞬間、リーシェの手を捉えた彼の指に、ぐっと力が籠ったような気がした。

リーシェがそれにぴくりと指先を跳ねさせれば、すぐに拘束を緩めてくれる。

「……お前は……」

「……？」

何かを言い掛けてやめたアルノルトが、リーシェの肩に額を押し付けて溜《た》め息《いき》をついた。

その様子は随分と疲れている。考えてみれば、アルノルトはこの『後片付け』の総指揮を行っているのだから、誰よりもくたびれていて当然のはずなのだ。

「や、やめておきますか？」

「…………」

「一応この手袋、ここのリボンを解かないと、外せないようになっているのですが……」

「……………」

着けているのは長手袋だから、着脱用のリボンはリーシェの二の腕辺りに結ばれていた。アルノルトは少し不機嫌そうにも見える渋面のまま、リーシェの示した場所へと手を伸ばしてくる。

そして、その指がリボンに辿《たど》り着いた。

（わ……）

アルノルトは華奢《きゃしゃ》なリボンに触れると、それをしゅるりと解くのだ。

手袋のふちに指先を引っ掛ける。そこからゆっくりと下へずらすように、リーシェの手袋を外し始めた。

（な、なんだかこれ……！）

肌の上をするりと布が滑り、落ち着かない気持ちになる。

手袋とはいえ、他人に衣類を脱がされる感触に、リーシェは思わず身じろいだ。

「んん……っ」

「……こら。逃げるな」

「ですが、くすぐったくて……！」

お願いだから、そんなに丁寧に扱わないでほしい。けれどもそんな願いも虚《むな》しく、しかめっ面のアルノルトは、素手になったリーシェの無事を確かめ始めるのだ。

肩口から、ふにっとした二の腕。柔らかい肘の内側。

前腕や手首、手のひらに指先と、怪我がないことを視線でしっかり検分される。

リーシェはここにきてやっと、自分の提案を後悔することになるのだった。

（もしかして……この状況、冷静に考えるとすっごく恥ずかしいのでは!?）

アルノルトがほとんど黙っている所為で、余計に羞恥心を意識する。そうこうしている間に反対側の手袋も脱がされ、同じように確かめられた。

くるんと体を引っ繰り返され、後ろ側も確認される。

やがてアルノルトは、もう一度リーシェの体を引っ繰り返し、再び彼へと向かい合わせるのだ。

「もう、大丈夫そうですか……？」

「……まだだ」

アルノルトが、その双眸《そうぼう》を僅かに眇《すが》める。

「――俺の気が済むまで、お前を好きに確かめていいんだろう？」

「……っ!!」

片方の手首が掴まれて、また壁に縫い付けられる。もう片方が自由だからといって、リーシェに抵抗など出来るはずもない。

アルノルトがリーシェの頬に触れた。びくりと肩が跳ねたのは、彼の指が冷たかったからだ。

リーシェがひどく熱を帯びてしまっているのを、間違いなくアルノルトに気付かれている。その証拠に彼の指は、リーシェの熱くなった頬をなぞるように辿った。

「そ、そんなところは怪我をしてないです……」

くすぐったさに身を竦《すく》めながら、なんとか申し立てる。なのに、アルノルトは平然と言うのだ。

「分かっている」

「んん……！」

ならば何故、まだやめてくれないのだろうか。

今度は耳に触れられて、これもあまりにくすぐったかった。彼はリーシェの肌の表面を、ゆっくりと確認するように探ってゆくのだ。

そうしてアルノルトのざらついた指が、リーシェの思わぬところに触れた。

「ひわ……っ!?」

なぞられたのは、首筋の左側である。

それは以前、毒矢によって負傷したときに、アルノルトにくちびるを付けられた場所だった。

傷跡の一筋も残っていないはずだ。しかしアルノルトは、あの傷の出来た位置を、いまでもはっきりと覚えているらしい。

「やっ、もう、殿下……！」

乾いた指で淡くなぞられて、リーシェは泣きそうになってしまう。

「ご心配をお掛けして、ごめんなさい……！　私の隠し事は、後できちんとお話ししますから！」

「……」

「い、いまは本当に、くすぐったさが限界です……!!」

リーシェが半べそで抗議すると、アルノルトが静かにこう紡いだ。

「本当に、なんの無茶もしていないんだな？」

「……っ」

こくこくと必死で頷《うなず》く。アルノルトは小さく息を吐き、ようやくリーシェから手を離した。

かと思えば、最後にもう一度だけ耳元にくちびるを寄せ、こんなことを囁《ささや》いてくる。

「このあとも、定期的に確認する。……『好きなように確かめろ』と言ったことを、反省しておけ」

「〜〜〜……っ!!」

やっぱり先ほどの発言は、アルノルトが聞いても良くないものだったのだ。

明白なお仕置きだったのである。だが、このあと更に不適切な贈り物をねだる気でいると知ったら、彼はどんな顔をするだろうか。

(私、本当にちゃんとこの方に、口付けの練習をねだれるのかしら……)

途方に暮れてしまう。止めておこうかと考えるものの、すぐに首を横に振った。

(お願いしなきゃ。……だってどうしても、してほしいんだもの……)

「……リーシェ?」

訝《いぶか》るように見下ろされ、「あとできちんとお話しします」と告げた。

その後に、手袋のリボンはひとりで結べないものであるという旨をアルノルトに話すと、溜め息をつきながらも着けるのを手伝ってくれたのだった。

あとがき

雨川透子《あめかわとうこ》と申します。ルプなな5巻、長らくお待たせいたしましたが、お届け出来てとても嬉《うれ》しいです！

今巻は、これもリーシェにとって大事な人生のひとつである、公爵令嬢時代に関わった人とのお話でした。リーシェ自身も、今回は大きな成長を遂げます！

一方でアルノルトからリーシェへのデレ度は、エピローグで10段階中デレ度6になりました。折り返しの後半戦ですが、まだまだ伸びるはずです。見守っていただければ幸いです！

イラストを描いて下さった八美《はちび》☆わん《す》先生、ありがとうございます。カラーもモノクロも美麗で、特に最後のイラストに射抜かれたまま帰って来られません。人生の宝物です!!

担当氏、いつも手綱を取っていただきありがとうございます。美味《おい》しい塩です。

そして本作を読んで下さる皆さま！　応援していただいているお陰で、なんとこの度、本作品のアニメ化が決定いたしました。嬉しすぎて未だに現実感の無さでいっぱいですが、皆さまがたくさん支えて下さったお陰です！　本当に本当にありがとうございます！

リーシェたちが画面の中で自由気ままに動き回り、喋《しゃべ》ります！　とんでもなく素敵なアニメになっていますので、皆さまにご覧いただくのが楽しみで仕方がありません。

これからの続報をお待ち下さいませ！

それでは次回、ルプなな6巻でもお会い出来ましたら幸いです！　ありがとうございました。

次巻予告
ついにアルノルトへの恋心を自覚したリーシェ。
初めての感情に戸惑いを隠せず、
彼への接し方にも一苦労。
そんな折に出会ったのは、過去人生で
交友の深かった、とある人物で……!?
「ループ7回目の悪役令嬢は、元敵国で
自由気ままな花嫁生活を満喫する 6」
Coming Soon...

ループ7回目の悪役令嬢は、元敵国で自由気ままな花嫁生活を満喫する 5

発行　2023年8月25日　初版第一刷発行
2023年12月1日　第三刷発行

著者　雨川透子

イラスト　八美☆わん

発行者　永田勝治

発行所　株式会社オーバーラップ
〒141-0031
東京都品川区西五反田8-1-5

校正・DTP　株式会社鷗来堂

印刷・製本　大日本印刷株式会社

ISBN 978-4-8240-0218-1 C0093

【オーバーラップ　カスタマーサポート】
電　話　03-6219-0850
受付時間　10時～18時(土日祝日をのぞく)

作品のご感想、ファンレターをお待ちしています

あて先:〒141-0031　東京都品川区西五反田8-1-5 五反田光和ビル4階　ライトノベル編集部
「雨川透子」先生係／「八美☆わん」先生係

スマホ、PCからWEBアンケートにご協力ください

アンケートにご協力いただいた方には、下記スペシャルコンテンツをプレゼントします。
★本書イラストの「無料壁紙」　★毎月10名様に抽選で「図書カード(1000円分)」

公式HPもしくは左記の二次元バーコードまたはURLよりアクセスしてください。
▶ https://over-lap.co.jp/824002181
※スマートフォンとPCからのアクセスにのみ対応しております。
※サイトへのアクセスや登録時に発生する通信費等はご負担ください。

オーバーラップノベルスf公式HP ▶ https://over-lap.co.jp/lnv/